GOOD BYE,
DRAGON LIFE.

잘 가거라 용생, 어서 와라 인생

나가시마 히로아키
HIROAKI NAGASHIMA

2

목차

올리비에

마법학원의 학원장을
맡고 있는 하이 엘프.
고향의 숲을 지키기 위해
싸움에 참가한다.

게오르그

흰색의 갑옷을 두른
고고한 마계의 장수.
투쟁의 매력에 사로잡혀 드란과의
일기토를 희망한다.

크리스티나

인간을 초월한 신체 능력과
검기를 겸비한
절세의 미인 검사.

디아드라

요염한 검은 장미의 정령.
라플라시아에게 죽임을 당한
동포들의 원수를 갚기 위해
집념을 불태운다.

라플라시아

마도병을 이끄는
장수 가운데 한 사람.
천진난만한 소녀의 외모와 달리
잔인한 성격의 소유자.

세리나

반인반사의 미소녀 라미아.
태어난 고향을 떠나
남편감을 찾기 위한
여행을 하고 있다.

드란

최강의 용이 전생한 모습.
베른 마을에서 부지런히 밭일이나
마물 사냥에 종사하고 있다.
육체는 인간이지만
용종의 마력을 숨기고 있다.

제1장 전투를 앞둔 밤

마도병들의 기척이 멀어지고, 주변의 긴장된 분위기가 서서히 잦아들었다. 고비는 일단 넘긴 셈인가?

"드란 씨, 괜찮으세요?! 갑자기 그런 식으로 웃으시니까 드란 씨한테 무슨 일 생긴 게 아닌가 싶어서 얼마나 걱정했는지 아세요?!"

라미아 미소녀인 세리나가 맹렬한 기세로 나에게 다가와서, 내 양어깨를 붙잡더니 마구 흔들면서 울먹이는 목소리로 말했다.

나는 시야가 격렬하게 요동치는 와중에도 세리나에게 지나친 걱정을 끼쳤다는 사실을 후회하고 있었다.

우리는 엔테의 숲에서 만난 우드 엘프 남매, 기오와 피오가 사는 마을이 마계의 군세의 공격을 받고 있다는 사실을 전해 듣고 가세했다. 그리고 마도병들을 이끄는 일기당천(一騎當千)의 장수들, 게오르그, 라플라시아, 겔렌, 게오루드 네 사람과 격돌했다. 우리는 그들과의 전투에서 뿔뿔이 흩어져 각개 격파당할 뻔한 것이다.

나는 게오르그가 시전한 혼신의 일격을 받아 내기 위해 고신룡(古神竜)의 힘을 해방시켜 대항했다. 만약 평범한 인간이었다면 잠시도 버티지 못했을 것이다. 따라서 세리나가 당황하는 것도 무리는 아니다.

나는 자신의 손으로 세리나의 손을 감싼 채, 부드러운 목소리로 그녀를 진정시키고자 했다.

"괜찮아, 세리나. 보다시피 나는 긁힌 상처 하나조차 없어. 세리나와 크리스티나 양이야말로 젤렌 같은 강적을 상대하면서 다친 데는 없나?"

"저는 괜찮아요. 크리스티나 양이 앞장서서 싸워주신 덕분에 저는 뒤에서 마법만 사용하고 있으면 됐어요."

세리나는 거기까지 말하고, 푸르른 보름달 같은 눈동자 가장자리에 눈물방울이 맺힌 채 감격에 겨운 표정으로 나에게 안겨 자그마한 어깨를 살며시 떨고 있었다. 나는 그녀의 양어깨를 부드럽게 감싸 안고 갓난아기를 타이르듯 부드럽게 쓰다듬었다.

"그래? 그렇다면 크리스티나 양에게 감사 인사를 해야겠군. 크리스티나 양. 얼핏 보기에 부상은 없어 보이는데 괜찮은가?"

마검(魔劍) 엘스파다를 강철의 칼집으로 거둬들인 크리스티나 양은, 내 얼굴을 보고 여러 가지로 물어보고 싶은 게 많은 듯한 표정을 짓고 있었다. 하지만 그녀는 세리나의 상태를 감안해서 본인의 용무는 나중으로 미룰 생각인 모양이었다. 그녀가 사려 깊은 성격이라 다행이다.

"약간 피곤하기는 하지만, 문제는 없다. 뼈가 부러지지도 않았고 딱히 베인 상처도 없어. 잠깐 간담이 서늘한 순간은 있었지만 그 정도로군. 여러 가지로 물어보고 싶은 말이 많지만 일단 나중으로 미루지."

"그래준다면 고마울 따름이야. 기오 일행도 우리에게 할 말이 있는 것 같군."

나는 우리를 향해 달려오고 있는 기오에게 고개를 돌리며, 가볍게 세리나의 등을 두들김으로써 잠시 동안의 휴식 시간이 벌써 끝났다는 사실을 전해야만 했다.

우리는 기오와 피오의 안내를 받아 일단 정숙을 되찾은 우드 엘프의 마을로 들어섰다. 검은 장미의 정령인 디아드라가 잠자코 뒤를 따라오고 있었다.

엔테의 숲에서 가장 서쪽에 위치한 우드 엘프의 마을은, 사이웨스트라는 명칭으로 불린다고 한다. 밤은 이미 이슥해졌지만 달빛 이외에도 빛을 내뿜는 성질을 지닌 이끼들이 사방에 군생(群生)을 이루고 있을 뿐만 아니라, 나뭇가지에 발광충(發光蟲)을 넣은 램프를 매달아 놓고 있기 때문에 시야는 아무 문제도 없었다. 우드 엘프 종족은 거대한 나무에 생긴 구멍을 그대로 가옥으로 활용하거나 나뭇가지 위에 판잣집을 짓고 사는 모양이다.

마을에는 긴장이 감돌고 있었다. 아무리 기오 일행의 안내를 받고 있다고는 하나, 우리는 본래 엔테의 숲과 인연이 있을 수가 없는 인간 종족이다. 우드 엘프들 가운데 그런 우리의 모습을 보고 시큰둥한 반응을 보이는 이들도 없지 않았다. 어렴풋한 피 냄새, 고통에 시달리는 이들의 신음 소리, 죽은 이들의 혼을 명계(冥界)로 인도하는 저급한 영체(靈體)나 그들보다 격이 높은 사신(死神), 친밀한 이의 죽음에 탄식하는 이들의 울음소리. 그 모든 것들이 평소에 풍족한 숲의 은혜와 함께 살아가는 이 마을을 가득 메우고 있었다.

소심한 구석이 있는 세리나는 젤렌을 상대로 용감하게 대적했던 모습은 온데간데없이, 내 그늘에 숨듯 이동하고 있었다.

세리나는 내 왼팔에 자신의 오른팔을 휘감고 잠시라도 떨어지고 싶어 하지 않았다.

"사람들의 환영은 그다지 기대할 수 없을 것 같네요."

세리나가 불안한 표정으로 물어 오는 한편, 크리스티나 양은 몹시 흥미롭다는 표정으로 마을의 분위기를 관찰하고 있었다. 그녀는 주위의 시선을 조금도 신경 쓰지 않았다.

크리스티나 양도 젤렌과의 전투로 상당히 체력을 소모한 상태일 텐데, 전혀 얼굴빛이 변하지 않았다. 몸과 마음 모두 강인한 사람이다.

나는 세리나에게 대답하면서도, 앞장서서 우리를 안내하고 있는 기오의 등을 향해 질문을 던졌다.

"시기가 좋지 않다는 사실을 감안하면 어쩔 수 없지. 행동으로 인정받을 수밖에 없는 노릇이야. 기오, 우리를 어디로 안내하고 있는 건지 대답해줄 수 있겠나?"

"족장의 집이야. 다른 종족의 전사들도 모여 있다. 너희들을 소개하고 현재 상황을 정확히 파악하기 위해서라도, 곧바로 족장과 만나는 편이 빠를 거야."

"흠, 합리적인 판단이군."

디아드라는 기오와 대화하는 우리에게 가끔 시선을 돌릴 뿐, 묵묵히 따라오고만 있었다. 숲 속과 그다지 다를 바 없는 마을 안을 걷고 있으려니 한층 커다랗고 굵은 나무가 시야에 들어왔다. 다

큰 성인 30명이 양손을 뻗어야 겨우 감싸 안을 수 있을 정도로 굵고, 짙은 녹색 잎사귀들이 무성한 거목이 웅대한 존재감을 과시하고 있다. 이 근방에서도 가장 오래된 장로의 나무라고 한다.

그 장로의 나무 밑동 부근에, 지금까지 이 마을에서 봤던 집들 중에서도 가장 커다란 집이 존재했다. 그리고 현관에 우드 엘프 씨족마다 개별적으로 지니고 있는 문장이 새겨진 깃발이 우뚝 서 있었다. 이런 깃발은 다른 집에서 확인할 수 없었던 장식이니, 족장의 증표라도 되는 걸까?

집 앞에 우드 엘프의 전사들이나 늑대 인간, 충인족(蟲人族), 조인족(鳥人族) 전사들까지 모여 있었다. 그들은 호기심과 의심이 담긴 시선으로 기오가 데리고 온 우리들을 쳐다보기 시작했다.

"족장들과 논의할 안건이 있다. 안에 계시나?"

"그래. 마계의 군세에 대적할 계책을 논의 중이다. 기오, 이자들이 바로 그들인가?"

회색의 모피를 지닌 늑대 인간 청년이 기오의 등 뒤로 따라온 우리를 힐끗 쳐다보더니 질문해 왔다. 이 자리에 모인 모든 이들의 마음을 대변한 거나 다름없군.

"그에 관한 설명을 지금부터 족장들에게 할 예정이다. 걱정할 필요 없어. 베른 마을의 주민이라고 한다. 그들은 예전에 우리와 약조까지 맺었던 상대야."

"그래? 인간들의 마을에서 온 자들이란 말이지? 족장들은 평소와 똑같은 장소에서 회의 중이다. 가려면 서두르는 게 좋을걸."

기오는 늑대 인간에게 고개를 끄덕인 후, 우리를 데리고 족장의 집으로 들어갔다. 낯선 형태를 뽐내는 집 안의 가구들이나 각종 양식에 시선이 갔지만, 안타깝게도 느긋하게 관찰할 여유는 없었다.

기오는 집 안의 구조를 훤히 꿰뚫고 있는 듯한 걸음걸이로 족장의 집 안을 걸어갔다. 그는 가끔 엇갈리는 우드 엘프들과 인사를 나누면서, 집의 가장 깊숙한 장소에 위치한 방으로 우리를 안내했다.

유사시에 그들이 사용하는 회의실일 것이다. 우리는 하늘을 꿰뚫을 정도로 거대한 나무와 그 주변에 모여든 다양한 숲의 생물들이 수놓인 막을 손으로 넘기고 들어갔다. 회의실 안에 거대한 나무의 밑동을 도려낸 듯한 커다란 원탁에 사람들이 둘러앉아 있었다.

단정한 얼굴에 깊은 주름이 새겨진 우드 엘프와 흰색 모피에 덮인 거구를 자랑하는 늑대 인간, 그리고 붉은 껍질과 세세한 털이 난 거미의 하반신에 묘령의 미녀와 같은 모습을 지닌 상반신을 겸비한 아라크네 세 사람이다.

이 세 사람이 우드 엘프를 중심으로 원탁 주위에 걸터앉아 있었다. 우드 엘프가 기오가 언급하던 족장이고, 다른 두 사람은 각각의 종족을 대표하는 우두머리일 것이다.

세 사람이 제각각 날카로운 시선으로 우리를 주시하고 있는 와중에, 기오와 피오가 은근슬쩍 앞으로 나아가 목례를 했다.

"데오 족장, 브라이크 님, 아르젠느 님. 지금 복귀했습니다."

데오가 우드 엘프의 족장이고 브라이크가 늑대 인간, 아르젠느가 아라크네의 이름인가? 데오는 우리의 얼굴을 순서대로 둘러보더니 기오에게 시선을 되돌리고 입을 열었다. 그는 묵직한 음성으로 기오를 반겼다.

"잘 돌아왔다. 마르를 무사히 찾아낸 모양이구나. 다행이야. 북쪽의 방벽에서 벌어졌던 전투에 대한 보고는 이미 전달받았다. 디아드라도 열심히 싸웠다는 얘기를 들었다. 적은 마계에서 유래한 꽃의 정령이었다고?"

"그래. 동포들의 생명을 빨아 먹은 악귀를 드디어 찾아냈지. 퇴치하지는 못했지만, 다음번에야말로 반드시 그 놈의 숨통을 끊어 버리고 말겠어."

지금까지 잠자코 있던 디아드라가 천천히 입을 열었다. 눈앞의 족장은 디아드라도 무시할 수 없는 입장의 상대라는 뜻이리라.

"지나치게 흥분해서는 일을 그르치기 마련이야. 너는 평소엔 냉정한 주제에, 한번 머리에 피가 쏠리면 시야가 좁아질 때가 있어."

"머리 한구석에 새겨 두지. 실제로 떠올릴지는 모르겠지만."

"이거야 원……. 그건 그렇고 기오, 네가 데리고 온 분들을 소개해줄 수 있겠니? 브라이크와 아르젠느도 몹시 궁금한 모양이다."

"난 별로 관심없는데?"

"저는 궁금합니다. 마도병이나 그들을 통솔하던 장수들과, 호각 내지 그 이상으로 전투를 벌였던 분들이라고 들었습니다. 그 사실이 우리에게 어떤 의미를 가지는지, 브라이크도 이해하고 있잖아요?"

늑대의 모습을 한 브라이크의 얼굴로부터 그 속마음을 판독하기는 굉장히 어려운 작업이라는 생각이 들었지만, 아르젠느의 지적은 그의 정곡을 찌른 모양이다. 그는 약간 시선을 돌려 우리를 외면했다. 흠, 이 늑대 인간은 의외로 솔직한 성격인 것 같다.

아르젠느는 여덟 개의 시선으로 우리를 천천히 관찰했다.

인간과 똑같은 생김새의 두 눈동자 이외에도 이마나 관자놀이 등의 부위에 거미의 눈이 여섯 개나 달려 있다.

"마도병들에게 쫓기던 마르를 구해준 이들입니다. 족장들도 베른 마을에 관해선 알고 계시겠지만, 그 마을에서 파견된 이들입니다. 마도병들에게 터전을 빼앗긴 숲의 존재들이 그들의 마을 부근에 모습을 드러냈기 때문에, 그 조사를 위해 엔테의 숲을 찾아왔다고 합니다. 그들은 북쪽 방벽에서 벌어진 전투에서 큰 공을 세웠습니다. 그들의 도움이 없었다면 훨씬 많은 희생자가 생겼을 겁니다."

"베른 마을이라. 반가운 이름이로고. 그 마을의 지리적 위치를 고려하자면, 마도병들에게 쫓긴 숲의 존재들이 그 부근에 모습을 드러낸다 해도 이상할 것은 없지. 마도병들과의 전투에 협력해준 그대들에게, 우드 엘프 종족의 족장이자 숲의 백성 가운데 한 사람으로서 감사하고 싶네. 고맙소."

기오의 설명을 듣고 감사의 뜻을 표하는 데오 족장에게, 우리는 제각각 대답했다.

"흠, 우리도 우리의 사정이 있어 시작한 일입니다. 그다지 마음에 두실 필요는 없습니다. 소개가 늦었습니다. 저는 베른 마을의 드란입니다."

"세리나입니다. 베른 마을에서 신세를 지고 있습니다."

"크리스티나라고 합니다. 저는 베른 마을의 인간이 아닙니다만, 묘한 인연으로 말미암아 드란 일행과 행동하고 있습니다."

"정말 어처구니없는 재난에 끌어들이고 말았군. 우선은 편히 앉게나."

우리는 데오 족장의 권유에 따라 순순히 원탁 주변의 의자에 걸터앉았다. 그러자 안쪽 방에서 엘프 시중이 인원수에 맞춰 컵을 내왔다.

컵 안의 액체는 희미하게 녹색 빛을 띠고 있었다. 아무래도 과즙을 짜서 만든 음료수 같다. 한입 머금자 시원한 향기가 입 안에서 콧구멍 안쪽까지 통과하면서 기분이 상쾌해졌다.

"일부러 이 사이웨스트까지 찾아온 손님들에게 아무 말도 없이 돌려보낼 수는 없지. 기오가 어디까지 설명했나?"

"이 사이웨스트의 북쪽에 마도병들을 소환하는 문이 출현해서, 당신들을 비롯한 숲의 백성들을 살육하고 다녔다는 사실. 그리고 근방의 종족들이 힘을 합쳐 마도병들에게 반격을 감행하기 위한 계획을 수립하고 있다는 사실까지는 알고 있습니다. 그리고 방금 전까지 게오르그, 겔렌, 게오루드, 라플라시아라는 마도병 군단의 통솔자들과 전투를 치르고 오는 길입니다."

"음, 거기까지 들었다면 새삼스럽게 전달할 사항은 많지 않겠지만, 일단 우리가 놓여 있는 상황만이라도 말씀드리겠네. 마계의 문이 출현한 영향으로 인해, 이 근방의 공간에 왜곡 현상이 일어나고 있네. 그 까닭에 우드 엘프 종족의 지원군 도착이 지연되고 있지."

"요정의 길을 사용할 수 없다는 말씀이십니까?"

"음."

데오가 엄숙하게 고개를 끄덕였다. 요정의 길이란, 이 물질계(物質界)와 다른 세계인 요정계(妖精界)를 중개 지점으로 이용함으로써 멀리 떨어진 지점까지 거리를 무시하고 이동할 수 있는 특수한 길을 일컫는다.

요정의 길을 사용할 수 없다는 사실이 의미하는 바는, 지원군의 도착을 기대할 수 없다는 뜻이다. 말인즉슨, 사이웨스트의 백성들은 현재 보유하고 있는 병력만으로 마도병들을 토벌해야만 한다는 뜻이다. 굉장히 가혹한 상황이다.

"게오르그라는 마계의 장수가 사흘이라는 기한을 선언했다고 들었는데, 우리는 그 제안을 받아들일 생각이 없네."

게오르그 일당과의 전투로부터 그다지 시간이 많이 지나지도 않았는데, 세 사람의 족장들은 이미 결론을 낸 것으로 보였다. 브라이크나 아르젠느도 충분히 납득하고 있는 표정이다.

이번 사태가 일어나기 전부터 그들은 굳건한 신뢰 관계를 구축하고 있었으리라.

"어차피 사흘 정도로는 지원군도 도착하기 힘들 것이야. 따라서 우리들은 남아 있는 병력을 결집시켜, 마계의 문을 파괴함으로써 놈들을 이 지상에서 몰아낼 계획일세."

우드 엘프 종족뿐만 아니라, 이 근방에 터전을 두고 사는 모든 종족들의 운명을 건 전투였다. 데오가 한층 엄격한 표정을 지었다. 무표정하게 침묵을 지키고 있던 아르젠느가 덧붙였다.

"마계의 군세가 지상에 강림할 수 있었던 까닭은, 문을 통해 존재를 유지하기 위한 힘을 공급받고 있기 때문입니다. 문을 파괴하기만 하면 독기의 누출도 막을 수 있을 겁니다. 그 이후엔 숲의 자정 작용으로 본래의 모습을 되찾을 수 있을 터."

아르젠느의 발언에 오류는 없다. 마계와 지상을 연결하는 문을 파괴하는 작업은, 마계의 존재들을 격퇴하기 위해 반드시 필요한 일이다.

그러나 문에 다가가면 다가갈수록 마계 그 자체에 가까워지는 거나 다름없다. 마도병들의 능력은 강화되고, 반대로 지상의 생물들이 활동하기에 가혹한 환경으로 변모한다.

적의 강화와 아군의 약체화가 동시에 일어나는 셈인데, 세 사람의 족장들도 당연히 그 사실을 충분히 파악하고 결단을 내린 것이다. 이 결단으로 인해 치러야 할 희생도 이미 각오하고 있음이 틀림없다.

"놈들이 사흘이라는 기한을 설정했다는 것은, 그 사흘 동안 놈들에게 필요한 작업의 준비가 끝날 가능성이 있다는 걸세. 자신들의 존재를 안정시키기 위한 지상의 마계화(魔界化)가 완료되거나, 새로운 군세가 출현할지도 모르지……. 그러한 사태를 용납할 경우, 숲의 백성들을 기다리고 있는 것은 오로지 어두컴컴한 미래뿐이야."

"당신들의 사정은 납득했습니다. 기오와 이미 얘기를 나눴습니다만, 저희들은 이대로 당신들에게 협력할 생각입니다. 너무 직설적인 얘기지만, 마계의 군세들과 전투를 벌이자면 경우에 따라서는 제 고향이나 왕국도 안전하지 않습니다. 그러한 사태를 결단코 방관할 수는 없는 노릇이죠."

나와 크리스티나 양, 세리나는 이미 결심을 굳혔다. 크리스티나 양과 세리나는 내 선언을 듣고도 전혀 불만을 표하지 않았다.

하지만 데오는 기오와 마찬가지로 외부인들의 협력을 받는다는 사실에 대해 망설이는 기색을 숨기지 못했다. 그는 낮은 신음 소리를 내면서 즉답을 회피했다.

내가 이대로 침묵이 찾아올지도 모른다고 예상한 그 순간, 의외로 늑대 인간 브라이크가 우리의 가세를 허락하자는 의견을 입에 담았다.

"우리의 힘을 얕보고 있는 거냐고 말하고 싶은 참이다만, 방벽 전투에서 너희들이 보여준 활약에 대한 얘기를 듣자면 그런 소릴 지껄일 수 있을 정도의 실력을 갖추고 있다는 건 확실하겠지. 아니, 오히려 우리 쪽에서 넙죽 엎드려야 하는 상황이야. 이봐, 데오. 상대 쪽에서 힘을 빌려주고 싶다지 않나? 한심한 얘기지만, 싸울 수 있는 녀석이 있다면 상대가 누가 됐건 간에 힘을 빌려야만 하는 심각한 상황이라고. 외부인들의 협력을 받는다는 사실이 꺼림칙하다면, 그만큼 충분한 답례를 준비해서 도리를 지키면 되지 않겠나?"

일반적으로 늑대 인간은 동족 의식과 영역 의식이 강해서 어지간한 이유가 있지 않고서야 다른 종족에게 의지하는 법이 없었다.

그 늑대 인간 종족의 우두머리가 우리의 힘을 빌리고 싶다고 발언했다는 사실은, 그만큼 이들이 만만치 않은 곤경에 처했음을 의미한다.

디아드라와 동등하거나 비슷한 능력을 지니고 있다면 게오르그 일당과 대등한 전투를 벌일 수 있을 것이다. 그 정도의 실력자는 이 숲에도 흔치 않다는 얘긴가?

데오가 브라이크의 의견을 듣고도 여전히 결정을 내리지 못하자, 아르젠느가 합세했다. 영리한 빛을 띤 여덟 개의 눈동자들이 데오의 얼굴을 똑바로 바라보고 있었다.

"저도 브라이크의 의견에 찬성합니다. 드란과 크리스티나, 그리고 세리나. 우리 입장에서 보자면, 여러분의 제안은 예상 밖의 행운이라고 할 수 있습니다. 물론 뻔뻔하게 거저 도움을 요청할 생각은 없어요. 방금 브라이크가 언급한 대로, 도움을 요청하는 대신 전투가 끝난 후에 능력이 닿는 한 충분한 답례를 약속하겠습니다. 예를 들면, 향후 베른 마을 주민들과 교류를 시작하는 것도 좋지 않을까 싶네요. 지금까지는 고작 목재의 벌채 작업을 부분적으로 묵인한 정도였습니다만, 앞으로 우리 아라크네의 실이나 그 실로 제작한 직물을 제공할 수도 있습니다. 아니면 늑대 인간 종족이 수렵한 사냥감이나 숲에서밖에 채집할 수 없는 광석은 어떨까요? 우드 엘프 종족이 재배하고 있는 약초나 꽃으로 물물 교환을 실시해도 괜찮겠지요. 규모 자체는 그리 크지 않겠지만, 지금 거론한 물자들은 인간 사회에서도 나름대로 희소가치가 큰 편이 아닌가요? 목숨을 건 전투에 가세하시는 만큼, 이 정도의 대가는 필요할 거라고 생각합니다."

개인적으로 아르젠느의 제안은 그야말로 바라 마지않던 일이었다.

설령 보답을 기대할 수 없는 상황이라고 하더라도, 마계의 군세를 저지하기 위한 싸움인 이상 당연히 협력할 생각이었다. 그러나 이들이 베른 마을의 이득이 될 만한 보상을 제안한 지금, 나는 새로운 투지가 솟구치는 것을 느끼고 있었다.

우리 베른 마을은 지금도 소위 말하는 황금 알을 낳는 거위를 보유하고 있다. 부근에서 채굴되는 마정석(魔精石)이나 정령석(精靈石) 이외에도, 마글 할머니와 그 가족들이나 내가 조합하는 마법약이 바로 그것이다.

엔테의 숲에만 분포되어 있는 약초나 마법 꽃을 안정적으로 손에 넣을 수 있다면, 보다 부가 가치가 높은 마법약을 조합해서 판매할 수 있을 것이다.

사실 아르젠느는 라미아와 마찬가지로 번식을 위해 다른 종족의 수컷이 필요한 아라크네종(種)의 우두머리로서, 대가를 제시하는 동시에 숲 바깥의 인간족 수컷과 접촉할 수 있는 기회를 획득하려는 의도도 있는 것으로 여겨졌다.

물론 이번 기회에 획득할 보상을 제대로 활용할 수 있을지의 여부는 나를 비롯한 베른 마을의 재량에 달려 있다. 하지만 아직 얻지도 못한 보상 때문에 쓸데없이 고민을 해봤자, 지금은 별 소용없는 일이다.

아르젠느의 제안은 우리의 투지를 부추길 뿐만 아니라, 망설이는 데오의 결심을 촉구하기 위한 방책이기도 했다.

"그렇군. 그만한 대가를 지불해야 할 정도의 활약을 기대하고 있는 건 틀림없어. 자네들이 협력해준다면, 최대한의 보상을 약속하겠네. 우리 세 족장이 보장하지. 드란, 세리나, 크리스티나. 아무쪼록 잘 부탁하네."

데오가 그렇게 말하면서 머리를 깊숙이 숙였다. 그리고 브라이크와 아르젠느도 진지한 표정으로 머리를 숙였다. 그들은 양어깨에 숲에 살아가는 모든 이들의 생명을 짊어지고 있었다.

"사력을 다해 기대에 부응하겠습니다. 그런데 이번 사태에 관해 인간들의 왕국 쪽에 전달하는 절차는 준비하셨습니까? 인간들에게서 조직적인 협력을 받을 경우의 위험성을 우려하고 계신다는 것은 잘 알겠습니다만, 최악의 경우엔 왕국에 협력을 요청해야 하는 사태도 고려해야 하지 않을까 싶습니다만⋯⋯."

물론 최악의 사태를 용납할 생각 따위는 털끝만큼도 없지만, 만약 사이웨스트와 주변 촌락들이 함락되고 우드 엘프의 군세까지 패배한다면 마계의 군세는 엔테의 숲을 정복하는 데 만족하지 않고 주변 국가들에도 침략의 마수를 뻗을 것임이 틀림없다.

마계의 군세에 대해 아무런 대비도 하지 않은 상황에서 그런 사태를 초래할 경우, 무참한 시체가 산을 이루고 하천은 피로 물들 것이다.

"왕국과 연락수단은 제가 마련해두었습니다. 여러분은 걱정하지 말고 마계의 군세를 상대하는 일에 집중해주세요."

회의실 안쪽에서 모습을 드러낸 우드 엘프 여성이 내 질문에 대답했다.

금실처럼 눈부신 머리카락과 짙은 초록빛 로브. 날카로운 눈동자는 에메랄드처럼 눈부시게 빛나고, 마치 피가 흐르지 않는 듯 새하얗게 비치는 피부는 미녀의 석상을 연상시켰다.

20대 후반으로 보이는 미모였지만 수명이 긴 엘프 종족인 만큼 겉보기만으로 실제 나이를 판단할 수는 없었다.

그렇게 따지고 들자면, 내 혼의 나이도 이 지상의 어떤 종족보다 오래된 셈이니 피차일반이다.

우드 엘프 여성은 우리의 시선에 전혀 동요하는 기색을 보이지 않았다. 그녀는 자그마한 소음조차도 내지 않고 조용히 데오의 오른쪽 등 뒤까지 걸어와서 발걸음을 멈췄다.

그녀는 브라이크나 아르젠느, 기오나 피오와도 안면이 있는 인물인 모양이었다. 그들 중 그 누구도 그녀의 신분을 확인하려 하지 않았기 때문이다.

나는 여성의 정체에 관해 질문하려 했는데, 그에 앞서 내 옆에 앉아 있었던 크리스티나 양이 경악에 찬 목소리를 냈다. 그녀가 이렇게 감정을 숨기지 못하는 경우는 흔치 않았다.

"학원장?!"

크리스티나 양은 피보다도 깊고, 루비보다도 아름다운 눈동자를 크게 뜨고 우드 엘프 여성의 얼굴을 뚫어지게 쳐다봤다.

학원장이라고 불린 우드 엘프 여성은, 에메랄드빛 시선을 크리스티나 양의 미모를 향해 움직이더니 침착한 목소리로 타일렀다.

"크리스티나, 그렇게 큰 목소리로 고함을 지르는 것은 숙녀가 할 행동이 아닙니다. 그리고 저는, 이 땅에서는 학원장이 아니라 어디까지나 일개 우드 엘프에 지나지 않습니다. 굳이 부르고자 하신다면 올리비에라는 이름으로 불러주세요."

"크리스티나 양, 이분은 누구시죠?"

세리나가 양 갈래로 갈라진 혓바닥을 살짝 엿보이면서 크리스티나 양에게 질문했다.

"내가 다니고 있는 가로아 마법 학원의 올리비에 학원장이야. 물론 종족이 우드 엘프라는 사실은 알고 있었지만, 혹시 학원장은 엔테의 숲 출신이십니까?"

"학원장이 아니라 올리비에입니다. 그 질문에 대답 하자면, 그렇습니다. 이 엔테의 숲이 바로 제 고향이랍니다. 상당히 오래전에 숲을 떠나 바깥세계에서 지내고 있었지만, 이번 사태를 전해 듣고 달려온 거지요. 마법 학원의 학원장으로서의 직무는 확실하게 완수한 후에 돌아왔으니, 걱정하실 필요는 없답니다."

"아, 예. 그러셨군요……."

크리스티나 양은 올리비에에게 어떻게 반응해야 할지 감을 잡지 못하고 시종일관 곤혹스러운 표정을 짓고 있었다.

흠, 크리스티나 양의 이런 모습을 보는 건 처음이군. 내가 은근히 감탄하고 있으려니, 세리나가 얼굴을 가까이 가져온 뒤 귓가에 속삭이면서 질문했다.

"드란 씨, 가로아 마법 학원이라는 건 뭔가요?"

"흠? 우리 베른 마을 남쪽에 가로아라는 도시가 있다는 건 알고 있겠지? 그리고 그 도시에 마법을 가르치는 왕립 학원이 있어. 도시의 이름을 따서 가로아 마법 학원이라 하지. 가로아는 왕국 북부에서도 수많은 주요 도로들이 엇갈리는 지역이라, 북부 각지의 특산품이나 정보, 돈이 모여드는 북부 제일의 대도시로 알려져 있어. 그러니까 사람들도 많이 모여들고, 그런 이들 중에서 소질이 있는 학생들을 모집해서 왕국 소속의 마법사로 교육하는 기관이야."

기본적으로 마법 학원의 학생들은 귀족 신분을 보유한 궁정 마술사의 자녀나, 우연히 소질을 갖춘 이가 엄청난 부를 보유한 거상의 친척 등 재력과 권력을 겸비한 후원자의 지원을 받아 입학하는 경우가 대부분이라고 들었다.

일개 평민이 마법 학원에 다니기 위한 비용을 충당하는 것은 거의 불가능에 가까울 뿐만 아니라, 마법 학원 쪽에서 학비나 생활비를 부담하는 장학생의 지위를 획득할 수 있을 정도로 우수한 인재는 좀처럼 찾아내기 힘들기 때문이다.

"헤에~, 그럼 드란 씨도 입학 권유를 받을지도 모르겠네요. 제가 살던 라미아 마을에도 마법에 능숙한 사람들은 제법 있었지만, 드란 씨는 그 사람들과 비교해도 대단하거든요. 아니 사실, 아까 게오르그와의 전투로 판단하자면 드란 씨를 이길 수 있는 인간분은 이 근방에 없지 않을까요?"

"후후, 고마워. 그러고 보니 그렇군. 마법 학원에서 우수한 성적을 거둔다면 궁정에서 출세하는 길이 열릴지도 몰라. 생활 수준을 향상시킨다는 의미로 보자면, 마법 학원 입학이야말로 올바른 선택일지도."

"음~. 하지만 만약 마법 학원에 입학하신다면, 드란 씨가 베른 마을을 떠나셔야 할 테니 쓸쓸해지겠네요."

"그래. 나도 마을 사람들이나 세리나와 헤어지고 싶지 않아. 일단 변경의 일개 농민과는 거리가 먼 이야기지."

나는 쓸쓸한 표정으로 눈썹을 찌푸린 세리나를 위로했지만, 사실 학원의 관계자 가운데 베른 마을 출신의 지인이 있었다. 그리고 나는 그분에게서 여러 차례에 걸쳐 마법 학원 입학을 권유받기도 했다.

일단 당장은 마법 학원에 입학할 의사는 없었지만, 마을의 장래에 공헌할 수 있다는 전제 조건하에 앞으로 약간 생각을 고쳐먹을 필요가 생길지도 모른다.

하지만 그런 방안을 고려한다고 해도 나중 일이다. 우선 눈앞에 출현한 마계의 군세를 타도하는 것이야말로, 지금 최우선적으로 달성해야 할 목표라는 사실은 변함없었다.

"일단은 왕국 쪽과 연락을 나누는 작업은 올리비에 님께 맡기면 되겠습니까?"

"예, 저를 믿으세요. 과거에 숲을 떠난 동포들에게도 가능한 한 소식을 알렸습니다. 저를 비롯한 모든 이들이 고향을 위해 싸울 생각입니다. 여러분에게만 부담을 강요할 생각은 없어요."

"그렇습니까? 정말 든든한 말씀이군요."

그리고 족장들은 게오르그 일당이 출현한 마계의 문을 파괴하기 위해 내일 태양이 중천에 뜰 즈음해서 나머지 병력을 총동원할 거라는 사실을 언급했다. 우리는 데오의 집에서 비어 있는 방에 하룻밤 동안 묵기로 했다. 그들은 우리를 큰 방으로 안내했다. 가족이나 연인도 아닌데 성인 남녀가 같은 방에서 하룻밤을 보낸다는 것은 꺼림칙했지만, 이번엔 느긋한 소리를 하고 있을 상황이 아니었다.

세리나는 조금 쑥스러운 모양이었으나 크리스티나 양은 전혀 신경 쓰는 기색이 없었다. 그녀는 방어구를 벗고 침대 위에 걸터앉았다.

크리스티나 양은 분위기나 외모로 판단하자면, 그야말로 더할 나위 없이 우아한 미모와 기품을 자랑하는 여성이다. 하지만 아무래도 그 인격은 그다지 귀족답지 않았고, 우리들 평민과 가까운 사고방식의 소유자로 보였다.

"세리나, 크리스티나 양. 잠깐 바람 좀 쐬고 오지. 금방 올게."

나도 방어구를 벗고 장검도 내려놓은 채 밖으로 나갔다. 세리나가 「네—!」라는 활발한 목소리로 나를 배웅했다.

나는 방에서 나와, 목적으로 삼은 인물을 찾기 위해 밤이 이슥한 마을을 나다녔다.

마도병 군단을 물리쳤다고는 하나 밤중에 습격이 없을 것이라고 장담할 수 없기 때문에, 마을에서 엇갈리는 모든 이들이 잔뜩 긴장된 분위기를 유지하고 있었다.

커다란 나무들의 틈바구니를 누비면서 나아가자, 잠시 후 셀 수도 없는 대량의 꽃들로 뒤덮인 구역에 도착했다. 우드 엘프 종족이 일상적으로 채취하는 꽃이나 풀을 재배하는 장소라고 들었는데, 나는 이곳에 우두커니 서 있는 그림자의 주인에게 용무가 있었다.

붉은색, 흰색, 보라색, 파란색, 노란색, 녹색, 검은색—. 풍부한 색채의 장미들이 핀 꽃밭 한가운데에 아름답다고 형용하는 것조차 어리석게 느껴지는 검은 장미의 정령— 디아드라가 서 있었다. 나는 장미를 밟지 않도록 조심하면서 그녀에게 다가갔다.

"이런 한밤중에 무슨 일이지, 드란?"

디아드라는 열 걸음 정도의 거리에서, 마치 방울을 울린 듯한 낭랑한 목소리로 나의 발걸음을 막았다. 내 눈동자에 비친 것은 디아드라의 긴 흑발뿐이었고, 그녀의 표정은 알 수가 없었다.

"이름을 기억해주고 있었나? 너를 찾고 있었다."

"나를? 무슨 용건으로? 나는 지금 기분이 그다지 좋지 않아. 쓸데없는 잡담이라면 사양하겠어. 당장 침소로 돌아가 내일을 대비하는 게 어때? 인간인 너는 수면이 필요한 걸로 아는데."

"네 배려는 고마울 따름이야. 그런데, 기분이 좋지 않은 이유는 네 동포들을 죽인 원수를 찾아냈기 때문인가?"

바람이 불지 않는데도 불구하고, 주위의 장미들이 디아드라의 온몸에서 발산된 순간적인 살기를 뒤집어쓰면서 일제히 흔들렸다.

흠, 라플라시아와의 결전을 앞두고 상당히 예민한 모양이군. 입을 잘못 놀렸다가는 덩굴 채찍으로 흠씬 얻어맞을 각오 정도는 필요할 것 같다.

디아드라의 목소리는 명계에 울려 퍼지는 죽은 이들의 신음 소리처럼 차가웠다.

"그래, 맞아. 그 마계의 꽃을 다스리는 정령에 관해 떠올리기만 해도 머리가 이상해질 것 같아. 그러니까, 함부로 다가오지 마. 지금 나는 무슨 짓을 저지를지 스스로도 알 수가 없어. 모처럼 합세한 아군에게 상처를 입히고 싶지는 않거든."

"흠, 그렇단 말이지?"

내가 그렇게 대답한 순간, 나는 이미 디아드라의 곁에 다가선 상태였다. 디아드라의 입장에서는 갑작스럽게 내가 옆에 출현한 것처럼 느껴졌으리라. 그녀는 경악에 찬 표정으로 나를 바라보고 있었다.

"어느 틈에? 아니, 그보다 함부로 다가오지 말라고 했는데 말을 못 알아들었나?"

나는 디아드라의 매서운 눈초리를 마주 보면서 대답했다.

"그래서 충분히 대비를 하고 다가오지 않았나? 그럼 문제없는 거 아닌가?"

디아드라의 입장에서 보자면, 내 말투는 마치 시치미를 떼고 있는 걸로 들렸을지도 모른다.

"……흥, 넌 참 이상한 인간이로군."

디아드라가 포기했다는 듯이 한숨을 내쉬었다. 나는 그 모습을 보고 살짝 쓴웃음을 지었다.

내가 그렇게 이상한 인간인가? 아니, 안에는 용의 혼이 들어 있는 데다, 그 감성과 감각이 남아 있는 동안엔 결국 인간 중엔 이상한 부류에 속할 수밖에 없나?

"그런 말 자주 들어. 오히려 너무나 익숙할 정도지."

"그래? 네 주위 인간들의 마음고생을 짐작하고도 남겠군."

아무리 그래도 그 정도까지는 아니지 않나? 흠, 디아드라는 거기까지 말하고 입을 다물었다. 당분간 우리는 침묵을 지킨 채로 시간이 흘러가는 것을 기다렸다.

달은 새하얀 빛으로 지상을 비추고 있었다. 바람은 피 냄새를 잊고 장미의 향기와 꽃들의 속삭임을 운반하고 있었다.

아무 말도 없이 달빛과 바람을 즐기고 있으려니, 마계의 군세와 벌였던 전투는 혹시 악질적인 악몽이었을지도 모른다는 착각까지 들 정도였다.

불현듯 디아드라가 입을 열었다. 침묵의 시간이 어떤 작용을 통해 이 검은 장미의 정령으로 하여금 입을 열게 한 것일까?

"라플라시아에게 죽임을 당한 동포들은 모두 착한 아이들이었어. 조금 고집이 세거나 짓궂기도 했고 너무 느긋한 구석도 없지 않아 있는 아이들이었지만, 그런 식으로 비참하게 죽어야 하는 이는 한 사람도 없었어. 없었다고."

부스럭, 부스럭—. 주변의 장미들이 또다시 비명을 지르기 시작했다.

"그러니까 용서 못해. 살아남은 내가 그녀들의 원한을 풀어줘야만 해. 설령 이 목숨과 맞바꾸는 한이 있더라도 반드시 그 계집을 찾아내서 죽이고 말겠어."

바람은 디아드라의 증오를 두려워하며 차마 가까이 오지 못했고, 달은 구름 사이에 숨어 디아드라의 흉악한 표정을 보기를 두려워했다.

검은 장미의 정령은 소름끼치는 위압감을 주위에 발산하고 있었다.

디아드라의 살기를 뒤집어쓴 내 체온도 표면이 얼어버린 물속에 뛰어든 것처럼 낮아진 상태였다. 디아드라의 증오는 그 정도로 무지막지했다.

라플라시아에게 죽임을 당한 꽃의 정령들은 그녀의 친한 벗이자 가족 같은 존재였으리라. 나 역시 부모나 형제가 그런 일을 당했다면, 눈앞의 디아드라와 마찬가지로 걷잡을 수 없는 증오에 사로잡혔을 것이다.

"그래? 그렇다면 나도 네 복수를 도와야겠군."

나는 그녀가 복수에 성공하더라도 죽은 이들은 기뻐하지 않을 거라는 틀에 박힌 말을 입에 담지 않았다.

내가 그녀의 복수를 말릴 이유가 전혀 없었기 때문이다. 굳이 내가 해야 할 일이 있다고 한다면, 디아드라가 복수의 과정에서 그 목숨을 헛되이 낭비하지 않도록 돕는 것 정도였다.

"너무 담백한 반응인데? 오늘까지 얼굴도 몰랐던 우리에게 힘을 빌려주는 이유는, 족장들이 약속한 보상을 받아 내기 위해서야? 아니면 여기가 함락될 경우엔 자신들의 마을에도 피해가 갈 수 있기 때문인가?"

"흠, 그 질문엔 솔직하게 대답할 수밖에 없겠군. 디아드라의 말 대로 족장들이 보상을 준비했다는 건 반가운 얘기고, 우리 마을에 피해가 가는 사태를 피하고 싶은 것도 사실이야. 하지만 그 이전에, 나는 부모님에게 곤경에 처한 이를 만나면 자신의 힘으로 대처할 수 있는 범위 내에서 상대를 돕는 것이 도리라고 배웠거든. 엔테의 숲에 살고 있는 백성들은 우리 마을과도 교류가 없지 않아. 내가 할 수 있는 일이 있다면 힘을 빌려주고 싶다는 건 어디까지나 본심이야. 만약 보상을 약속하지 않았어도, 나는 너희들을 돕는 길을 선택했을 거야. 내 말을 믿을지 안 믿을지는 디아드라의 자유지만 말이지."

"그래? 너는, 그러니까…… 일단은 믿어볼 만하다고 해 두지."

흠, 아직 딱 잘라서 장담할 수 있을 정도는 아닌 모양이다.

"드란, 너는 조금 이상하다고 해야 하나? 불가사의한 인간이야.

너의 눈동자를 바라보고 있으면 이유는 모르겠지만 마음이 차분해져. 마치 나의 혼을 통째로 꿰뚫어 보는 듯한 기분이 드는데, 이상하게도 불쾌하지가 않아. 너는 정말로 인간이 확실한가?"

"이 육체는 틀림없이 부모님한테 물려받은 인간의 몸이야."

"흐음? 조금 신경 쓰이는 표현이네."

"기분 탓이겠지. 그보다 내가 디아드라를 찾고 있던 이유는 대화를 나누기 위해서가 아니야. 디아드라, 라플라시아의 공격으로 부상을 입지 않았나?"

"무슨 소리지?"

"디아드라."

나는 천천히 말하면서 그녀의 얼굴을 똑바로 응시했다. 디아드라는 살짝 고개를 가로저으면서 패배를 인정했다. 나긋나긋한 오른손의 손가락이 살며시 목 언저리부터 배꼽까지 더듬자, 드레스의 옷감이 셀 수도 없는 자그마한 뱀들처럼 꿈틀거리더니 좌우로 물러났다.

이 드레스도 디아드라의 육체 중 일부가 변모한 것이리라.

그리고 달빛 아래에 그 모습을 드러낸 것은 마치 달빛이 거기에 집중적으로 비치고 있는 듯한 착각을 불러일으킬 정도로 새하얗고 풍만한 가슴과, 다소곳하게 패인 배꼽이 위치한 복부였다.

자세히 보니 가슴 한가운데부터 배꼽 바로 윗부분까지 윤기를 잃고 검게 변색된 상태였다. 한 번이라도 만지면 그 감촉을 평생 잊지 못할 아름다운 피부가, 지금은 보기만 해도 무참하고 추악한 몰골을 드러내고 있었다.

"정말 모르는 게 없군. 걱정 마. 전투에 영향은 없으니까."

"그럴 순 없지. 잠깐 만져도 되겠나?"

"그래. 이런 몸이라도 괜찮다면 말이야."

디아드라는 살짝 어깨를 으쓱해 보이더니, 장난스러운 몸짓으로 그렇게 대답했다. 검은 장미의 정령이라는 태생 때문인지, 그녀는 이성에게 피부를 보이는 데 그다지 수치심을 느끼지 않았다.

나는 섬세한 유리 세공품을 만지듯 부드럽고 천천히, 디아드라의 변색된 피부에 손을 갖다 댔다.

나는 안쪽의 절반 정도를 아낌없이 드러낸 가슴 한가운데부터, 아름다운 형태의 배꼽 윗부분까지 손가락을 이동시켰다. 그러나 내 손가락은 꺼칠하게 메마른 감촉만을 느낄 뿐이었다.

단순하게 생명력을 흡수당했을 뿐만 아니라, 그녀의 혼도 약간 쇠약해진 듯했다.

상대의 혼에 영향을 끼칠 수 있다는 것은, 라플라시아가 디아드라와 마찬가지로 꽃의 정령으로서 상당히 고위의 존재라는 사실을 의미한다.

"만져도 별 재미는 없을 텐데?"

"그렇지 않아. 디아드라가 너무나 매력적이라서 곤혹스러울 정도야. 나 역시 건강한 남자거든."

"어머나, 그래? 나는 남녀 관계는 잘 몰라서 이런 대우는 별로 받아본 적이 없네. 일단 매력적이라는 칭찬으로 받아들여도 될까?"

"상관없어. 하지만 조금 더 이성에 대한 경계심이 필요하다는 생각은 드는군."

"그게 상식인가? 내가 아는 드리아드들은 아름다운 소년이나 건장한 사내와 즐거이 몸을 섞는 모양이던데?"

드리아드는 나무의 정령이다. 아름다운 여성과 나무가 융합한 모습이며, 다른 종족의 남성과 몸을 섞으면서 그 정기를 양식으로 삼는다. 때에 따라서 마음에 든 상대를 자신들의 본체인 나무 속으로 끌고 들어가, 바깥세계와 다른 시간의 흐름 속에서 사랑을 나누기도 한다.

"농담이니 너무 진지하게 생각하지 마."

아무래도 이 검은 장미의 정령은 외모에 비해 지나치게 솔직하다고 할지, 순진한 구석이 있는 것 같다. 이래 가지고서야 도회지에서 사악한 마법사 같은 족속에게 속아 넘어갈 것만 같은 느낌이 든다. 그런 의미로 보자면 세리나와 비슷하다는 생각이 들었다.

나는 그런 감상을 느끼면서도, 디아드라의 몸에 용종(竜種)의 생명력을 투입했다. 그러자 디아드라의 육체가 마치 메마른 대지가 물을 빨아들이듯이 나의 생명력을 흡입했다.

잠시 후, 디아드라의 변색됐던 피부 위에 어렴풋한 무지갯빛이 떠오르며 눈 깜짝할 사이에 새하얀 빛깔로 복구되기 시작했다.

"이럴 수가! 네가 정말로 인간인지 점점 더 의심스러워지는데?"

"약간 신기한 인간이라고 생각해."

나는 아쉽지만 디아드라의 피부에서 손가락을 떼며 살짝 미소를 지었다. 디아드라는 그 이상 추궁하지는 않았다.

"약간 신기한 인간이라고? 일단 그렇다고 해 두지. 그리고 상처를 회복시켜줘서 고마워. 이 싸움이 끝나면 드리아드를 본받아서 답례를 해야 하나? 남자들은 그런 걸 좋아한다면서?"

"아무리 희롱하려는 의도라도, 디아드라같은 아름다운 여성이 그런 말을 입에 담는 건 경솔하다는 생각이 드는군. 그럼 나는 이만 방으로 돌아가지."

"그래? 너와 대화를 나눌 수 있어서 즐거웠어. 스스로 의외라고 느낄 정도야. 좋은 꿈을 꾸기를 기도할게."

"고마워. 너도 일단 몸과 마음에 충분한 휴식을 취하는 편이 좋을 거야."

그 문답을 끝으로, 나와 디아드라는 오늘 밤의 해후를 마쳤다.

밤이 깊어 왔다. 우리와 마도병 군단의 전투를 목격해야만 하는 내일의 태양은, 오늘 밤이 지나감을 원망하리라.

†

사이웨스트에 결집한 종족들이 꿈나라로 떠났을 즈음, 사이웨스트 북부에 위치한 4개의 마계문 가운데 가장 중요한 거점에 위치한 최북단의 마계문에 게오르그를 비롯한 마계의 네 기사가 모여 있었다.

마계문은 단말마의 비명을 내지르는 무수한 얼굴들이 뭉쳐있는 듯한 모양새의 금속 테두리에 직사각형 모양의 검은 문이 박혀 있는 형상이었다.

그 마계문 앞에 게오르그와 겔렌이 문지기처럼 버티고 있었고, 그 주위에 대량의 마도병들이 꿈틀대고 있었다. 주변에 나무들은 찾아볼 수 없었으며, 땅바닥은 짙은 보라색으로 변색된 상태였다. 여기저기서 정체불명의 액체가 부글부글 거품을 일으키는가 싶더니 파열되고 있다.

거품이 터질 때마다, 위장 속의 내용물을 전부 토하지 않고서는 견딜 수 없을 만큼 끔찍한 악취가 주변을 가득 메웠다.

마계문의 주위는 마계의 침식이 지나치게 진행된 나머지 생명력으로 충만했던 과거의 숲의 모습을 완전히 잃어버렸지만, 달빛만은 여전히 차갑고도 아름다운 빛을 유지하고 있었다.

침묵만이 지배하고 있을 것으로 여겨지는 광경이었으나 아까부터 배 속까지 울리는 듯한 굉음이 끊임없이 들려오고 있었다.

드란이나 크리스티나와 전투를 벌이면서 부상을 당한 게오루드가 마도병을 상대로 화를 풀고 있었기 때문이다.

부웅, 게오루드가 엄청난 소리와 함께 창을 휘두를 때마다 사지가 산산조각 난 마도병들과 무참하게 파헤쳐진 마계의 흙이 공중에 흩어지고 있었다.

뿐만 아니라 라플라시아까지 자신들의 첨병이라 할 수 있는 마도병들을 상대로 화를 풀고 있었기 때문에, 그 주위에 마도병 군단의 잔해로 보이는 흙들이 산더미처럼 쌓여 있었다.

라플라시아는 도저히 옥좌라고는 할 수 없는 바위 위에서 마치 여왕이나 되는 것처럼 걸터앉아 있었다. 그녀는 그 표정에 아무런 감정도 드러내지 않고 있었다. 그녀가 디아드라나 드란과 마주칠 때를 위해서 모든 감정과 힘을 끌어모으고 있다는 것은 명확했다.

"나 참, 게오루드와 라플라시아는 도가 지나치지 않나? 마도병들도 그냥 자동으로 생겨나는 건 아니라고."

젤렌이 씁쓸한 표정으로 내뱉었다. 애용하는 도끼를 땅바닥에
꽂은 채로, 거기에 기대면서 편한 자세를 잡고 있었다.

그의 얼굴은 투구의 형태로 변형된 상태였기 때문에 그 표정은
헤아릴 수 없었다. 그러나 그가 만약 인간이었다면 아래턱을 내밀
고 어이가 없다는 표정을 짓고 있었을 것이다.

젤렌의 옆에 버티고 있는 게오르그는 팔짱을 낀 채로 침묵을 유
지하고 있었다. 그는 동료들의 추태를 보고도 동요하는 기색이 없
었다. 젤렌의 입장에서 보자면 「혹시 이 녀석, 졸고 있는 건 아니
겠지?」라는 의심이 들 정도였다.

"이봐, 게오르그. 경(卿)이 뭐라 한마디 하는 게 어떻겠나?"

"둘 다 다음 전투에 대비해서 기분이 고양된 까닭에 저러는 게
아니겠나. 그냥 내버려 둬. 그건 그렇고 젤렌, 너야말로 그들과 다
시 격돌하기를 고대하고 있지 않나?"

다행히 게오르그에게서 대답이 돌아왔다. 아무래도 졸고 있지는
않았던 것 같다.

"그야 그렇지만 말이지. 그 크리스티나라는 계집은 초인종(超人
種)이라는 사실을 감안하더라도 정말 대단한 담력과 실력의 소유
자더군. 라미아 계집도 아직 비늘조차 성숙하지 않은 새끼 뱀이나
다름없었지만, 성장할 여지는 충분했어."

"흥, 너도 즐거워하고 있지 않나. 나도 그 드란이라는 사내가 마
음에 들었다. 오랜만에 예측할 수 없는 전투를 치를 수 있으리라
고 확신하고 있는 참이야."

겔렌은 이렇게까지 단언하는 게오르그의 모습이 신기했다. 겔렌은 「호오」라고 기탄없는 감탄의 목소리를 냈다.

게오르그와 알고 지낸 지 이미 천 년에 가까운 세월이 흘렀지만, 이렇게까지 특정한 상대에게 열중한 적은 과거 두세 차례나 있었을까.

"그거 다행이로군. 마계나 신계가 아니고서야 기대할 만한 상대와 만나기는 힘들 거라고 생각했다만, 설마 지상에서 이 정도의 강적들과 만나다니 예상치 못한 기쁘⋯⋯."

그 순간, 한층 커다란 폭발음과 함께 30에 가까운 마도병들이 공중을 날면서 겔렌의 말을 중단시켰다.

"에이잇!"

겔렌은 지금까지 유지하고 있던 유쾌한 표정을 버리고, 도끼를 뽑아들고 기세 좋게 일어나 게오루드에게 다가갔다.

말다툼 끝에 겔렌이 게오루드의 머리를 도끼날 언저리로 있는 힘껏 내려쳐 정신을 잃게 만들어, 겨우 마도병들의 쓸데없는 소모를 중단시킬 수 있었다.

게오르그는 동료들이 투닥거리는 모습을 바라보면서도, 그 눈동자는 전혀 다른 광경을 보고 있었다.

스스로 드란이라는 이름을 입에 담은 그 인간 남자가 전투가 진행되는 와중에 선보인 전투 능력과 그런 동작을 가능하게 했던 마력과 투기—. 그 모습은, 게오르그의 기억이 확실하다면 틀림없이⋯⋯.

"과거 마계의 사신(邪神)들과 백성들을 유린하고 학살하면서 전율케 했던 고대의 용이 지니고 있던 힘이다. 마계의 사신이나 악신(惡神)들까지 그 이름을 듣기만 해도 공포에 떨고 절망의 탄식을 내뱉었다는 그분이 아니신가? 용이 인간으로 모습을 바꿨거나 전생(轉生)을 거친 개체일지도 모른다. 어찌 됐건, 피가 용솟음치는 투쟁이 기다릴 터. 자, 어서 와라. 결투를 기다리지 못해 안달이 나다니, 실로 오랜만이구나."

†

디아드라와 대화를 끝낸 후, 나는 또 하나의 볼일을 해결하기 위해 장로의 나무를 들렀다. 내일 벌어질 결전에 대비하기 위해 내가 할 수 있는 일이 아직 남아 있었기 때문이다. 세리나나 크리스티나 양, 그리고 엔테의 숲 백성들의 몸에 닥칠 위험을 조금이라도 줄일 수 있다면 수고를 아낄 생각은 없다.

나는 볼일을 끝내고 우드 엘프들이 준비해준 방으로 돌아왔다. 크리스티나 양과 세리나뿐만 아니라 피오와 요정 소녀 마르까지 합류해서 나를 맞이했다.

문을 열고 들어가자 좌우의 벽 끝에 침대가 두 개씩 배치되어 있고, 벽에는 꽃이 꽂혀 있는 꽃병과 꽃 위에서 춤추는 요정의 투명한 조각이 새겨진 등이 달려 있다.

세리나 일행은 널마루 위에 깔린 교묘하고 정교한 자수가 새겨진 두꺼운 양탄자 위에 눕거나, 대량의 비단이나 섬유 형태로 풀어 놓은 식물의 줄기를 천으로 감싼 쿠션에 기댄 채로 느긋하게 휴식을 취하고 있었다.

"마르와 피오도 와 있었나? 수면이 부족하면 피부에 좋지 않다고 들었는데?"

피오는 펑퍼짐한 연둣빛 잠옷으로 갈아입고 있었다. 부드러운 광택의 아름다운 옷감은, 엔테의 숲에서 생산되는 고유의 누에 실을 이용한 걸까? 소매나 옷깃에 몇 겹이나 되는 얇은 천이 나풀거리고 있었다.

호사가들이 많은 도시 쪽에서 상당히 비싼 가격으로 거래되지 않을까 싶다.

피오는 들고 있던 나무 잔을 들어 올리면서 대답했다.

"괜찮아. 파레나의 벌꿀이 든 이 플라워 티를 마시기만 하면, 언제까지나 깨끗한 피부를 유지할 수 있거든."

시선이 자연스럽게 피오의 피부를 향했다. 기미나 주근깨, 잡티는 전혀 보이지 않았다.

우드 엘프뿐만 아니라, 엘프종은 대개 외모가 아름다운 종족으로 알려져 있다. 어쩌면 일상적으로 섭취하는 음식물이 그들의 미모를 지탱하는 중요한 요소일지도 모르겠다.

"흠, 아직 피부에 신경을 쓸 만한 나이도 아니지 않나?"

"여자애들은 어릴 때부터 미모에 신경을 쓰기 마련이야, 드란."

나는 새침한 표정으로 말하는 피오의 모습이 유쾌한 나머지, 살짝 어깨를 으쓱하면서 대답했다.

"이거 또 하나 새로운 사실을 깨우쳤군."

아마도 실제 나이는 세 자릿수를 넘은 것으로 추정되는 우드 엘프 여성이 여자애라고? 일단 외모로만 판단하자면 나와 그다지 차이가 없어 보이기도 하기에, 나는 피오의 주장을 굳이 부정할 생각이 없었다.

내가 비어 있는 의자에 대충 걸터앉자, 세리나가 눈치껏 액체가 들어 있는 잔과 김이 나는 수프 접시가 놓인 둥근 쟁반을 건넸다.

자세히 보니 잔과 수프 접시에는 서로 뒤얽힌 덩굴이나 나뭇가지, 그리고 거기에 열린 다양한 과일들과 그 과일들을 쪼아 먹는 새들이나 꽃의 조각이 새겨져 있었다. 그 모든 조형들이 훌륭한 기량을 지닌 장인의 손에 의해 탄생된 산물들일 것이다.

나는 불현듯, 우드 엘프 백성들이 숲 생활을 영유하면서 배양한 예술과 미의식의 일부와 접하고 있다는 실감이 들었다.

"드란 씨, 어서 드세요. 오늘 저녁 식사래요."

"고마워, 세리나. 피오와 마르가 준비해준 음식인가?"

"그래. 함께 싸울 사람들이 배를 곯았다간 큰일이잖아."

"굉장히 맛있답니다. 크리스티나 양과 세리나 양도 맛있다고 칭찬을 아끼지 않았어요."

마르는 피오의 무릎 위에 잎맥으로 만든 손수건을 깔고 걸터앉아 있었다. 마르는 양손에 먹다가 만 쿠키를 든 채로, 만면에 미소를 짓고 있었다.

나는 자그마한 요정의 순진무구한 모습에 영향을 받아, 자신도 모르게 자연스레 미소가 입가에 피어오르는 것을 느끼고 있었다.

"마르가 추천해주는 이상, 아무것도 걱정할 게 없겠는데? 고맙게 먹도록 하지."

접시의 내용물은 채소가 잔뜩 들어 있는 산뜻한 수프와 달콤한 냄새를 풍기는 젖 죽이었다. 꼬르륵, 낮에 육포와 빵만 쑤셔 넣었을 뿐인 위장이 소리를 내면서 공복감을 주장했다.

이 요리들은 엔테의 숲에서 채취할 수 있는 특유의 식자재들을 사용한 우드 엘프의 일상적인 음식일 것이다. 세리나와 크리스티나 양은 이미 식사를 마친 모양으로, 그녀들의 접시는 텅 비어 있었다. 수프에는 소금이나 후추 등의 양념은 거의 첨가되지 않은 상태였지만, 채소에서 번져 나온 달콤한 맛과 감칠맛이 절묘한 조화를 이루면서 소박하고도 깊은 풍미가 느껴졌다. 매일 먹어도 질리지 않을 것 같은 독특한 맛이다.

젖 죽은 눅진눅진해질 때까지 푹 삶은 보리의 담백함에, 희미하게 향이 나도록 첨가된 벌꿀의 달콤한 맛이 부드러운 풍미를 강조했다.

한입 머금기만 했을 뿐인데 눈 깜짝할 사이에 보리의 풍미와 벌꿀의 달콤한 맛이 입 안에 퍼지면서, 진심으로 안도의 한숨이 새어 나올 만한 풍미가 입 안을 가득 메웠다.

"마음이 따뜻해지는 맛이로군. 이런 음식이라면 얼마든지 먹을 수 있을 것 같아."

"후후, 마음에 들었다니 다행이야. 크리스티나도 순식간에 먹어 치우더라고. 예쁘장한 얼굴로 호쾌하게 털어 넣는 모습이 정말 대단하더라."

"창피한 모습을 보이고 말았군."

크리스티나 양이 한마디 덧붙였다. 새하얀 미모에 살짝 수줍은 듯한 미소를 지었다.

엔테의 숲에 도착할 때까지는 간소한 보존 식품으로 끼니를 해결하고 있었기 때문에, 식욕이 솟는 건 나도 동의한다. 하지만 아무래도 이 사람은 외모에 어울리지 않게 상당히 식탐이 많은 체질인 것 같다는 사실을 나도 이해하기 시작했다.

"크리스티나 양은 꽤 식탐이 많은 걸로 보이는데, 용케 그 정도로 야무진 체형을 유지하고 있으니 감탄스러울 따름이야."

"살이 잘 안 찌는 체질이거든. 그리고 단련을 게을리한 적이 없기 때문일 거야. 먹은 분량은 꼭 그만큼 움직이면서 소비하고 있지. 오늘은 특히 많이 움직였으니 더욱 영양을 제대로 섭취할 필요가 있어."

"하지만 크리스티나 양은 허리는 굉장히 잘록한데 나올 데는 나와 있잖아요. 같은 여성의 입장에서 보면 굉장히 부러워요."

"그건 세리나도 마찬가지 아닌가?"

크리스티나 양이 약간 머뭇거리면서 세리나에게 대답했다.

이런 대화가 그다지 익숙하지 않은 건지, 아니면 또래 동성과 대화를 한 경험 자체가 적은지는 모르겠다. 하지만 크리스티나 양의 대답은 둔하고 느렸다.

"저는 굳이 따지자면 정기를 주식으로 삼으니까 배나 팔에 군살이 생기기 어려워요."

"내 입장에서 보자면 크리스티나나 세리나나, 둘 다 가슴도 크고 허리까지 가는 것처럼 보이는데? 우리 엘프들은 결국 몸 자체가 가냘프게 생겨서 말이야. 근육이야 어느 정도 단련을 통해서 보강할 수 있다지만, 두 사람처럼 나올 데가 나오기는 정말 어려운 일이거든?"

피오는 자신의 허리나 가슴을 이리저리 더듬기 시작했다. 남자의 눈앞에서 하는 행동치고 적잖이 경망스러울 뿐만 아니라 지나치게 무방비한 행위였다.

그녀의 행동에 영향을 받아 자연스럽게 시선이 그녀의 몸매를 따라갔는데, 바로 납득이 갈 수밖에 없었다. 확실히 잠옷의 가슴 부분은 소심하게 솟아 있을 뿐, 크리스티나 양이나 세리나처럼 커다란 포물선을 그리지는 못하고 있었다.

물론 그만큼 섬세한 피부에 둘러싸인 팔다리가 날씬하고 부드러운 곡선을 그리면서 뻗어 있었다. 약간이라도 힘을 잘못 주기라도 하면 쉽게 부러져버릴 것처럼 가냘프게 보였다.

들판에 핀 한 떨기 꽃처럼 가련하면서도 연약한 그녀의 인상도 미(美)의 형태 가운데 하나라고 할 수 있을 것이다. 그러나 피오로서는 조금이라도 더 풍만하다는 단어가 어울리는 몸매가 부러운 모양이다.

내가 아무 생각 없이 피오의 얇은 잠옷에 싸여 있는 몸매를 확인하고 있으려니, 비난의 기색을 어렴풋하게 머금은 시선들이 나의 온몸을 꿰뚫고 있다는 사실을 깨달았다.

성욕 때문에 충동적으로 쳐다본 것은 아니었지만, 아무래도 여성진의 판단은 달랐던 것 같다.

"드란, 사람을 뚫어지게 쳐다보는 건 좀 실례가 아닐까? 그다지 이성적인 행동은 아니라고 생각해."

"그대도 성인 남자니까 그런 쪽에 호기심을 가지는 건 이해가 간다만, 때와 장소를 가려야⋯⋯."

피오는 나를 놀리는 듯한 말투로, 크리스티나 양은 굳이 표현하자면 어색하게 시선을 엉뚱한 방향으로 향하면서 나를 부드럽게 타일렀다.

유일하게 입을 열지 않았던 세리나는 시무룩한 표정으로 약간 볼을 부풀린 채, 양옆으로 움츠러든 눈동자로 내 얼굴을 꿰뚫어버릴 듯한 날카로운 시선을 보냈다.

오직 마르만이 우리의 대화에 상관치 않고 남아 있는 쿠키를 자그마한 입으로 갉아먹고 있었다.

"꺼림칙한 마음으로 보고 있던 게 아니야. 피오가 남을 부러워할 필요는 없을 거라고 생각했을 뿐이지."

"흐—응. 알았어, 그런 걸로 해 둘게. 남자 하나에 여자 넷이니까 우리가 드란을 괴롭히는 것 같잖아?"

"어, 피오가 드란을 괴롭히고 있었나요?"

지금까지 대화에 참가하지 않았던 마르가 얼빠진 목소리를 내면서 머리 위에 위치한 친구의 얼굴을 올려다봤다.

"아니야, 마르. 그냥 말이 그렇다는 거지. 정말로 괴롭히던 건 아니거든?"

"그럼 다행이네요."

마르가 진심으로 안심한 목소리를 내기에 우리도 미소를 지을 수밖에 없었다. 그리고 우리는 잠시 동안 숲 바깥의 세계에 관해서 이야기를 나눴다.

우리가 그 화제로 피운 이야기꽃은 우리의 첫 만남에 그윽한 향을 더해주었다. 하지만 화제가 크리스티나 양에게 향하자 꽃은 시들어버렸다.

크리스티나 양은 베른 마을 남쪽에 위치한 도시, 가로아의 마법 학원에 재적하고 있는 학생이다. 그녀는 자신이 평소 마법 학원에서 생활하고 있으며, 봄 방학 기간을 이용해서 베른 마을에 체류하고 있다는 사실과 자신의 혈육이 베른 마을과 인연이 깊은 인물이라는 사실까지는 털어놓았다.

그러나 화제가 상세한 개인의 내력까지 도달하자 크리스티나 양의 붉은 입술은 차마 쉽게 열리지 않았다.

이 은발과 붉은 눈을 지닌 미모의 검사에 대한 내력은 아직 알 때가 아닌 것 같다.

다행히 억지로 크리스티나 양을 추궁하려는 이는 이 자리에 없었다.

크리스티나 양이 울적한 표정을 짓는 것을 확인하고 세리나가 잽싸게 화제를 자신에게 돌렸다. 세리나는 정말 눈치가 빠른 소녀였다.

"저는 말이죠, 모레스 산맥 남쪽의 산 중턱에 있는 쟈르라라는 라미아 마을 출신이랍니다!"

"그래? 사이웨스트 부근에 사인족(蛇人族)은 있지만 라미아는 없으니까, 호기심이 생기는데?"

세리나가 전환시킨 화제에 피오도 동참했다. 크리스티나 양은 그녀들의 배려에 작은 한숨을 내쉴 수밖에 없었다.

그러는 동안에도 세리나의 이야기는 계속됐다. 라미아가 집단으로서 어떤 사회를 구축하고 있는지, 외부인들의 입장에서 보자면 확실치 않은 구석이 많았다. 피오는 정말로 세리나의 이야기에 흥미진진한 모양이다.

"라미아와 다른 종족 남성들, 그리고 그 자녀들이 함께 생활하고 있어요. 모레스 산맥에는 라미아 이외에도 다양한 아인종(亞人種)들이 살고 있다 보니, 때때로 그런 분들과 물물 교환을 하기도 하지요. 아르젠느 님과 껍질 색깔이 다른 아라크네 종족이나 슬라임 종족, 하피 종족과 만난 적도 있어요. 그리고 최근 리자드 종족이 근처 호수에 이주해 오기도 했고요. 사실 용족분과 마주치는 경우도 적지 않답니다. 산맥은 굉장히 범위가 넓어서 모든 지역을 아는 건 아니지만요. 그래도 일단 호수에 기거하는 수룡(水竜)님이나 가끔 하늘을 통과하는 풍룡(風竜)님, 동굴 안쪽에서 낮잠을 주무시는 지룡(地竜)님이 사는 건 틀림없어요."

아라크네와 슬라임, 그리고 하피―. 모든 이들이 때때로 인간을 식량으로 삼아 잡아먹기도 하지만, 의사소통이 가능한 종족으로 알려져 있다.

세리나에게 부탁해서 라미아 종족의 중개를 얻어 낼 수만 있다면, 모레스 산맥에 거주하는 다양한 종족들과 교류하는 길이 열릴지도 모른다. 나는 머릿속에서 엔테의 숲에 살고 있는 수인(獸人)들이나 우드 엘프, 모레스 산맥의 아라크네나 하피, 슬라임, 리자드 종족들이 베른 마을에 모여서 종족과 문화, 역사까지 서로 다른 이들끼리 친밀하게 교류하는 모습을 상상하고 있었다.

물론 지금은 그런 쪽에 신경을 쓸 때가 아니지만, 머리 한 켠에서 궁리를 한다고 딱히 손해도 아니었다.

"쟈르라는 대대로 라미아 여왕이 다스리는데요. 세습이 아니랍니다. 입후보하거나 추천을 받은 사람들을, 다른 사람들이 투표해서 여왕을 선출해요."

"선거를 한다는 거야? 엔테의 숲에 사는 우드 엘프 종족은, 위그드라실 님의 목소리를 들을 수 있는 무녀 공주님과 그분을 보좌하는 각 부족의 족장들로 구성된 의회 소속이야. 무녀 공주님은 어디까지나 위그드라실 님의 대변자라는 입장이니까, 정사에 관여하는 일은 거의 없지만 말이지."

이런 식으로 예상보다 실속이 많았던 대화는 달이 지평선 저편으로 기울 때까지 계속됐다.

눈앞에 닥친 마계의 군세들만 없었다면 밤새 계속됐을 열띤 대화는 아쉽게 마무리되었고 우리는 잠을 청했다.

제2장 다가오는 마계의 군세

나는 아침이 찾아옴과 동시에 각성했지만…….

"흠, 답답하군."

이유는 알 수 없지만 답답했다. 마치 사방팔방에서 있는 힘껏 안겨 있는 듯한 감각이다.

팔다리를 움직여 보니 모든 사지를 겨우 가누기만 할 수 있을 뿐 자유롭지 못했다. 이 사이웨스트는 어딜 가도 나무나 꽃의 향기로 폐를 채울 수 있는 장소다.

그러나 지금 나를 에워싸고 있는 향기는 그러한 자연의 냄새와는 다른 종류였다. 등줄기 안쪽이나 아랫배를 간지럽히는 달콤한 향기가 가까이에서 풍겨 왔다.

"음냐음냐……."

잠버릇이 이렇게 심했나? 세리나는 마치 사냥감을 졸라 죽이려는 구렁이처럼 — 이런 식으로 말하면 세리나에게 미안하지만 — 하반신으로 내 몸을 칭칭 둘러 감고 있었다.

나는 세리나의 하반신에 감긴 채 침대에서 거의 절반 정도 붕 뜬 상태였다. 나 스스로도 이런 자세로 용케 곤히 잤다는 생각이 들었다.

같은 방에서 자던 두 사람에 대해 전혀 경계를 하지 않았던 까닭도 있겠지만, 아마 세리나 본인도 무의식적으로 저지른 행동이기 때문일 것이다.

세리나의 하반신은 방금 설명한 대로 나를 둘러 감고 있었지만, 상반신은 나의 목을 끌어안고 있었다. 그녀는 내 몸을 무슨 인형으로 착각했는지, 꼭 끌어안고 내 목덜미에 얼굴을 묻고 있었다.

아까부터 나의 남성을 자극하고 있는 냄새는 라미아가 다른 종족의 이성을 유혹하기 위해 몸에서 자연스럽게 발산하는 향기였다.

강철의 정신이라도 지니고 있지 않고서야, 이 냄새만 맡아도 정신이 몽롱해지면서 요염한 라미아의 먹이로 전락할 것이다.

그러나 기분 좋게 새근새근 잠들어 있는 세리나의 천진난만한 얼굴에선 그런 위험한 마물의 기색은 보이지 않았다.

이러한 분위기조차도 라미아라는 종족이 사냥감의 경계를 풀기 위한 목적으로 획득한 자연적인 덫일지도 모르겠지만, 그 이상으로 세리나 개인의 특징이라는 쪽이 훨씬 납득이 갔다.

"일어났나, 드란?"

"좋은 아침이야, 크리스티나 양. 아직 해가 뜬 지 얼마 안 지났는데, 부지런하군."

크리스티나 양은 우리보다 먼저 일어나서 침대에 걸터앉아 있었다. 그녀는 상당히 부드러운 미소를 짓고 우리를 바라보고 있었다.

나와 크리스티나 양은 그저 방어구만 벗은 상태의 평상복 차림으로 자고 있었는데, 그녀는 이미 얼굴을 씻고 단정하게 옷차림을 갖추고 있었다. 자칫하면 진짜 은까지도 흐릿해 보일 정도로 아름다운 은발을 금실로 수가 놓인 파란 리본으로 묶고 있었다. 방어구를 걸치고 장검을 허리에 차면 당장이라도 전장에 나설 수 있는 상태였다.

"살짝 흥분해서 그런지, 평소보다 신경이 날카로워서 잠을 이루기 힘들더군. 그런 참에 세리나가 잠결에 그대의 침대로 기어 들어가는 소리를 듣고 완벽하게 잠이 깨버렸어. 설마 나까지 있는 이런 장소에서 그대를 덮칠 리도 없겠지만, 어디까지나 잠결에 벌인 행동이라는 느낌이 들어서 굳이 말리진 않았지."

"아마도 따뜻한 체온에 이끌린 구석도 없지 않아 있겠지만, 그 이상으로 무의식의 영역에서 전투에 대비하기 위해 정기를 보충하려는 본능이 작용했을 거야."

"그렇다는 건 혹시?"

크리스티나 양의 아름다운 미간이 살짝 의혹과 함께 찌푸려졌다. 라미아는 때때로 생명을 앗아 갈 정도로 사냥감의 정기를 흡수하기도 한다.

의식적이건 무의식적이건, 세리나가 만에 하나라도 나의 생명을 위협할 정도로 정기를 흡수할 수도 있다고 우려하는 것은 당연한 반응이었다.

"흠, 지금도 세리나에게 조금씩 정기를 흡수당하고 있는 참이야. 물론 전투에 지장을 초래할 정도는 아니니까, 걱정하지 않아도 돼."

때때로 세리나의 하반신이 내 몸을 더듬고 내 목덜미에 닿아 있는 세리나의 뺨이나 머리카락, 입술까지도 제각각 다른 감촉으로 내 온몸을 유혹하면서 정기의 방출을 재촉하고 있었다. 세리나는 잠들어 있는 사이에 자기도 모르게 나의 정기를 탐닉하고 있었다.

전투가 벌어지기 전에 정기를 나눠 줄 생각이었는데, 지금 그녀가 축적하고 있는 정기의 양을 고려하면 필요 없을 것 같다.

나는 약간만 얼굴을 뻗어도 입술을 핥을 수 있을 듯한 거리에 있는 세리나의 얼굴을 가만히 바라보고 있었다.

파르르 떨리는 눈꺼풀을 장식하는 황금빛 속눈썹과 햇살 속에서도 여전히 윤기 있게 빛나는 입술, 가지런한 콧등이 그리는 우아한 곡선은 사람이 아닌 마물에 대한 거부감을 망각시키기에 충분하고도 남았다.

새하얀 뺨에 걸린 몇 줄기의 황금빛 머리카락을 털어주고 싶었지만, 내 팔은 뱀의 몸통에 구속된 상태였다.

세리나는 우리의 말소리를 듣고 이제야 눈을 뜬 모양이었다. 속눈썹이 점점 크게 떨리더니, 어렴풋이 눈꺼풀이 열리면서 푸르게 젖은 눈동자가 나의 얼굴을 들여다봤다.

"으으응? ……응, 어라? 드랑 히다."

아직 잠기운이 가시지 않았는지 세리나는 혀 짧은 발음으로 나의 이름을 입에 담았다.

숨결이 닿을 정도로 가까운 거리에 내 얼굴이 있다는 사실을 아직 제대로 파악하지 못한 것 같다.

종족의 특성상 아침 기상에 시간이 걸린다는 사실은 예전부터 알고 있었기 때문에 나는 서두르지 않고 세리나가 상황을 파악할 때까지 기다렸다. 크리스티나 양도 쓸데없이 끼어들지 않고 약 올리는 듯한 표정으로 우리를 관찰하고 있다.

흠.

"좋은 아침이야, 세리나. 잘 잤나?"

"하아암, 네. 정말 곤히 잤어요."

세리나는 아직도 졸린 듯이 입을 왼손으로 가린 채, 하품을 하면서 눈 가장자리에 눈물을 머금었다.

졸린 듯이 눈을 문지르다가 서서히 잠기운이 가신 세리나는 그제야 자신이 놓인 상황을 깨닫고 크게 움찔했다. 뿐만 아니라 구렁이의 하반신까지 세게 조여들었기 때문에, 나는 찌부러지는 목소리가 나올 뻔한 것을 참아야만 했다.

세리나가 죄책감을 느끼지 않도록 있는 힘껏 버티는 것이야말로 남자로 태어난 이의 자존심이다.

"저어, 왜 드란 씨가 제 침대에……?"

수치와 곤혹이 뒤섞인 세리나의 목소리를 듣고, 나는 담담하게 사실만을 전달했다. 세리나, 그렇게 얼굴을 붉히면서 기대 반, 불안 반의 시선을 향하는 건 참아주겠나?

"내가 세리나의 침대에 들어온 게 아니라 그 반대야. 봐, 세리나의 침대는 저쪽이잖아?"

내가 턱으로 가리킨 방향을 보고 세리나는 순식간에 귓불까지 새빨갛게 물들었다.

"아, 으, 저기, 죄, 죄송해요. 아으, 왜 제가 드란 씨의 침대에 들어온 거죠? 다, 다, 당장 나갈게요."

세리나가 내 온몸을 옭아매고 있던 하반신의 구속을 풀었다. 나는 살짝 놀려주고 싶다는 생각이 들어서 「어버버, 어버버」하고 무의미한 소리를 내고 있는 세리나의 아래턱에 손가락을 가져가 가볍게 간지럽혔다.

"세리나가 내 침대로 들어온 걸 깨닫지 못한 내 책임이기도 해. 그렇게 스스로를 탓할 필요는 없어. 거기다 정기를 나눠 줄 수고도 덜 수 있었고."

"아, 그, 그렇게 말씀해주시니 고맙지만요? 왜 제 목을 간지럽히고 계신 거죠? 불쾌하진 않지만 간지러운데요?"

"후후, 살짝 세리나를 놀리고 싶어졌을 뿐이야."

"으으, 저는 고양이가 아니거든요?"

세리나는 일단 항의하는 뜻을 입에 올렸지만, 몸은 정반대의 반응을 보이고 있었다. 곤혹스럽다는 듯이 모여든 눈썹과 어렴풋이 상기된 뺨, 윤기를 띠기 시작한 눈동자와 좌우로 작게 움직이는 꼬리가 내 시야에 들어왔다. 그녀는 온몸으로 기쁨을 표현하고 있었다.

"정말로 불쾌하다면 바로 그만할게."

나 스스로도 짓궂은 질문이라는 생각이 들었는데, 세리나는 잠시 동안 침묵하고 나서 대답했다.

"……야, 야~옹."

지금만큼은 라미아가 아니라 고양이인 모양이다.

"흠, 솔직해서 좋군."

나는 세리나가 바라는 대로 당분간 그녀의 목을 간지럽히기로 했다.

"라미아긴 해도, 오랜만에 인간이 존엄을 버리는 모습을 본 것 같군. 음."

크리스티나 양이 나와 세리나의 행동을 잠자코 보고 있다가, 진

지한 음색으로 중얼거렸다.

그렇게까지 말할 일은 아니라는 생각이 들었지만 세리나는 듣지 못한 모양이다. 그녀는 황홀한 표정으로 내 손가락에 몸을 맡기기 시작했다.

"야옹, 야아옹~."

세리나가 행복해 보이니 나도 기뻐. 라미아가 고양이 울음소리를 내다니, 이게 무슨 조화냐는 생각은 들었지만—.

†

그 후, 정신을 차린 세리나는 몰려든 수치심에 어쩔 줄 모르고 몸부림쳤다. 그렇게까지 쑥스러우면 처음부터 그런 짓을 안 하면 되지 않느냐는 생각도 들었지만, 쓰다듬고 있을 때의 세리나가 몹시 사랑스러웠으니 넘어가자.

우리는 기오, 피오와 합류한 뒤, 아침 식사를 마치고 태양이 중천에 뜨기보다 약간 앞서서 마을 광장으로 발걸음을 옮겼다.

장로의 나무가 우뚝 선 광장에 노인과 어린이, 부상자와 그들을 지키기 위해 잔류하는 전사들을 제외하고 게오르그 일당과 마계문을 토벌하기 위해 집결한 전사들이 총출동해서 대열을 이루고 있었다.

그러나 수많은 종족의 전사들은 어딘지 모르게 안절부절못하는 모양새였다. 세리나나 크리스티나 양은 어리둥절한 표정으로 그들을 바라보고 있었다.

그러자 전사들의 대열에 섞여 있던 디아드라와 올리비에가 이쪽으로 다가왔다. 두 사람 다 어제와 똑같은 모습이었지만, 올리비에는 자신의 키와 맞먹을 정도로 커다란 지팡이를 들고 있었다.

내 키와 그다지 차이가 없을 정도로 커다란 그 지팡이는 세계수(世界樹)의 가지를 깎아 내서, 땅·물·불·바람·얼음·번개·빛·어둠·시간·공간이라는 열 가지 속성에 달하는 정령석(精靈石)을 내장한 장비였다. 그리 쉽게 입수할 수 있는 물건이 아니다.

올리비에가 걸어온 방향으로 시선을 옮기자, 살짝 이질적인 집단을 확인할 수 있었다. 구성원은 우드 엘프나 늑대 인간들로 엔테의 숲에 사는 종족이기는 하지만, 몸에 걸치고 있는 장비는 바깥세계에서 조달한 것들로 보였다.

그들이 바로 어제 올리비에가 언급했던 숲 바깥으로 떠났던 일족일 것이다.

숲 바깥에서 다양한 ― 아마도 모르는 편이 나았을 일이 많았겠지만 ― 경험을 쌓은 그들은 믿음직스러운 전사들임이 틀림없으리라.

"크리스티나, 상태가 좋아 보이는군요."

"학원자, 아니, 올리비에 님. 예, 특별한 문제는 없습니다. 만반의 준비를 갖추고 있습니다."

"듣던 중 반가운 말씀이네요. 설마 이런 순간에 이런 장소에서 당신과 만나게 될 줄은 예상조차 못했지만, 무리하실 필요는 없습니다. 당신은 아직 젊습니다. 아깝고 젊은 생명을 초개처럼 버리라고 강요할 생각은 없어요. 만일의 경우엔 전장에서 벗어나 도망치세요. 우리가 만약 패배하더라도, 그때는 우드 엘프의 본국이나 인간 왕국의 군세가 마계의 군단을 토벌할 겁니다."

미녀의 조각상을 떠올리게 하는 냉정한 인상은 변함없었지만, 내가 보기엔 마법 학원의 학원장은 적어도 학생의 안부를 걱정할 정도로 배려심이 깊은 인물이었다.

"올리비에 님, 그렇게까지 배려해주실 필요는 없습니다. 저는 이 땅에 와서 지금까지 마음속의 하늘을 뒤덮고 있던 회색 구름이 조금이나마 갠 기분입니다. 무엇을 위해 존재하는지조차 알 수 없었던 이 목숨과, 쓸데없이 남들보다 강하게 타고난 이 능력을 사용할 순간을 찾아낼 수가 있었으니까요. 이 목숨을 걸고 지상에 있어서는 안 되는 마성(魔性)의 존재들을 토벌해 보이겠습니다."

크리스티나 양은 어딘지 모르게 상쾌한 표정으로 대답했다. 하지만 그녀의 미련 없어 보이는 표정이, 내 마음에 불편한 파문을 불러일으켰다.

크리스티나 양은 방금 한 말대로 게오르그 일당과의 전투에 목숨을 걸 생각인 것이다. 물론 자포자기의 심정으로 목숨을 쓸데없이 내다 버릴 생각은 없겠지만, 지금의 크리스티나 양은 약간이라도 잘못 다뤘다가는 금방 깨져버리는 섬세한 유리 조각처럼 위태로워 보였다. 그녀의 그런 성질이 지금까지의 인생을 통해 배양된 것이라면 차마 눈뜨고 보기 어려운 우울한 경험을 겪어왔을 것이다.

"크리스티나, 당신은 마법 학원에 입학한 이후로도 그 어둡고 그늘진 마음에 변함이 없군요. 교사 된 이의 본분은 당신이 삶의 보람이나 목표를 찾을 수 있도록 돕는 것이겠지만, 당장은 저의 미숙하고도 모자란 재주를 원망할 수밖에 없겠네요. 어제 만났을 때만 해도 약간 밝은 표정을 짓고 있는 것 같았지만요."

학생을 가르치고 인도하는 교사의 몸으로서, 학생 한 사람조차 제대로 이끌지 못하는 고뇌가 올리비에의 아름다운 눈썹을 살짝 일그러뜨렸다.

크리스티나 양은 자신이 해야 할 말은 이미 했다는 듯이 그 이상 아무 말도 하지 않았다.

올리비에가 갑자기 나를 향해 시선을 돌렸다. 나에게 크리스티나 양에 관해서 부탁할 일이라도 있는 걸까?

"베른 마을의 드란, 당신 덕분에 크리스티나는 제 기억 속의 그녀보다 비교적 밝은 표정을 지을 만큼 성장했습니다. 우선 그 일에 관해 감사를 드립니다. 그리고 덴젤한테서 당신에 관한 얘기는 많이 들었답니다. 당신이 승낙만 했더라면, 진작에 입학시험에 응시해 서로 얼굴을 익힐 수 있었겠지요."

올리비에가 언급한 덴젤이라는 인물은, 리샤나 아이리의 삼촌에 해당하는 인물이다. 마글 할머니에게 마법의 재능을 물려받아, 10대 시절에 가로아로 이주했다. 그리고 마법 학원의 교사로 활약하고 있는 베른 마을의 자랑거리였다.

그는 1년에 두세 차례 정도 선물을 잔뜩 들고 베른 마을로 귀성하는데, 나는 그때마다 마법 학원에 입학하는 게 어떠냐는 권유를 받고 있었다.

"모처럼의 권유를 거절해서 죄송하게 생각합니다. 덴젤 아저씨는 별일 없나요?"

"예, 그는 그야말로 모범적인 교사이자 열성적인 연구자랍니다.

고 야단맞고 있다더군요."

"마글 할머니의 자녀들 중에서 미혼은 덴젤 아저씨뿐이니까요. 부모로서 어쩔 수 없는 반응이기는 합니다만……."

"그럴 수밖에 없겠지요. 드란, 만약 당신의 마음이 바뀌어서 마법 학원에 입학할 의사가 생기면 언제든지 가로아를 찾아오세요. 크리스티나로서도 지인이 늘어나는 것은 바람직한 일일 테고, 우수한 학생이 늘어나는 것은 한 사람의 교사로서도 반가운 일이니까요."

나는 일단 생각해 보겠다고 대답했다. 크리스티나 양은 나의 마법 학원 입학이라는 화제에 흥미가 동한 모양으로, 자세한 이야기를 듣고 싶어 하는 것 같았다.

마법 학원 소속의 지인이 늘어날지 몰라 반가운 걸까? 어쩌면 크리스티나 양은, 마법 학원 학생들 중에 마음을 터놓을 만한 상대가 없는 건지도 모른다.

지금까지 세리나는 주위의 전사들을 고루 관찰하고 있었는데, 고개를 갸웃거리면서 올리비에에게 질문을 던졌다. 흠, 동작 하나하나가 쓸데없이 사랑스럽게 느껴지는 건 내 주관인가?

"저, 올리비에 님? 다들 왠지 모르게 안절부절못하고 계신 것 같은데, 무슨 일이라도 있었나요? 전투를 앞두고 긴장하고 계신 거라면 납득이 가지만, 아무래도 그런 건 아닌 것 같아서요."

"실은 오늘 아침에 방벽 바깥을 경계하고 있던 전사들로부터, 숲을 침식하고 있던 마계의 독기가 소멸했다는 연락을 받았습니다."

"독기가 소멸했다고요?! 그게 사실이라면 숲 속에 들어가기 편해지겠지만, 원인은요?"

"모릅니다. 지금까지 우리가 여러 차례에 걸쳐 정화를 시도했습니다만, 마계문에서 유출되는 독기로 인해 항상 실패로 끝났습니다. 그런데 그 독기가 오늘 아침, 날이 밝을 즈음에 갑자기 소멸한 모양입니다. 아마도 마계문에서 독기가 유출되는 현상도 중단된 것으로 보입니다. 마계의 독기는 우리에게는 독입니다만 마도병들의 활력소이기도 합니다. 독기가 소멸됨으로써 마도병들은 마계문의 지배 범위를 벗어날 수 없고 동작 또한 느려질 겁니다. 이 현상이 마계의 군세가 준비한 함정인지 아니면 그들도 예측하지 못한 돌발 사태인지는 확실하지 않습니다만, 우리의 입장에서 보자면 절호의 기회가 찾아왔다고 판단해도 될 겁니다."

"그런가요? 정말 감사합니다. 그 사람들과 다시 만나기 전에 조금이라도 반가운 소식이 있어서 다행이네요."

"예, 모두들 이 사태를 긍정적으로 받아들이고 사기가 올라 있습니다. 그리고 반가운 소식은 그것뿐만이 아닙니다. 그 게오르그나 게오루드 같은 마계의 장수들과 호각 이상의 전투를 벌였던 당신들의 존재 자체도, 저희들이 바라 마지않던 낭보였답니다. 거듭 감사를 드립니다. 정말 고맙습니다."

올리비에는 「그럼 이만」이라는 한마디를 남기고 원래 서 있던 집단의 한가운데로 돌아갔다.

흠. 어젯밤, 방으로 돌아가기 전에 장로의 나무를 통해 엔테의 숲을 가득 메우고 있던 독기를 정화한 보람이 있었군. 이제 마계문의 부근이 아니고서야, 마도병들은 제대로 전투를 벌일 수 없을 것이다.

디아드라는 아직 남아 있었다. 그녀는 어젯밤보다도 조금 온화한 분위기로 우리에게 말을 걸었다.

"좋은 아침이야. 드란, 크리스티나, 세리나. 어제 전투만으로도 충분하고도 넘치는 활약을 했으니, 오늘도 우리를 따라올 필요는 없어."

무뚝뚝한 말투로 들렸지만, 그녀 나름대로 우리를 배려하는 발언이라는 사실을 모르는 이는 아무도 없었다.

"그건 너무 매정한 발언이 아닌가? 이건 우리를 위한 싸움이기도 하고 어제 족장들이 제시했던 조건은 정말 군침이 돌 정도로 반가운 얘기였어. 디아드라는 라플라시아를 물리치고 동포들의 복수를 완수한 후, 그녀들의 몫까지 살아가는 것만 생각해."

"공교롭게도 지금은 원수를 갚는 것만으로 머릿속이 꽉 차 있어서 말이야. 살아가는 일은 원수를 갚고 나서 생각하겠어. 너희야말로 스스로의 목숨을 소중히 여기도록 해. 외부인들이 굳이 목숨을 걸 필요는 없으니까."

"우리를 배려해주는 건가? 디아드라는 자상하군. 하지만 이번 전투는 지상에 살아가는 존재들과 마계라는 이세계의 존재들이 격돌하는 무대야. 숲의 백성들에게만 피를 흘리라고 강요할 수 없는 노릇이지."

"이제 와서 쓸데없는 소리를 한 것 같군. 네 뜻이 그 정도로 굳건하다면 달리 할 말은 없어. 단 하나, 목숨만은 소중히 여기도록 해."

"그래, 모처럼 태어난 생명이니 말이야."

그렇다. 용으로서 죽은 후에 예기치 못한 과정을 통해 얻은 인간으로서의 생명이다. 나름대로 삶의 보람을 느끼고 있는 현생을 헌신짝처럼 버릴 생각은 없다. 디아드라는 하고 싶은 말을 다 한 모양이다. 그녀는 크리스티나 양과 세리나에게도 말을 걸면서, 두세 마디 정도 대화를 나누기 시작했다.

나는 올리비에, 그리고 디아드라와의 대화를 끝내고 새삼 광장을 둘러봤다. 아군의 대략적인 병력은 우드 엘프 200명과 늑대 인간 150명, 그리고 아라크네 100명에다가 그 이외의 종족으로 구성된 전사들이 100명 정도였다.

지금까지 마도병 군단과 전투를 벌이면서 어느 정도 머릿수가 줄었을 것이다. 그런데도 엔테의 숲 서부의 일부 지역에 이렇게나 많은 아인들이 살고 있었단 말인가? 전사를 제외한 인원을 포함하자면, 그 인원수는 더욱 많으리라.

무시무시한 마계의 악귀들과 벌일 전투를 앞두고, 수많은 종족의 전사들이 긴장으로 인해 숨을 죽인 채 기침 소리조차 내지 않았다. 세 족장들이 자신들의 전사들을 둘러보면서, 바람이 옮기는 나뭇잎의 속삭임 이외에는 일동의 정숙이 지배하던 광장을 한층 더 조용하게 했다.

세 족장들 중에서 가장 먼저 입을 연 것은 우드 엘프 종족의 데오였다. 침착한 인상의 우드 엘프 족장이지만 지금은 주위의 나무들을 요동치게 할 정도로 박력과 위엄이 넘치는 목소리로 광장에서 연설을 시작했다.

"전사들이여, 엔테의 숲으로부터 주어진 은혜와 함께 살아온 백성들이여! 저 증오스러운 마계의 군단이 이 땅에 모습을 드러낸 이후, 수많은 동포들이 저들의 독니에 당해 숲으로 돌아갔다. 그리고 우리의 숲 또한 놈들에게 짓밟혀 지금도 비명을 지르고 있다. 나는 그들의 탄식을 잊지 않는다. 나는 그들의 분노를 잊지 않는다. 나는 그들의 원한을 잊지 않는다. 숲에 살아가는 모든 동포들이여, 지금이야말로 스러져 간 이들의 원통함과 우리의 분노를 마계의 악귀들에게 쏟아낼 때가 왔다!"

우드 엘프나 늑대 인간 전사들이 데오의 연설에 반응하면서 팔을 들어 올리고 일제히 포효를 외쳤다. 그 포효는 사이웨스트의 구석구석 울려 퍼졌으며 나무들을 진동시키고 혼을 북돋웠다.

이 세상에 둘도 없는 고향 땅을 침범하는 악귀들을 타도하기 위해 긍지와 목숨을 걸고 싸우는 이들이 외치는 혼의 포효였다.

우리가 동행하는 집단은, 존재가 확인된 네 개의 마계문 가운데 우선 보조적인 역할을 수행하고 있는 세 개의 문을 공략하기 위해 북상했다. 그리고 어느 정도 접근하고 나서 병력을 세 갈래로 분산시켜 세 개의 문을 동시에 공략할 계획이다.

세 개의 문을 공략한 후에 다시금 병력을 집결시켜, 게오르그 일당이 최대급의 병력을 동원해 방어하고 있을 것으로 추정되는 중앙의 문을 공략할 예정이다.

숲의 나무들이 속삭이는 목소리에 주의를 기울이면서 진군하는 집단 속에서도, 우리는 선봉을 맡은 늑대 인간 종족 집단과 동행하고 있었다.

기오는 우드 엘프 전사대 가운데 하나의 지휘를 담당하고 있기 때문에 개별 행동 중이었고, 피오가 우리와 동행하고 있었다.

세 갈래로 분산시킨 병력의 내역은 다음과 같다. 올리비에를 비롯한 바깥세계에서 귀환한 전사들, 엔테의 숲 최강의 전투력을 자랑하는 꽃의 정령 디아드라, 그리고 예상 밖의 증원으로 참전한 우리가 제각각 동일한 구성의 전사들로 이루어진 180명 전후의 병력을 분담하고 있다.

문제는 게오르그, 겔렌, 게오루드, 라플라시아―. 바로 이 네 사람이다. 그들은 그야말로 일기당천의 장수들이다. 이쪽도 그에 걸맞은 실력자가 나서지 않으면 만만치 않은 희생자를 낼 수밖에 없다.

나는 용으로서의 감각을 동원했다. 그리고 게오르그 일당이 우리를 요격하기 위해 네 개의 문을 제각각 한 사람씩 분담하고 있다는 사실을 알아냈다.

일대일 대결에서 적 간부를 상대로 승산이 있는 인원은 나와 디아드라, 그리고 크리스티나 양까지 포함해서 세 사람이다. 올리비에나 바깥세계에서 귀환한 이들의 실력은 미지수였지만, 그 이외의 전사들이 그들과 격돌할 경우엔 인해 전술을 동원해야 한다.

마계문에 접근하면 접근할수록, 독기에 의한 침식은 무참하기 짝이 없었다.

점차 다가오는 봄의 숨결에 흔들리고 있어야 할 녹색 숲의 풍경이, 붉은색이나 검은색 또는 보라색이나 파란색에 노란색같은 비정상적인 색채로 물들어있었다.

푸르른 잎사귀가 무성하게 매달려 있어야 할 나뭇가지에 까칠하게 말라비틀어진 잎이나 부글거리는 거품을 뿜는 썩은 고기를 연상시키는 정체불명의 잎사귀가 매달려 있었다. 나무의 줄기에는 단말마를 내지르는 표정을 연상시키는 문양이 떠올라 있었고, 물컹거리면서도 끈적거리는 썩은 액체가 흘러내리고 있었다.

숲의 나무들이나 대지, 바람과 친밀한 관계를 유지하며 살아가는 우드 엘프 종족에게 이러한 환경은 가혹하기 그지없었다. 우리와 나란히 걷고 있던 피오의 얼굴빛도 순식간에 창백해지고 있었다.

"피오, 괜찮아? 무리하지 말고 잠깐 쉬는 게 어때?"

피오는 등을 굽힌 채 마치 발작하는 것처럼 부들부들 떨기 시작했다. 세리나가 그녀를 배려해서 말을 걸었다.

피오는 떨리는 손으로 허리의 주머니에서 분홍색의 말린 잎을 꺼내어 입에 머금고 씹기 시작했다.

잠시 후 피오의 얼굴빛은 원래대로 돌아왔고, 발작도 잦아들었다.

"……응, 괜찮아. 휴우. 솔직히 이 정도로 힘들 줄은 몰랐지만, 이대로 내버려 두면 더 심각해져서 숲의 모든 생물들은 물론이고 바깥세상까지 퍼져 나가잖아? 그렇다면 여기서 약간 무리를 해서라도 지저분한 마계 놈들을 물리쳐야 해. 지금까지 죽은 사람들을 위해서, 그리고 앞으로 이 숲에서 살아갈 사람들을 위해서라도."

앳된 구석이 남아 있는 피오의 얼굴이지만 이때만큼은 소름 끼칠 정도로 진지한 표정을 짓고 있었다. 남녀노소 가릴 것 없이 지금 이 자리에 따라온 이들은 고향과 동포들을 지키기 위해 스스로의 모든 것을 내걸 각오를 마친 전사들뿐이다.

피오뿐만 아니라 이 자리에 모인 모든 전사들도 같은 심정으로 무시무시한 마계의 군단을 상대로 한 전투에 몸을 던진 것이다.

우리도 그들의 진심에 부응할 만한 활약을 해야 한다. 세리나는 피오의 굳은 각오를 직접 확인하고 숨을 죽였다.

"피오……."

세리나는 피오의 각오와 기백을 확인하고 더 이상 아무 말도 건넬 수 없었다. 사실 말을 건넬 시간조차 없었다는 것이 정확한 표현이리라.

우리가 진행하던 방향에서 셀 수도 없는 마도병들이 독기를 휘감고 접근해 왔기 때문이다. 머릿수는 200 정도였다. 아직 병력을 집중시키고 있던 우리 쪽 병력이 2배 이상 많았기 때문에 수적으로 우세했다.

아마도 이쪽의 전투력을 가늠하고 움직임을 예측하기 위해 파견한 병력이리라. 앞서가던 늑대 인간 전사들의 털이 일제히 곤두섰다. 그들은 온몸에서 본능적인 살기를 내뿜으면서 순식간에 전투 태세를 갖추기 시작했다.

후방의 아라크네와 우드 엘프들도 제각각 병장기를 준비한 채, 마법을 행사하기 위해 정신 집중을 시작했다.

우리 쪽은 마법을 행사하기에 적절한 인원으로 이루어져 있기 때문에 아라크네와 우드 엘프들의 공격 마법을 신호탄으로 삼아 선제공격을 시작할 것이다.

그 직후에 제2차 공격으로 활을 사용한 원거리 공격을 감행하고 나서, 늑대 인간 전사들을 선봉으로 삼아 백병전으로 이행하는 전술을 염두에 두고 있었다.

8대 정도의 마차들이 한꺼번에 통과할 수 있을 정도로 넓은 길 저편에서 사람과 말이 일체화한 듯한 모습의 마도병 가나프가 모습을 드러냈다.

육중한 팔 근육을 자랑하는 마도병 자르츠와 칼날 모양의 손톱을 지닌 마도병 젤트가 그 뒤를 따라왔다. 가나프 군단이 마치 하나의 생물처럼 움직여 일제히 돌격해 와서 이쪽의 대열을 무너뜨리고, 자르츠와 젤트를 동원하여 난전 상태로 몰고 가려는 의도가 뻔히 보였다.

그러나 마도병 군단은 집단 마법에 대한 대비가 충분하지 않았다. 마도병이 기본적으로 갖추고 있는 대(對)마법 방어 능력을 대열을 조직해서 강화했다고는 하나, 우리 쪽처럼 원거리 무기나 마법을 구사할 수 있는 병력이 없었기 때문이다.

이쪽의 마력을 소모시키기 위한 포진일지도 모르겠지만, 당장 우리가 할 일은 변함없었다.

나와 크리스티나 양, 그리고 세리나와 피오는 거의 동시에 마법을 행사하기 위한 주문 영창을 시작했다.

"빛의 이치여 나의 목소리에 따르라 세계를 널리 비추는 빛이여 삼라만상을 꿰뚫는 창이 되어 나의 앞을 가로막는 모든 적들을 파멸시켜라 셀레스티얼 자벨린!!"

우리의 머리 위에서 빛이 사그라지고 어둠이 펼쳐지더니, 거대한 빛의 창이 20개 정도 출현했다.

빛을 자신의 의지에 따라 집중시킨 후, 인체의 마력과 혼합시킴으로써 빛이 지닌 열량을 막대하게 증폭시켜 적을 물리적, 영적으로 소각시키는 빛의 창을 출현시키는 마법이다.

공중에서 쏟아진 빛의 창이 다른 마법들보다도 찰나 정도 빠르게, 전력 질주하는 가나프 군단에게 직격했다.

게오르그나 게오루드도 관통할 수 있을 거대한 빛의 창은, 명중된 가나프 군단에게 조금의 저항조차 용납하지 않고 불태워버렸다. 소멸하는 가나프의 그림자가 눈부신 빛 속에서 미친 듯이 날뛰었다.

뒤이어 따라오던 가나프 군단도 미처 질주를 멈추지 못하고, 스스로 저승길로 나아가려는 듯이 대지에 꽂혀 있는 빛의 창을 향해 차례차례 돌격했다.

【셀레스티얼 자벨린】이 소멸했을 즈음에는 가나프의 70퍼센트 가까이 사라져 있었고 나머지 가나프들이나 다른 마도병들은 완전히 발이 묶인 상태였다. 크리스티나 양을 비롯한 다른 일행들이 시전한 마법이 동작을 멈추고 손쉬운 과녁으로 전락한 마도병들을 덮쳤다.

날카로운 바람의 칼날과 거대한 대지의 창, 하늘에서 쏟아지는 번개의 화살이 동시에 쏟아졌다. 이 숲의 역사를 돌이켜 봐도 이 정도로 대량의 마법이 일제히 사용된 적은 많지 않을 것이다. 마도병들은 눈 깜짝할 사이에 큰 타격을 입고 흔적도 남기지 않고 사라졌다.

마법을 사용한 선제공격이 겨우 끝나 갈 즈음, 우리를 습격했던 마도병들은 하나도 남김없이 전멸했다.

"생각보다 별거 없는데?"

피오가 약간 허세를 부리면서 입을 열었다. 무기를 들고 언제든지 적의 대열을 향해 돌진할 준비를 갖추고 있던 늑대 인간 전사들도 비슷한 소리를 입에 담았다.

마도병들이 싱거울 정도로 간단히 전멸했기 때문에 안심한 까닭도 있겠지만, 남아 있는 전투에 대비해서 아군의 전의를 북돋기 위한 의도도 있었다.

우리의 힘을 모으기만 하면, 설령 마계의 악귀들이 상대라고 해도 결단코 지지는 않는다. 그들은 스스로를 그런 식으로 설득하고 있는 것이다.

사이웨스트의 전사들은 그 이후로도 산발적으로 공격해 오는 마도병들을 물리치고, 사전에 정한 대로 병력을 3분할해서 제각각 보조 마계문들을 파괴하기 위해 마계화된 숲 속으로 진격했다.

가끔 마주치는 마도병 군단을 소탕하는 작업은 매우 간단했다.

늑대 인간 종족은 전사로서 선천적으로 높은 적성과 우수한 신체 능력을 보유하고 있었다. 아라크네는 겹눈의 넓은 시야와 8개의 다리가 지닌 민첩성뿐만 아니라 마법까지 구사할 수 있었다. 나무들의 목소리를 듣고 정령의 도움을 받는 우드 엘프 종족은, 이종족 (異種族) 합동 작전에서도 기존의 친밀한 관계를 능숙하게 이용하면서 별반 문제없이 의사소통과 전술적 연계를 유지하고 있었다.

예상 밖의 지원군인 크리스티나 양이나 세리나도, 세 종족의 전사들로 하여금 인간과 라미아에 대한 인식을 고치게 할 정도로 초월적인 전투 능력을 과시했다. 항상 선봉에 서서 마도병들을 토벌함으로써 삽시간에 전사들에게 인정받은 것이다.

  적이 그저 마도병 군단뿐이었다면, 만약 내가 도중에 이탈한다고 해도 그들이 마계문을 파괴하는 것은 시간문제에 지나지 않았을 것이다.

  그러나 순조롭게 진군하던 우리들은, 마침내 보조 마계문 중 하나를 눈앞에 둔 지점에서 최강의 적 가운데 한 사람인 겔렌과 마주치고 말았다.

  "기다리다 지쳤다, 엔테의 백성들아. 오호라, 크리스티나와 세리나에 드란까지 이쪽으로 행차했단 말인가! 와하하하, 이런 행운이 있나! 무슨 조화를 부렸는지는 모르겠다만 마계의 독기가 이 땅에서 자취를 감추고 말았다. 허나, 이 장소라면 문제없이 싸울 수 있을 터. 자, 덤벼라!"

  우리의 눈앞에 우뚝 선 마계문은, 철사처럼 극단적으로 야윈 인간들이 서로 뒤얽힌 채 고통스러운 신음 소리를 내면서 문의 형태를 만든 듯한 모양새였다.

  주위의 나무들은 뿌리째 잘려 나갔거나 뽑혀 있었기 때문에 몸을 숨길 만한 엄폐물은 전혀 존재하지 않았다.

  마계문을 포위하고 있던 엔테의 백성들이 문을 지키는 겔렌과 마도병들을 향해 화살과 마법을 빗발치듯이 발사하기 시작했다.

  "뭐냐, 겨우 이 정도냐? 엔테의 백성들아, 네 놈들의 공격은 겨우 이 정도냔 말이다! 응?! 흐하하하하, 이렇게 뜨뜻미지근한 공격을 며칠 동안 계속 퍼부어 봤자 이 겔렌의 몸에 긁힌 상처 하나 낼 수 없을 것이다!!"

겔렌은 자신의 거구를 향해 쇄도하는 화살과 마법들을 손에 들고 있던 거대한 도끼를 한 차례 휘둘러 허망할 정도로 간단하게 흩어버렸다.

우리 쪽 병사들이 발사한 바람의 칼날이나 암석의 창, 그리고 불꽃 포탄들은 마치 폭풍우 속에 내던져진 돛단배나 나뭇잎처럼 모조리 산산조각 나고 말았다. 파편 한 조각조차 겔렌의 갑옷 형태로 변형된 육체에 도달하지 못했다.

뿐만 아니라 겔렌이 도끼를 휘두르면서 발생한 돌풍이 여세를 몰아 주위를 포위하고 있던 엔테의 전사들에게 들이닥쳤다. 그리고 몇 명이나 되는 전사들을 그대로 날려버리면서 진형을 크게 무너뜨렸다.

"후후후, 졸병들을 지금보다 10배 이상 동원한다 해도 나를 쓰러뜨리지는 못한다. 나를 해치우고 싶다면 1000명의 병사들보다 한 명의 용사를 데리고 오거라."

주위의 마도병들은 숲의 전사들과 전투를 거치면서 서서히 감소하기 시작했다. 그러나 마도병은 어차피 소모품에 지나지 않는다. 마도병이 전멸한다고 해도, 겔렌은 혼자서 엔테의 전사들을 물리칠 자신이 있다는 것이리라.

기오는 우드 엘프 부대 중 하나를 지휘하고 있었다. 그는 자신들의 화살이나 정령 마법이 전혀 통하지 않는 겔렌의 모습을 목격하고, 입술을 깨문 채 미간을 찌푸리고 있었다.

늑대 인간 종족이나 아라크네의 전사들도 과감히 덤벼들기는 했지만, 겔렌은 그 거구에서 상상조차 할 수 없는 바람 같은 민첩성을 발휘하면서 손쉽게 그들을 상대하고 있었다. 전사들의 공격은 그에게 전혀 통하지 않았다.

상황이 이렇게 돌아가다 보면, 필연적으로 조바심에 휩쓸려 섣불리 나서는 인원도 발생하기 마련이다. 지금도 다른 전사들의 제지를 무시하고, 초조함에 미모를 일그러뜨린 아라크네 전사가 탄환처럼 도약해서 겔렌을 향해 돌격했다.

검은 껍질에 세 줄기의 노란색 줄이 새겨진, 아직 젊은 아라크네 여전사였다. 어깻죽지 부근까지 가지런하게 기른 파란 머리카락 틈새로 보이는 거미의 눈 여섯 개가 이따금씩 붉은빛을 발산하고 있었다. 인간과 동일한 생김새의 두 눈동자 안에서, 고향을 능욕한 적에 대한 증오와 분노가 소용돌이치고 있었다.

아라크네는 거미의 다리를 이용해서 폭발적인 도약 능력을 발휘했다. 그녀는 양손으로 움켜쥔 검은 광택의 창을 앞세워 겔렌의 복숭아뼈를 향해 돌격했다.

기오나 다른 부대원들이 입을 모아서 그녀를 제지했다.

"그만 둬! 혼자서 파고들어도 소용없어! 그녀를 엄호해!"

목소리가 귀에 들어오자마자 기오의 부하들은 엄호 준비를 시작했지만, 아이러니하게도 아라크네 소녀의 놀라운 민첩성으로 인해 엘프들이 미처 엄호 준비를 마치기도 전에 겔렌과 격돌하는 결과를 초래했다.

"이야아아!!"

"흥, 날벌레따위 일일이 찌부러뜨리기도 귀찮군."

아라크네의 동작은 숙련된 전사라도 반응하기 어려울 정도로 빨랐다. 하지만 겔렌은 땅을 기는 자그마한 그림자에 지나지 않는 아라크네를 놓치지 않고 포착하고 있었다.

겔렌은 대수롭지 않게, 그야말로 귀찮게 꼬이는 성가신 날벌레를 털어버리듯 오른손에 든 도끼를 아라크네 소녀에게 내리쳤다.

도끼의 날 부분을 밑으로 향한 채 똑바로 내리친 것이다.

그저 그것뿐이었지만 아라크네의 입장에서 보자면 그야말로 삶과 죽음의 판결이 내려지는 순간이었다.

자신의 창이 닿기도 전에 적의 도끼가 자신의 몸을 짓이길 것이다.

잔혹하지만 피할 수 없는 현실을 이해하고, 아라크네 소녀의 눈동자가 공포로 물들었다.

그러나 크리스티나 양이 오른쪽 옆에서 달려 나가, 아라크네 전사에게 찾아올 죽음의 운명을 비틀어버렸다.

도끼가 들이닥치기 일보 직전, 크리스티나 양은 아라크네 소녀의 가냘픈 허리를 감싸 안고 측면으로 크게 도약했다.

겔렌의 도끼가 땅바닥에 꽂히자 그곳을 중심으로 거미줄 모양의 균열이 넓게 퍼져 나갔고, 크고 작은 여러 개의 흙덩어리가 사방으로 튀었다. 겔렌은 이번 일격에 특별한 힘이나 기술을 전혀 사용하지 않았다. 그런데 2층 건물 정도라면 흔적도 없이 날려버릴 정도의 위력을 과시한 것이다.

겔렌이 입술을 꽉 다물고 긴장한 크리스티나 양에게 시선을 돌렸다. 그 눈동자에 환희의 빛을 떠올랐다.

"다친 데는 없나?"

크리스티나 양은 선명하게 빛나는 붉은 눈동자를 겔렌에게 향한 채로 왼팔에 꺼안고 있던 아라크네 소녀를 땅에 내려놨다.

아라크네 소녀는 생사의 갈림길에서 갑작스레 모습을 드러낸 구세주에게 잠시 동안 넋이 나간 시선을 향하고 있었다. 이윽고 그녀가 천천히 입을 열었다.

"아, 네. 괜찮⋯⋯아요."

"그래? 그럼 다행이로군. 저 놈은 내가 맡겠다. 너는 이대로 물러나."

넋을 잃은 듯한 아라크네 소녀의 목소리에, 크리스티나 양은 겔렌을 바라보고 있던 시선을 그녀에게 향하면서 문득 부드러운 미소를 지어 보였다. 그리고 마치 어린아이를 달래는 듯한 자상한 말투로 말했다.

아라크네 소녀는 크리스티나 양의 인간을 초월한 미모와 부드러운 미소, 그리고 아름다운 목소리에 지근거리에서 노출됐다. 뿐만 아니라 틀림없는 죽음의 운명으로부터 구해준 생명의 은인이기도 했다. 그녀가 영혼마저 빼앗긴 듯한 눈빛으로 크리스티나 양을 바라보기 시작한 것은 어쩔 수 없는 결과였다.

크리스티나 양은 마계문에 도착하기 전까지 벌어졌던 전투에서도 가장 앞에 설 뿐만 아니라, 위기에 처한 이들을 우선적으로 구하는 방식으로 싸우면서 이미 여러 사람의 생명을 구한 바 있다.

크리스티나 양 덕분에 목숨을 부지한 이들은 종족이나 성별을 가리지 않고 이 아라크네 소녀와 똑같은 표정과 뜨거운 시선으로 크리스티나 양을 바라볼 수밖에 없었던 것이다.

"예, 말씀대로 하겠습니다. 언니."

크리스티나 양의 팔에서 해방된 아라크네 소녀가 지금 상황이 죽음의 늪에서 한 줄기 동아줄에 매달린 것과 다름없다는 사실까지도 잊고, 가슴속을 뜨겁게 뒤흔드는 감정에 지배당하고 있다는 사실은 얼핏 봐도 확실했다.

마계의 기사는 그 도끼를 양손으로 움켜쥐고 수평 자세를 잡은 채 크리스티나 양이 고개를 돌릴 때까지 잠자코 기다리고 있었다.

겔렌과 크리스티나 양이 마주 보기 시작하자 기오나 다른 전사들로부터 엄호용 화살이나 마법은 끼어들지 않았다. 어젯밤에 벌어졌던 방벽 전투를 목격한 이들이 황급히 이 전투에 난입하려는 움직임을 제지한 것이다.

크리스티나 양에게 필적하는 기량을 지니지 못한 이가 엄호를 한답시고 화살이나 마법을 발사한다 해도, 오히려 방해만 되리라는 사실을 이해했기 때문이다. 그리고 그들의 판단은 정확했다.

크리스티나 양은 애검(愛劍) 엘스파다의 칼끝을 오른쪽 하단으로 흘려보낸 채, 온몸에 자신의 의지와 마력이 조금의 착오도 없이 전달되고 있음을 확인하면서 공격의 기회를 노렸다.

엔테의 숲에 올 때 걸쳤던 갑옷은 지금도 착용하고 있지만, 눈앞의 기사를 상대할 때는 아무런 도움도 되지 않는다.

일격조차 용납하지 않고 눈앞의 기사를 쓰러뜨리는 수밖에 없다. 크리스티나 양의 승리 조건이 지극히 곤란한 과제라는 사실은 누구든 인정할 수밖에 없으리라.

"호오, 크리스티나. 너의 동료들은 쓸데없는 난입이 소용없다고 판단을 내릴 수 있는 분별력은 있는 모양이구나. 충분한 식사와 충분한 수면을 통해 충분히 기운을 가다듬고 왔느냐? 나는 너와 다시 격돌하기만을 고대하고 있었다. 마도병들도 우리의 투쟁에 끼어들지는 않을 것이다. 어디 한번 마음껏 생명을 건 혈투를 즐겨보자, 초인종(超人種) 계집!"

"네 녀석이 나와 격돌하기를 기대하고 있었다면 영광이다만, 초인종이라는 들어본 적도 없는 단어를 갖다 붙이다니 나로서는 곤혹스러울 따름이군. 하지만, 이번엔 승부를 가리지 않고 끝낼 수는 없을 거다. 나도 가진 능력을 총동원해서 너를 물리쳐주마."

"하하하, 그래야지! 그렇고말고! 나만 죽이고 나면 이 땅의 마계문을 파괴하는 것은 식은 죽 먹기다. 그러나 나를 죽이는 것이야말로 최악의 난관일 거야. 자, 한시라도 빨리 나를 죽이지 않으면 이 숲은 머지않아 또다시 마계로 전락할 것이다. 그 사실을 명심하고 덤벼라."

"굳이 말하지 않아도 알고 있다. 알고 있으니까, 이런 방식을 시도하는 거지!"

크리스티나 양이 마치 물에 가라앉듯이 허리를 낮추고 앞으로 기운 자세로, 정면의 겔렌을 향해 내달렸다. 그녀가 내딛는 한 걸음이 그 몸을 앞으로 나아가게끔 밀어붙였다. 겔렌이 말하는 초인종의 육체는 그녀에게 인간의 규격을 아득히 초월하는 속도를 부여했다.

그녀가 불순물이라고는 찾아볼 수 없는 은색 장발을 나부끼자, 찬란히 빛나는 햇빛을 반사시키면서 무수한 진주가 나풀거리는 듯한 착각을 불러일으켰다.

그 크리스티나 양의 머리 위로, 거대한 구렁이의 환영이 예리한 숨결을 토해 내면서 젤렌에게 들이닥쳤다.

크리스티나 양이 말없이 내달리기 시작한 것을 신호 삼아, 그녀의 등 뒤에 버티고 있던 세리나가 라미아종(種)의 고유 마법을 발동시킨 것이다.

"샤라므!!"

"으하하하하, 라미아 계집! 세리나라고 했나! 물론 네 녀석도 잊지 않았다. 난 처음부터 너희 두 사람과 어젯밤 대결을 계속하는 게 목적이었단 말이다! 일대일로 붙자는 말은 한마디도 한 적 없다. 바라는 바다!"

마력과 저주로 구성된 환영이라고는 하나, 인간이라면 한꺼번에 서너 명 정도는 가볍게 집어삼킬 수 있을 정도로 거대한 구렁이였다. 그러나 젤렌은 마치 거대한 바위를 거칠게 깎은 듯한 왼 주먹을 똑바로 치켜들고 그 머리통을 날려버렸다.

거대한 구렁이의 환영은 마치 머릿속에서 폭발이라도 일어난 듯 박살이 났다. 그리고 순식간에 허공으로 녹아들듯이 사라졌다.

"미안하지만 3대 1이다."

젤렌이 파괴한 【샤라므】의 등을 박차고, 나는 머리 위로 쳐든 장검을 젤렌의 목 왼쪽을 향해 내리쳤다.

"알고 있다! 게오루드와 게오르그는 원망할 것 같다만, 네 놈이 가장 벅찬 상대일 테니까 말이야! 싸울 수만 있다면 이보다 기쁜 일이 어디 있겠나!"

젤렌이 나의 장검을 오른손에 움켜쥔 도끼로 받아 내자, 그 발목이 땅바닥에 잠겼다.

"그으윽, 놀라운 괴력이군!"

나와 겔렌이 한차례 격돌하는 동안, 크리스티나 양은 사방으로 흩날리는 구렁이의 피와 살이 허공에 녹아 없어지는 한가운데를 내달리고 있었다.

체구의 차이로 인해 검으로 겔렌의 허리 윗부분을 공격하는 것은 지극히 어려운 작업이었다. 따라서 크리스티나 양의 표적은 자연스레 겔렌의 하반신, 특히 다리 부분에 집중될 수밖에 없었다. 겔렌의 입장에서도 키가 자신의 절반 이하인 데다 민첩하게 움직이는 상대를 노리는 것은, 같은 체격의 전사를 상대할 때보다 더 난감한 일일 것이다.

그러나 겔렌은 그런 불리한 조건을 메우고도 남을 정도의 체력과 내구력, 그리고 일격 필살의 파괴력을 보유하고 있었다.

"약삭빠른 계집! 흥!"

겔렌이 힘껏 도끼를 밀어냄으로써 나는 장검과 함께 후방으로 튕겨 나갔다. 크리스티나 양은 나를 개의치 않고 앞으로 내달렸다. 훌륭한 판단이다.

이미 엘스파다의 칼날에 새겨진 마법 문자와 칼자루에 탑재된 마정석이 푸른빛을 내뿜으면서 그 칼날에 엄청난 위력을 부여하고 있다. 아무리 겔렌의 육체가 강인하다고 해도, 크리스티나 양이 휘두르는 마검(魔劍)으로 벨 수 있다는 사실은 이미 어젯밤 전투를 통해 증명이 끝난 상태였다.

공포심이 마비된 듯한 크리스티나 양은 과감하게 정면 돌격을 감행했다. 겔렌 역시 고지식하게도 정면에서 도끼로 그녀를 내리쳤다. 휘두르는 동작도 없이 어깨와 팔꿈치, 그리고 손목을 연동시킨 최소한의 동작으로 크리스티나 양을 공격했다. 이 정도 경지에 오를 때까지 대체 얼마나 많은 전쟁터를 내달리면서 얼마나 많은 시체의 산을 쌓아 왔을까?

강인한 거인족 전사의 숨통조차 끊어버릴 수 있을 듯한 도끼의 일격을, 크리스티나 양은 두 걸음 오른쪽으로 비껴 나가는 동작만으로 회피했다.

겔렌의 도끼가 바람을 도려낼 듯한 기세로 그녀의 왼편을 통과하자 아름다운 은발이 뿌리째 뽑혀 나갈 기세로 휘날렸다.

크리스티나 양은 겔렌의 도끼 공격을 이겨 내고, 질주의 기세를 그대로 유지한 채 겔렌의 왼쪽 정강이를 있는 힘껏 베어 냈다.

인간의 몸통이었다면 설령 갑옷으로 완전 무장한 상대라도 물을 베듯이 양단해버렸으리라. 크리스티나 양의 인간을 초월한 참격이 작렬했다.

그러나 겔렌은 그 일격을 오른쪽 다리를 축으로 삼아 비스듬히 몸을 비끼는 동작을 통해 회피했을 뿐만 아니라, 칼날이 통과한 궤적을 따라가듯이 왼쪽 다리로 돌려 차기를 날렸다.

부웅, 바람을 가르는 소리를 동반한 돌려 차기가, 방금 전까지 크리스티나 양이 서 있던 공간으로 들이닥쳤다. 하지만 그 발차기는 크리스티나 양을 다진 고기로 만들지는 못했다.

겔렌은 왼쪽 돌려 차기의 여세를 몰아 거구를 회전시켜, 자신의 등 뒤로 돌아 들어간 크리스티나 양에게 고개를 돌렸다. 그 동작이 이루어지는 와중에 이미 두 번째 마법의 영창을 끝낸 세리나의 날카로운 시선이 겔렌을 꿰뚫었다.

"땅의 이치여 나의 목소리에 따라 보이지 않는 속박과 쇠사슬을 해방시켜 하늘로부터 강림하는 재앙을 창조하라"

세리나가 어젯밤 보여준 어떤 마법보다도 강대한 마력을 마치 온몸에서 피어오르는 신기루와 같은 형태로 분출하면서 양팔을 머리 위로 치켜 올렸다. 마성의 울림과 선율을 지닌 영창이 계속 이어져 나갔다.

점차 주위의 흙이나 바위들이 일제히 떠오르더니 세리나의 머리 위에 마치 보이지 않는 구멍이 뚫려 그곳으로 빨려드는 듯이 모여들었다.

그 흙의 집합체는 눈 깜짝할 사이에 점점 더 거대해지더니 겔렌의 세 배 정도는 되어 보일 정도로 거대한 바윗덩어리가 출현했다.

중력과 인력에 간섭함으로써 대기 중에 존재하는 먼지나 땅의 흙, 바위를 재료로 삼아 창조한 암석을 적에게 낙하시키는 상위 땅 속성 이치 마법이다.

"가이아 스트라이크!!"

세리나의 머리 위에 등장한 거대한 암석이 잠시 동안 몇 차례 경련을 일으키는가 싶더니 그녀가 양팔을 내리치는 동작을 따라 나는 제비보다도 빠르게 겔렌을 향해 낙하했다.

고도와 거리가 그다지 대단치 않다고는 하나, 이 정도의 거대한 질량과 고속으로 격돌한다면 아무리 겔렌이라고 해도 무사히 끝나지는 않을 것이다. 기본적으로 대군을 상대하거나 요새를 파괴하기 위해 사용되는 상위 공격 마법이다.

언제든지 겔렌을 공격할 수 있도록 일정하게 짧은 거리를 유지하고 있던 크리스티나 양이 세리나가 사용한 마법의 규모를 확인하고 허를 찔린 듯한 표정과 함께 황급히 물러났다는 사실이 그 위력을 짐작하게끔 한다.

스스로를 완전히 뒤덮을 정도로 거대한 암석 덩어리가 시야를 가득 메운 상황에서도, 겔렌은 침착했다.

그는 셀 수도 없을 정도의 전쟁터를 거닐면서 오랜 시간을 함께한 도끼를 양손으로 거머쥐고 그 날끝을 오른쪽 뒤로 잡아당겨 칼날에 투기와 마력을 집중시키기 시작했다.

"시답잖은 마법을 써먹는구나. 에이이이이이이이이이잇!!"

겔렌의 고함과 함께 칠흑의 불꽃이 도끼를 에워쌌다. 타오르는 불꽃의 시각적 형상을 빌린 겔렌의 투기와 마력이다.

물질화 과정을 통해 질량을 지니게 될 정도로 압축된 막대한 양의 투기와 마력을 휘감은 도끼가, 들이닥치는 【가이아 스트라이크】와 격돌했다.

고막이 찢어질 듯한 굉음보다 살짝 더디게 거대한 암석에 금이 갔다. 이윽고 그 형상을 고정시키고 움직이고 있던 세리나의 마력과 함께 셀 수도 없는 크고 작은 파편을 사방으로 흩뿌리면서 박살이 났다.

겔렌의 엄청난 일격에 의해 파괴된 【가이아 스트라이크】의 파편이 숲의 전사들은 물론 마도병들까지 휩쓸면서 적과 아군을 가리지 않고 내리 쏟아졌다. 사투를 지켜보고 있던 이들도 황급히 거리를 벌리기 위해 이탈했다.

크리스티나 양은 천공에서 대량의 암석이 쏟아지는 와중에도, 그 사이를 누비면서 질주해 겔렌에게 참격을 가했다. 붉게 가열된 암석이 소름이 끼칠 정도로 가까운 장소까지 떨어지는 상황임에도 불구하고 크리스티나 양의 미모가 공포로 그늘지는 일은 없었다.

교묘한 몸놀림으로 돌격해 들어가는 크리스티나 양을 상대하면서, 겔렌은 혼신의 일격을 시전한 직후의 경직 상태에서 벗어나지 못한 채 회피와 방어를 위한 동작을 미처 취하지 못하고 있었다.

바람처럼 빠르게 파고들어, 그 이상의 속도로 휘두른 엘스파다가 겔렌의 오른쪽 장딴지를 베어 넘기자 검은 피가 솟구쳤다. 크리스티나 양은 지체하지 않고 완벽한 동작으로 두 번째 공격을 가했다.

왼쪽에서 오른쪽으로 휘두른 엘스파다의 칼끝을 돌려, 이번엔 오른쪽 반대편의 정강이를 공격하기 위해 배에 기합을 모으기 시작했다.

"그리 쉽게 당할 것 같으냐!!"

엘스파다를 다시 휘두르기 직전, 크리스티나 양은 경직 상태에서 벗어난 겔렌이 도끼를 들어 올리는 동작을 감지하고, 공격 동작을 회피 동작으로 전환하기 위해 이미 움직이기 시작한 육체에게 온 힘을 다해 명령을 내렸다.

겔렌은 오른손으로 도끼를 다잡고, 도끼날이 땅바닥을 스쳐 지나가도록 포물선을 그리며 휘둘렀다.

크리스티나 양의 위치에서 보자면, 터무니없이 거대하고 두꺼운 도끼날은 시계추가 덮쳐 오는 것처럼 보였으리라.

"위험해요! 타이탄 피스트!"

서로의 고함 소리가 전장에 울려 퍼진 그 순간, 겔렌의 정면에서 땅바닥이 순식간에 솟아올랐다. 그리고 그의 거구에 필적할 정도로 거대한 주먹이 출현하여 도끼를 휘두르는 겔렌과 정면으로 충돌했다.

"그오오?!"

겔렌도 이 마법은 버티지 못하고 튕겨 나갔다. 그는 묵직한 굉음과 함께 땅바닥 위를 여러 차례 뒹굴었다. 그러나 마지막 순간에는 날렵하게 공중에서 회전하며 두 발로 땅바닥에 착지했다는 점이 그의 노련한 실력을 증명하고 있었다.

겔렌은 세리나가 사용한 【타이탄 피스트】로 인해 생긴 온몸의 타박상 때문에 얼굴을 일그러뜨리면서 적지 않은 경외심을 느끼고 있었다.

"으으음, 이런 기괴한 경우가 다 있나. 저주받은 뱀의 마력에 용종의 마력이 미량이나마 섞여 있다니. 후후, 생각보다 훨씬 흥미로운 적수와 만났구나!"

【가이아 스트라이크】를 사용하자마자 연속으로 상위 마법을 행사하는 세리나의 모습을 목격하고 크리스티나 양도 겔렌과는 또 다른 의미로 경악하고 있는 듯했다.

크리스티나 양은 세리나가 【가이아 스트라이크】를 사용한 뒤, 다음 마법을 발동시키기 위해 당분간 마력을 회복할 시간이 필요하리라고 판단하고 있었던 것이다.

"대단한데? 어제 시점에서도 충분히 굉장했지만 오늘은 마치 딴 사람처럼 보일 정도야, 세리나."

"어찌 된 영문인지 저도 잘 모르겠지만, 오늘은 굉장히 컨디션이 좋아요! 드란 씨가 주신 마정석과 지정석 덕분이기도 하지만요!"

세리나는 자신만만하게 강력한 마법의 내막을 설명한답시고 양손에 움켜쥐고 있던 마정석과 지정석을 과시했다. 그 마정석은 내가 스스로의 혼으로부터 추출한 용종의 마력을 사용해 연성한 결정체로, 말하자면 용마정석(竜魔精石)이라는 명칭이 어울리는 특제 마정석이다.

용마정석과 나에게서 직접 흡수한 정기로 인해, 세리나는 지금 선천적으로 타고난 본래의 마력을 훨씬 능가하는 양의 마력을 구사할 수 있는 상태였다.

그로 인해 평소엔 온화하고 얌전한 성격의 세리나가, 지금은 온몸에서 용솟음치는 힘을 주체하지 못하고 평소보다 호전적인 태도를 보이고 있는 모양이다.

나는 세리나에게 지나치게 무모한 짓은 자제해 달라고 못을 박기 위해 입을 열려고 했다. 그 순간, 나는 이 자리에 있는 다른 누구보다도 먼저, 젤렌이 아닌 다른 존재가 발산하는 방대한 마력과 살기를 감지하고 순간적으로 등을 돌릴 수밖에 없었다.

"엎드려! 익스플로전!"

나는 내 시선이 가리키는 방향에 위치한 우드 엘프나 아라크네 전사들에게 도망치라고 고함을 내지르면서 폭발 마법을 발동시켰다.

거대한 불덩어리가 몇 십 그루나 되는 나무들을 불태우며 들이닥치고 있었다. 내가 사용한 【익스플로전】이 그 불덩어리와 충돌하면서 그 위력을 상쇄시켰다.

"이 불덩어리는, 게오루드냐!"

나는 어젯밤 목격했던 광경을 떠올리고 새로운 적이 출현했다는 사실에 표정을 찡그릴 수밖에 없었다.

"흥, 성질 급한 녀석. 네놈들이 한꺼번에 내가 지키고 있는 문으로 들이닥쳤다는 사실을 알고 안달이 나서 자신의 문을 버려두고 달려온 모양이구나. 그건 그렇고, 나보다 먼저 게오루드의 접근을 눈치 챌 줄이야."

겔렌은 나의 갑작스런 행동에 납득한 모양이지만, 이쪽으로서는 아무래도 좋은 일이다. 흠, 겔렌과 게오루드를 동시에 상대할 수밖에 없나? 그렇다면 내가 게오루드를 전담해서 해치운 후에 다시 겔렌과의 싸움에 가세하는 게 상책일 것이다.

불덩어리가 날아온 방향으로 시선을 돌리자 짐승의 하반신을 지닌 거대한 기사의 모습이 눈에 들어왔다. 그는 증오로 가득 찬 시선으로 나를 노려보고 있었다.

"찾았다, 드란! 원수는 외나무다리에서 만난다던가! 치욕에 온 몸이 갈기갈기 찢기는 줄 알았다. 지금 바로 어젯밤의 원한을 갚겠다!"

게오루드는 지금 당장이라도 덮쳐 올 듯한 자세를 취하고 있었다. 놀라운 민첩성을 지닌 두 거인의 합류를 이대로 허용했다가는 난전 상황이 되어 끔찍한 참상을 연출할 공산이 크다. 일단 두 녀석을 떼어 놓고 각개 격파하는 것이 상책일 것이다.

"크리스티나 양. 세리나. 게오루드는 내가 상대하지. 해치운 즉시 이쪽으로 돌아올 테니 그때까지 무모한 행동은 자제해."

"드란 씨 혼자서요?! 너무 위험해요!"

"게오르그를 상대로 호각 이상의 전투를 벌인 나를 믿어. 그리고 게오루드는 게오르그보다 한 단계 격이 낮은 상대야. 질 리가 없어. 둘 다 내가 돌아올 때까지 절대 무리하면 안 돼. 알겠나?"

거의 우격다짐이나 다름없는 말투로 부탁하는 나에게, 두 사람은 동시에 고개를 작게 끄덕였다.

"좋아. 그럼 나는 멍청하게 자신이 지키던 마계문을 내버려 두고 온 바보를 처리하고 오지."

나는 그 말을 남기고 무시무시한 살기를 띤 게오루드를 향해 일직선으로 내달렸다.

†

드란이 혼자서 게오루드를 향해 달려가자마자 크리스티나보다 세리나가 먼저 겔렌을 향해 강렬한 공격을 가했다. 드란은 무모한 행동을 자제하라고 했지만 세리나는 자신들이야말로 겔렌을 재빨리 물리치고 드란을 도울 생각이었다.

"나의 피에 흐르는 저주받은 뱀의 독이 깃든 피여 나의 혼을 옭아맨 저주받은 뱀이여 오오 나는 불길하기 짝이 없는 그대들에게 바라노니 저주받은 포효를 울려라 독을 흩뿌려라 생명을 증오하라"

크리스티나와 겔렌은 세리나의 몸에서 분출되는 붉은 보라색의 강대한 마력을 주시할 수밖에 없었다.

지금 이 순간에도 용마정석은 세리나에게 방대한 마력을 제공하고 있었다. 세리나는 사실상 라미아의 껍질을 쓴 용이나 다름없었다.

붉은 보라색의 마력이 하나의 몸에 여덟 개의 머리를 지닌 괴물 뱀의 모습으로 변화했다.

세리나가 어젯밤 전투에서 겔렌을 상대하면서 사용했던 일곱 개의 머리를 지닌 괴물 뱀 소환 마법보다도 한층 상위에 해당하는 라미아종의 고유 마법이자, 그녀가 사용할 수 있는 고유 마법 중에서도 최강의 주문 가운데 하나였다.

"에운 쟈라므!!"

【에운 쟈라므】는 여덟 머리 뱀의 몸에서 용종의 마력을 발산하여 마계화된 바람과 대지를 침식하면서 겔렌에게 돌진했다.

크리스티나는 당연히 마법의 표적에서 벗어나 있었지만, 그럼에도 불구하고 이 저주받은 뱀을 바라보며 무심코 소름돋았다.

【에운 쟈라므】는 저주의 집합체나 다름없었다. 겔렌은 세리나의 마법 앞에서 산맥처럼 굳건한 기백으로 도끼를 다잡았다.

"크윽!!"

지금까지 겔렌이 상대했던 뱀의 환영은 그 도끼나 주먹에 의해 허무하게 파괴당했다. 그러나 【에운 쟈라므】는 용종의 마력이 혼합되어 있을 뿐만 아니라 거의 실체화될 정도의 짙은 밀도를 지니고 있었기에 한두 차례의 공격 정도로 파괴되지 않았다.

겔렌은 주술독을 품은 숨결을 내뱉으면서 자신을 물어뜯기 위해 달려드는 목을 도끼로 털어 내고, 사지를 구속하기 위해 휘감기는 여러 개의 목을 주먹과 발차기로 견제했다.

머리와 목을 물어뜯으려고 달려든 세 개의 목을 왼쪽 겨드랑이로 한꺼번에 부둥켜안았다. 괴물 뱀이 발산하는 검붉은 마력이 그의 피부를 태우고 있었지만, 겔렌은 단숨에 온 힘을 팔에 집중시켰다.

불끈, 겔렌의 왼팔이 명확하게 한층 더 거대해졌다. 동시에 검붉은 비늘과 뼈가 한꺼번에 조각나는 소리가 연속적으로 울려 퍼지며 세 개의 목이 겔렌의 겨드랑이 속에서 부러져 나갔다.

겔렌은 마구 경련을 일으키는 세 개의 목을 내던지고 나머지 다섯 개의 목까지 부러뜨리기 위해 살기로 번쩍이는 눈동자를 움직였다. 그 순간 【에운 쟈라므】의 등을 타고 뛰어 오르는 크리스티나의 모습이 시야에 들어왔다.

【에운 쟈라므】의 마력은 겔렌에게 맹독으로 작용했지만, 세리나의 정밀한 조작을 통해 크리스티나에게 아무런 해를 가하지 않고 있었다.

겔렌은 거대한 괴물 뱀의 환영과 크리스티나를 한꺼번에 쳐부수기 위해 도끼를 들어 올리려고 했지만, 세리나는 그 동작을 놓치지 않았다. 아직 남아 있는 괴물 뱀의 목 가운데 두 개가 겔렌의 오른팔을 휘감고 또 하나의 목이 겔렌의 팔에 주술독을 품은 어금니를 깊숙이 처박았다.

"오오오!!"

크리스티나가 힘차게 【에운 쟈라므】의 등을 박차고, 시위를 떠난 화살처럼 공중을 날아서 겔렌의 오른쪽 목을 스쳐 지나가듯이 베었다.

크리스티나는 겔렌의 목 중 3분의 1 가까이를 베어 넘겼지만, 아직도 겔렌의 숨통을 끊기에는 부족했다. 겔렌이 작은 신음 소리를 내자 그 옆구리에 8개의 구멍이 생기더니, 끝부분이 예리하게 뻗은 검은 말뚝이 튀어나와 【에운 쟈라므】를 그대로 관통했다.

말뚝에 꿰뚫린 【에운 쟈라므】는 마치 살아 있는 생물처럼 고통스럽게 경련을 일으켰다. 괴물 뱀의 등에서 검붉은 피에 물든 검은 말뚝이 삐져나와 있었다.

【에운 쟈라므】의 윤곽이 서서히 희미해졌다. 이윽고 용종의 마력이 섞여 있던 8개의 목을 자랑하던 괴물 뱀은 허공으로 녹아서 사라졌다.

"저건 설마 갈비뼈?!"

세리나는 자신이 지닌 최강의 마법 가운데 하나를 제압한 무기의 정체를 깨닫고 푸른 뱀의 눈을 크게 떴다. 그리고 겔렌의 옆구리에서 뻗어 나온 새까만 갈비뼈를 응시했다.

"흥, 눈썰미가 좋구나. 별거 아닌 육체 조작이다. 이 갑옷도 내 피부를 변화시킨 모습이지. 뼈 정도는 오히려 조작하기 쉬운 편이야."

겔렌은 정말로 별거 아니라는 듯이 간단하게 내뱉으면서 옆구리에서 뻗어 나온 갈비뼈를 세리나에게 향했다. 살짝 굽은 형태의 갈비뼈가 옆구리 속으로 돌아가지 않고 그대로 세리나를 향해 단숨에 뻗어 왔다.

8개의 갈비뼈가 대기의 벽을 꿰뚫고 세리나에게 들이닥쳤다.

세리나는 마법 영창을 곧바로 중단하고, 뱀의 하반신으로 잽싸게 땅 위를 이동하면서 검은 갈비뼈의 관통 공격을 연속으로 회피했다.

그러나 검은 갈비뼈는 그저 똑바로 뻗어 오기만 하는 게 아니라 공중에서 구부러지거나 촘촘하게 갈라지면서 아름다운 뱀 소녀를 집요하게 추격했다.

"윽?!"

"끝이다, 라미아 계집!"

세리나는 다섯, 여섯 갈래의 갈비뼈 공격은 피할 수 있었지만 점점 수가 늘어나는 갈비뼈를 피하는 데 한계가 있었다. 그녀는 앞뒤를 갈비뼈 창에 포위당해 도망칠 장소를 잃고 말았다.

겔렌의 갈비뼈는 하나하나가 거대한 방패나 갑옷까지도 간단히 관통해버릴 수 있을 만큼 예리했다. 세리나가 전개할 수 있는 마법 장벽으로 그 모든 공격을 막아 낼 수는 없었다.

도망칠 길이 막힌 세리나의 몸이 죽음의 예감으로 인해 경직됐다. 사람과 뱀이 섞인 그 몸에 바람구멍이 뚫리려는 순간, 세리나가 움켜쥐고 있던 용마정석이 지금까지와 다른 새하얀 빛을 내뿜기 시작했다.

"어, 응? 드란 씨의 마정석이 지켜준 건가?"

드란이 부적의 의미도 겸해서 건네줬던 용마정석은, 세리나가 처한 생명의 위기에 반응을 일으키고 그 역할을 훌륭하게 수행했다. 용마정석의 빛이 겔렌의 갈비뼈들을 순식간에 날려버렸다.

용마정석이 내뿜는 흰색 빛이 절대 불가침 영역을 전개했다. 겔렌의 갈비뼈는 하얀 경계 안쪽으로 조금도 나아가지 못하고 차례차례로 티끌처럼 스러져 갔다.

"그오오오오오, 이건 설마 신들의 시대부터 존재했던 용종의……!!"

용마정석이 내뿜은 거절의 빛은 갈비뼈를 통해 젤렌의 본체에게도 치명타를 가했다. 젤렌은 갈비뼈 창을 옆구리에서 분리시켜, 즉각적으로 용마정석으로 인한 격렬한 고통을 차단할 수밖에 없었다.

상상을 초월하는 격렬한 고통을 견디지 못하고, 젤렌은 헛발을 디디면서 전쟁터에서는 치명적인 빈틈을 드러내고 말았다. 그리고 크리스티나는 그 빈틈을 놓칠 정도로 어리석지 않았다.

"하아앗!!"

"에이잇, 이런 낭패가!!"

크리스티나는 등을 보인 젤렌을 향해, 대지를 박차고 바람을 휘감은 채로 돌격했다.

그녀의 표적은 젤렌의 머리였다. 세로로 두 동강을 내거나 목을 베어야 한다. 그 정도로 철저하게 해치우지 않으면 이 마계의 거인 기사는 죽일 수 없다.

쉴 새 없이 심신을 침식하는 용종의 마력에 버티면서, 젤렌은 중심이 무너진 상태에서도 등 뒤로 들이닥치는 크리스티나를 향해 돌풍을 일으키며 회전했다. 그리고 그녀를 향해 도끼를 휘둘렀다.

젤렌은 허공을 가른 반응과 도끼의 중량이 살짝 무거워진 사실에 위화감을 느꼈고, 곧바로 그 정체를 깨달았다.

크리스티나는 공중에서 도끼를 회피하지도 않았고 엘스파다로 받아 내지도 않았다. 그녀는 도끼날 위에 착지해서, 그 날 위에 새겨진 정교한 장식의 조그마한 틈새에 손가락을 걸어 매달리는 곡예에 가까운 동작을 선보인 것이다.

겔렌이 도끼에 전개한 투기와 마력이 틈새에 매달린 그녀의 왼손을 태우고 있었다. 그러나 크리스티나는 이를 악물고 고통을 참아냈다.

겔렌은 어젯밤과 마찬가지로 몸을 회전시켜서 그녀를 뿌리치려고 시도했지만 크리스티나의 다리는 어젯밤보다 빨랐다. 그리고 세리나의 마법이 겔렌을 방해했다.

"땅의 이치여 나의 목소리에 따르라 나의 적을 포박하는 견고한 사슬이 되어라 어스 체인 바인드!"

겔렌이 밟고 있던 땅의 흙이 눈 깜짝할 사이에 거대한 사슬로 변해, 제각각 의지를 가진 생물처럼 고개를 쳐들고 겔렌의 온몸을 옭아매기 시작했다.

몇 겹이나 겹쳐진 채로 뒤얽혀서 겔렌을 구속하는 그 모습은 마치 무수한 구렁이들의 무리가 사냥감을 농락하는 것처럼 보였다.

겔렌의 괴력이라면 지금 출현한 대지의 살아 있는 사슬도 순식간에 찢어발길 수 있을 것이다. 그러나 그 한순간이야말로, 이 자리에서 삶과 죽음을 가르는 절대적인 경계선이었다.

크리스티나는 세리나가 만들어 낸 절호의 기회를 놓치지 않고, 겔렌의 투기로 인해 한 걸음씩 디딜 때마다 고통에 그 미모를 일그러뜨리면서도 그저 질주하기만 했다.

주인의 전의와 투지에 반응하여, 크리스티나가 움켜쥐고 있는 엘스파다가 한층 강하게 파란빛을 발산했다.

햇빛을 완전히 반사시키면서 눈부시게 빛나는 엘스파다를, 크리스티나는 오늘만큼 든든하게 여긴 적이 없었다.

"각오해라!"

"우오오오오오오!!"

겔렌은 세리나의 마법으로 인해 꼼짝달싹도 하지 못하는 상태였지만 아무런 저항도 하지 못하고 베이는 것만큼은 자존심이 허락하지 않았다. 그는 이마에서 거대한 창날을 연상시키는 뿔을 출현시켰다.

겔렌의 이마를 꿰뚫고 출현한 뿔은 검은 피를 뚝뚝 떨어뜨리면서도, 돌격해 들어오는 크리스티나의 얼굴마저 꿰뚫어버릴 기세로 뻗어 나갔다.

서로를 향해 돌진하던 두 사람에게 등골이 오싹해지는 격돌의 순간이 찾아왔다.

크리스티나는 검은 피에 휩싸인 겔렌의 뿔을 비스듬히 회피했다. 파란 리본으로 묶었던 은발 가운데 몇 올 정도가 뿔에 휩쓸려 허공으로 날아갔다.

크리스티나는 아슬아슬하게 겔렌의 마지막 저항을 회피하고, 일말의 주저도 없이 엘스파다를 휘둘렀다. 두꺼운 철과 탄력 있는 근육, 그리고 뼈를 한꺼번에 베어버린 듯한 감각이 칼날을 통해서 전해져 왔다. 그리고 크리스티나의 시야에 겔렌의 잘린 목이 비쳤다.

천천히 낙하하고 있는 겔렌의 목과 크리스티나의 시선이 잠시 동안 마주쳤다. 크리스티나는 겔렌의 목이 미소를 지은 것처럼 느꼈다.

"훌륭하다! 실로 훌륭해!"

그야말로 진심으로 만족한 듯한 목소리를 끝으로, 겔렌의 목은 땅바닥에 떨어지자마자 순식간에 형태를 잃고 산산이 부서졌다.

크리스티나가 목과 마찬가지로 붕괴를 일으키기 시작한 겔렌의 몸에서 뛰어내릴 때쯤에는 한 줌의 모래조차 남아 있지 않았다.

크리스티나는 겔렌의 최후를 끝까지 지켜본 후 가는 한숨을 내쉬었다.

아직 마도병 군단이 남아 있다고는 하나, 일단 최강의 적은 물리쳤다. 크리스티나는 주위를 경계하면서도 정신 집중을 잠시 동안 내려놓을 수 있는 자격을 스스로에게 허락했다.

겔렌은 보조 마계문을 파괴하는 작전을 수행하면서 반드시 타도해야 하는 장애물이었다. 크리스티나가 그를 물리치자, 주위에서 진을 치고 있던 엔테의 전사들이 잠시 후 일제히 함성을 내질렀다.

숨을 죽이고 크리스티나와 세리나의 전투를 지켜보고 있던 숲의 전사들이 우렁찬 외침과 함께 마도병들을 소탕하기 위해 일제히 움직였다.

크리스티나는 겔렌과의 전투로 인해 흐트러진 호흡과 소모한 마력을 회복하기 위해 심호흡을 되풀이했다. 세리나는 용마정석의 은혜 덕분에 그다지 지친 기색이 없었다. 세리나가 걱정스러운 얼굴빛으로 크리스티나에게 다가왔다.

"크리스티나 양, 괜찮으세요? 겨우 이길 수는 있었지만, 두 번 다시 싸우고 싶지 않은 상대였어요."

세리나는 드란에게 부적 대신 받은 용마정석을 양손으로 가슴 앞에 소중한 듯이 끌어안고 있었다. 크리스티나는 겨우 호흡을 고른 후, 주위로 시선을 돌리면서 대답했다.

"나는 괜찮아. 내 인생에서 저런 적과 싸우게 될 줄은 상상도 못했어. 그런데 세리나야말로 그렇게 강력한 마법을 연발하다니. 너무 무모하지 않았나?"

전쟁터 한가운데에서 이루어지고 있는 대화이기 때문에 크리스티나의 표정은 아직도 딱딱하게 긴장된 상태였다. 하지만 세리나에게 대답하는 그녀의 목소리는 자상하면서도 부드러웠고, 특히 따뜻했다.

"드란 씨가 준 마정석 덕분에 아직 펄펄 난답니다. 그리고 아침에 상당히 많은 정기를 받았거든요. 이만큼 활약할 수 있던 것도 드란 씨 덕분이죠. 에헴."

싱글벙글 미소를 짓고 있는 세리나의 표정을 보고 크리스티나는 마치 남의 연애담을 듣고 있는 듯한 착각을 느꼈다. 하지만 굳이 입에 담지는 않았다.

"저희들은 이길 수 있었지만 드란 씨는 어떻게 됐을까요?"

"그래, 그러고 보니 아직 끝나지 않았어. 드란!"

겔렌을 물리친 안도감은 이미 두 사람의 마음속에서 자취를 감추었다. 두 사람은 난입해 들어온 게오루드를 혼자서 상대하겠다고 선언한 드란의 모습을 찾아 시선을 움직였다. 그리고 드란과 게오루드가 벌인 전투의 결과는―.

제3장 흐드러지게 피는 마계의 꽃

나는 세리나와 크리스티나 양으로부터 거리를 두고, 게오루드와 마주 섰다. 게오루드는 나를 노려보면서 마치 땅바닥을 도려내는 세찬 소나기 같은 무지막지한 살기를 내뿜고 있었다.

"알기 쉬운 살기를 뿜는 놈이군."

나는 용종의 마력을 부여한 장검으로 게오루드의 기병창 돌격을 받아 내며 말을 걸었다.

"문을 지키는 임무는 포기했나? 참을성이 부족한 녀석이군."

"흥, 분명 처음엔 문을 지키고 있었지. 하지만 네가 겔렌과 전투를 벌이는 기적을 감지하고 놈에게 빼앗기지 않기 위해 달려온 거다."

게오루드는 증오를 앞세운 흥분한 목소리로 대답했다.

집요한 집념이 느껴진다만 스스로 수명을 줄이러 온 셈이군. 나는 용종의 마력을 사용해 강화한 오른팔에 한층 힘을 집중시켜 놈의 창을 검으로 단숨에 튕겨 냈다.

내 검의 수십 배를 훨씬 넘는 중량의 게오루드의 창이 가볍게 튕겨 날아갔다. 무심코 몸을 꼿꼿이 세울 뻔한 게오루드는 땅울림 같은 굉음을 내면서 후퇴했다.

"그으윽, 이 괴력으로 보건대 역시 네 놈은 평범한 인간이 아니구나!"

"아니, 육체는 틀림없이 인간이고말고. 다만 혼까지 그렇지는 않을 뿐이다."

"재미있군. 평범한 인간의 목을 베는 것보다 훨씬 죽이는 보람이 있을 테니 문제없다!"

게오루드는 엄청난 전의를 불태우면서 새로운 투기와 마력을 온몸에서 방출하기 시작했다. 그 위압감은 주위의 독기나 대기까지도 지배할 정도였다. 나는 한 걸음씩 그에게 다가갔다.

"자, 드란. 네 놈을 내 창으로 해치우기만을 기다리고 있었다. 이 모든 것이 마계의 사악한 신들께서 인도하신 결과다. 그 영혼을 잡아먹고 내 힘의 일부로 삼아주마. 그하하하하하하!!"

"마계의 신들이 너를 인도했다고? 허나—."

내가 지금까지 얼마나 많은 마계의 신들을 멸망시킨 줄 아나? 네가 나와 싸운다는 사실을 알게 되면 오히려 그 녀석들 쪽이 울고불고 난리가 나지 않을까?

게오루드는 내가 중얼거리는 목소리를 듣지 못했을 것이다. 그는 온몸을 뒤덮고 있던 투기를 하반신에 달린 짐승의 입으로 집중시켜 마계의 불꽃을 생성하더니 나를 향해 발사했다.

게오루드가 뿜은 불덩어리는 주위의 땅바닥을 용해시키면서 들이닥쳤다. 내 키의 두 배는 넘을 정도로 거대했다.

활활 타오르는 불덩어리가 내뿜는 빛과 열이 머리카락과 얼굴을 어루만졌지만 몸 표면에 전개한 마법 장벽이 고열을 완전히 차단했다.

나는 다섯 손가락을 쫙 편 왼손으로 거대한 불덩어리를 내동댕이쳤다. 방대한 열량을 보유한 불덩어리가 몇 만 조각에 이르는 불똥으로 흩어졌다.

이 순간, 나의 왼팔은 어렴풋하게 흰빛을 띤 반투명한 용의 비늘로 휩싸여 있었다. 가상으로 재현한 용의 비늘이다.

게오루드는 내가 거대한 불덩어리를 막아 낼 것이라고 예상했던 모양이다. 그는 망사막 같이 번져 있던 불똥의 저편에서 창날을 앞세우고 돌격해 들어왔다.

게오루드는 한 발자국씩 디딜 때마다 땅바닥을 크게 함몰시키면서 홍련의 투기를 온몸에서 방출했다. 살기로 흉악하게 번쩍이는 눈동자로 나를 노려보며 혼신의 일격을 가했다.

"우오오오에에에에이이야아아아!!"

"흠!"

나는 실체화되기 직전의 농밀한 마력으로 인해 새하얗게 빛나는 검으로 게오루드의 창을 정면에서 튕겨 냈다.

그 순간에 발생한 금속음은 근처에 번개라도 떨어진 것처럼 착각할 정도의 굉음이었다. 나의 뺨과 머리카락이 마구 저려 오면서 경련을 일으켰다.

게오루드는 온몸에 일어난 마비 증상을 기합으로 억누르고, 네 다리의 복잡하면서도 정교한 동작으로 충격을 무효화한 뒤 위쪽으로 튕겨 나간 창을 그대로 내리쳤다.

나는 게오루드가 창으로 내려치는 동작보다도 신속하게 돌격해 들어가 굳게 움켜쥔 왼 주먹으로 게오루드의 하반신에 달린 짐승의 머리를 강타했다.

마력으로 재현한 용의 비늘로 덮여 있는 내 주먹은 짐승의 머리로 깊숙이 파고들어, 내 팔보다도 굵은 이빨들을 여러 대나 부러뜨리고 게오루드로 하여금 시꺼먼 핏덩이를 토하게 했다.

게오루드는 그 충격으로 크게 날아가면서 엄청난 소리와 함께 낙하했다. 그 거구가 추락한 결과 땅바닥이 움푹 패일 정도였다.

"그오오. 으아아아. 그헉, 크흑……. 크크, 크하하하하하. 이런 괴력을 발휘하다니, 네놈은 역시 게오르그의 말마따나 용이로구나. 인간의 모습을 빌리고 있는 것으로 예상했지만 육체는 인간이라는 말로 판단하자면 고려할 수 있는 가능성은 많지가 않아. 아마도 전생자(轉生者)겠지! 인간으로 환생한 용의 전생자라! 그렇다면 이 정도의 힘을 지니고 있는 것도 납득이 간다. 생전엔 상당히 고위 용이었던 것 같구나, 드란!"

"네 예측대로다. 말하자면 용혼인신(竜魂人身), 그게 바로 나다. 내가 의도해서 인간으로 환생한 건 아니지만 말이야."

"그런 건 아무래도 좋다!"

게오루드는 검은 핏덩어리를 내뱉으면서도 몸을 일으켜, 다시금 온몸에서 사악한 투기를 발산하며 도약했다.

게오루드는 네 다리에 한층 강력한 마력을 집중시켜, 공중에서 그 힘을 폭발시킴으로써 새로운 추진력을 획득하여 나를 향해 돌격해 왔다.

"나의 창으로 네 놈의 두 번째 삶의 막을 내려주마!!"

"미안하지만 이번엔 수명을 끝까지 다하기로 결심했거든. 네 놈 따위에게 목숨을 내줄 생각은 없다. 마계의 장수여!"

게오루드의 창이 홍련의 불꽃에 휩싸인 듯이 불타올랐다. 그야말로 혼신의 일격이라는 사실이 확실하게 느껴졌다.

나는 그 공격에 대응하기 위해 한층 더 강력한 용종의 마력을 검에 부여했다. 내가 움켜쥔 검이 마력의 칼날을 형성했다. 게오루드의 창과 나의 검이 또다시 순수한 힘의 격돌을 일으켰다. 잠시 동안 팽팽한 정면충돌 상태가 이어졌지만, 그야말로 찰나에 지나지 않는 짧은 시간 동안 벌어진 현상이었다.

내가 용종의 마력을 부여한 칼날이 게오루드의 창을 파고 들어가, 물이라도 썰듯이 참격의 기세를 그대로 유지한 채 게오루드의 오른팔을 세로로 두 동강 냈다.

나는 내려진 칼날을 뒤집어 포물선을 그리면서 게오루드의 하반신에 달린 짐승의 오른쪽 목부터 상반신의 왼쪽 목까지 단숨에 베어버렸다.

"그, 그오오오오? 이럴, 수가. 아무리 지상이라고 해도 이 몸이 이렇게 간단하게……!"

"용조검(竜爪劍)이라고 명명할까? 게오루드여, 본래 지닌 힘을 발휘하지 못하는 지상에서도 너는 결코 약하지는 않았다. 다만 상대가 나빴을 뿐이야."

"네, 네 이노오옴?!"

게오루드는 비스듬히 어긋나기 시작한 몸을 왼손으로 굳세게 끌어안은 채 지금도 끊임없이 검은 피를 토하고 있는 하반신의 짐승의 머리로 나를 물어뜯으려했다. 나는 그 짐승의 목을 한 번의 참격으로 무자비하게 참수했다.

공중을 날던 짐승의 목이 참격과 동시에 투입된 나의 마력으로 인해 땅바닥 위로 떨어지기도 전에 파열되어 소멸했다.

절단면에서 연거푸 검은 피의 폭포를 내뿜으면서도 게오루드는 나를 계속해서 노려보고 있었다.

그는 그 시선에 최대한의 증오와 저주를 품고 나를 노려보고 있었지만 나는 별 느낌없이 똑바로 마주 보았다.

"크으윽, 아무리 용의 전생자라고 해도 인간 따위에게 패배하다니! 이런 치욕이 있나!"

"상대가 나빴다고 하지 않았나, 가련한 마계의 악귀여."

게오루드의 온몸에서 끊임없이 방출되고 있던 흉악한 기운과 그 눈동자에 깃들어 있던 증오와 저주가 급속히 사그라지기 시작했다.

게오루드는 시간의 흐름으로부터 고립된 듯이 움직임을 멈췄다. 격렬한 고통으로 인한 경련이 잦아들고, 검은 피의 폭포도 멈추기 시작했다.

그 대신 게오루드를 찾아온 것은 말로 차마 표현할 수 없는 공포와 절망과 후회, 그리고 그러한 감정들과는 비교조차 할 수 없는 어두운 감정의 소용돌이였다. 게오루드는 마지막 순간에 나의 눈동자가 일곱 가지 색깔로 빛나는 용안(竜眼)으로 변한 순간을 목격하고 말았던 것이다.

"이럴 수가, 불가능해. 있어선 안 되는 일이야. 절대 불가능한 일이다! 너는, 너는 드라……!!"

"지금 당장 사라져라, 게오루드, 이 지상에 너희가 있을 곳은 없다."

나는 마지막 자비로 게오루드의 목을 벤 후, 공중에서 십자 모양으로 다시금 베어버렸다.

게오루드의 마음과 혼을 옭아매는 절대적인 공포로부터 해방시켜주기 위해서는, 그 생명에 죽음을 선사하는 것이 가장 손쉬운 수단이었기 때문이다.

그 목이 네 조각으로 절단이 나고 나서야 게오루드의 저주받은 생명은 사라졌다. 남아 있던 육체도 목이 한 줌의 재로 변하는 순간에 함께 무너져 내렸고, 그 무너져 내린 재조차도 금세 사라졌다.

"잘 가라, 마계의 기사여. 저주하려면 스스로의 불운을 저주하거라. 탄식하려면 나와 만난 운명을 탄식하거라. 매도하려면 나를 적으로 삼은 스스로를 매도하거라."

나는 게오루드의 숨통이 완전히 끊어진 것을 확인하고 서둘러 세리나 일행과 합류하려고 했다. 하지만 세리나 일행은 이미 젤렌을 물리친 후였고, 엔테의 전사들이 나머지 마도병들도 토벌하기 시작한 상태였다.

흠, 재빨리 처리한 후에 가세한다고 호언장담해 놓고 이런 꼴을 보이다니. 스스로도 정말 한심할 노릇이군. 하지만 그보다도 세리나 일행의 역량이 나의 예상을 초월했다는 뜻이리라.

"드란 씨~!"

세리나가 약삭빠르게 땅 위를 기어와, 내 모습을 확인하자마자 큰 목소리로 이름을 부르면서 손을 좌우로 흔들었다.

"세리나, 크리스티나 양. 둘 다 무사한 모양이군. 금방 끝내고 도우러 갈 생각이었는데, 내가 두 사람의 실력을 잘못 판단했던 것 같아."

내가 허심탄회하게 진심을 털어놓자, 크리스티나 양이 어깨를 으쓱해 보였다.

"그렇게 따지자면 단독으로 게오루드를 물리친 드란이야말로 비정상 아닌가?"

"그도 그렇군. 이제 남은 건 라플라시아와 최북단의 마계문에서 기다리고 있을 게오르그뿐이야. 나는 일단 디아드라가 지휘하고 있는 부대의 상황을 확인하고 싶군. 게오루드가 지키고 있던 문으로 향한 부대는 올리비에 님이 지휘하는 부대니까, 디아드라는 라플라시아와 상대하고 있을 거야. 그녀는 전투에 앞서서 지나치게 부담을 느끼고 있는 것처럼 보였거든. 약간 걱정이 되서 말이야."

"혼자서 갈 생각인가? 나와 세리나도 따라가는 편이 좋을 것 같은데."

"아니, 두 사람은 이대로 우드 엘프 전사들과 함께 예정된 합류 지점까지 나아가. 거기서 합류하지."

내가 게오루드를 혼자서 물리쳐 보였기 때문에, 두 사람도 내가 혼자서 디아드라에게 가세해도 문제없다는 사실을 인정할 수밖에 없었다. 두 사람은 더 이상 되묻지 않았다.

디아드라, 제발 부탁이니 자신의 목숨과 맞바꿔서라도 라플라시아를 쓰러뜨리려는 생각만은 하지 마.

✝

세 갈래로 갈라진 부대 가운데, 디아드라가 소속된 부대는 마도병들의 산발적인 습격을 받으면서도 아무 문제없이 진군하고 있었다. 디아드라는 드란의 정기를 받고 라플라시아와 전투로 입은 부상이 완전히 회복된 상태였다. 그녀는 선두에 서서 부대를 이끌고 있었다.

그녀의 온몸에서 살기를 띤 칠흑의 마력이 점착성이 강한 액체처럼 끈적거리면서 흘러넘치고 있었다. 디아드라의 뒤를 따르는 다른 꽃의 정령들이나 전사들조차 가까이 가기 꺼려할 정도로 엄청난 살기였다.

마계에 침식된 숲을 나아가면서, 디아드라는 불현듯 어젯밤 드란과 나눈 대화를 떠올렸다. 그는 증오스러운 라플라시아와의 전투에서 입은 부상을 회복시켜줬을 뿐만 아니라 그녀의 복수심을 긍정하고, 그럼에도 불구하고 삶의 희망을 망각해서는 안 된다고 설득했다.

디아드라는 원수를 갚은 이후의 일은 생각조차 하지 않고 있었다. 그러나 드디어 복수의 순간이 코앞으로 다가온 이 상황에서, 드란의 한마디가 선명하게 디아드라의 가슴속에서 되살아났다.

"그래, 네 말대로 앞으로 살아가는 일에 대해 생각하는 것도 나쁘진 않겠지. 하지만 그러기 위해서라도, 그 꼬마 계집에게 대가를 치르게 해야만 해. 그러지 않고서는 내 시간은 멈춘 채로 움직일 생각을 하지 않을 거야."

괴이한 형상으로 변모한 숲 속을 한시도 쉬지 않고 나아가던 디아드라의 발길이 멈췄다.

숲 속의 확 트인 장소에 도착한 디아드라 일행의 눈앞에, 라플라시아가 수백에 이르는 마도병들을 거느린 채 기다리고 있었던 것이다.

라플라시아는 드란과 디아드라에 대한 증오와 보복의 집념을 꼬박 하룻밤 동안 가다듬고 있었다. 그녀의 온몸에서 디아드라에 필적하는 흉악한 기운이, 공간을 압박하듯이 사방으로 발산되고 있었다.

라플라시아의 입가가 갑자기 초승달 모양으로 일그러졌다. 미소였다. 천진난만하면서도 도저히 뭐라 표현할 수가 없는 사악한 감정들을 내포하고 있는 모순된 미소를 짓고 있었다.

"하룻밤 만이야, 검은 장미의 정령 언니? 그 인간 남자는 따라오지 않은 모양이네? 유감인걸, 너하고 그 녀석을 한꺼번에 대접해주고 싶었는데."

"드란은 지금쯤 너의 동료들을 갈기갈기 찢어 놓고 있을 거다. 모처럼 대접해주는 참에 미안하지만, 나 혼자 상대하지. ……어머, 뺨의 상처를 고치지 않았구나? 정말 예쁜데? 너한테 정말 잘 어울려. 그러니까, 어젯밤에 말했듯이 똑같은 상처를 잔뜩 더 내주마."

두 사람 사이에 얼어붙은 바람이 웅성거리면서 불어왔다. 마침내 디아드라와 라플라시아가 내뿜는 살기와 흉악한 기운이 최고조로 고조되어 바람을 일으키며, 굶주린 짐승처럼 서로를 잡아먹기 위해 격돌하기 시작했다.

"할 수 있으면 어디 해보셔. 하지만 그 전에 준비할 게 있어. 기껏 너하고 목숨을 걸고 대결하는데, 쓸데없는 훼방꾼들이 난입하면 재미없잖아?"

라플라시아는 여유가 넘치는 태도로 왼손을 옆으로 뻗더니, 땅바닥을 향하고 있던 손바닥을 위로 향했다. 라플라시아의 손동작에 따라, 마계에서 출현한 대량의 꽃과 나무뿌리들이 그녀와 디아드라를 포위했다. 그것들이 서로 뒤얽혀 탄생한 벽이 땅바닥 아래에서 나타나 두 사람을 둘러쌌다.

　마계의 식물들이 탄생시킨 벽은 마침 사이웨스트 마을을 보호하던 나무 방벽과 마찬가지로 원을 그리고 있었다. 말하자면 꽃들이 만들어 낸 투기장이라고 할 수 있을 것이다.

　"이제 거리낌 없이 싸움에 집중할 수 있겠지? 나처럼 사려깊은 여자도 드물 거야."

　"그래. 너의 비참한 최후를 다른 동포들에게 보여주지 못하는 점만이 유감이구나."

　"아하하하하, 역시 말은 잘한다니까."

　"후후후."

　두 사람 사이에서 마구 충돌을 일으키던 살기의 균형이, 라플라시아가 유쾌한 듯이 웃으면서 양손을 앞으로 치켜든 순간 무너졌다.

　바로 그 순간, 밀랍 세공품을 연상시킬 정도로 가냘픈 라플라시아의 팔에서 푸른빛의 옅은 안개가 번져 나왔다. 푸른 안개는 주위의 독기까지 흡수하며 바람처럼 빠른 속도로 디아드라를 향해 모여들었다.

　푸른 안개는 전방의 시야를 푸르게 물들이고, 주위의 모든 생명을 빨아들이면서 들이닥쳤다. 디아드라는 눈도 깜짝하지 않고 자신의 왼쪽 머리에 달린 검은 장미의 꽃잎을 한 떨기 떼어 내더니 거기에 숨결을 불어넣어 모여드는 안개를 향해 날렸다.

디아드라의 행동은 절체절명의 위기로 인해 정신이 돌기라도 한 것처럼 보였다. 하지만 검은 장미의 꽃잎이 공중에서 천천히 흔들리는가 싶던 다음 순간, 한 떨기의 꽃잎은 몇 천, 몇 만 이상에 이르는 대량의 꽃잎으로 변해 푸른 안개를 완전히 차단했다.

디아드라가 가냘프고도 여린 손이라 형용할 필요도 없는 아름다운 오른손을 마치 지휘자처럼 들어올렸다. 그리고 셀 수 없는 대량의 꽃잎들이 바람의 유무와 중력을 완전히 무시한 채로 꿈틀거리다가 라플라시아를 향해 돌진하기 시작했다.

꽃잎의 폭풍은 안개에 닿을 때마다 먼지로 변했지만 그에 아랑곳하지 않고 안개를 좌우로 헤치며 나아갔다.

디아드라의 마력에 의해 계속해서 증식하는 검은 장미의 꽃잎들은 안개와 접촉하면서 감소하는 속도보다 증식하는 속도가 빨랐다. 숫자를 셋 정도 헤아릴 때쯤에는 라플라시아의 사악한 정신을 품은 가련하고도 가냘픈 몸을 집어삼킬 수 있는 거리까지 당도해 있었다.

"헤에, 꽃잎의 폭풍이라도 불러일으킨 거야?"

라플라시아는 흥미롭다는 듯이 중얼거리면서 앞으로 내민 왼손을 움켜쥐었다. 그 순간, 주위에 퍼져 있던 안개들이 꽃잎의 세찬 격류를 향해 모여들었다. 그리고 굶주린 육식 물고기의 무리처럼 검은 장미의 꽃잎들을 집어삼키기 시작했다.

"숫자로 나한테 대항하려고? 어제 싸움에서 약간은 배운 게 있는 모양이네."

그러나 어차피 잔꾀에 지나지 않는다고 비웃으며 라플라시아는 낭랑한 목소리로 웃었다.

아름답게 울려 퍼지는 그 목소리에 담겨진 감정은 틀림없는 악의였다.

디아드라는 라플라시아에게 아무 대답도 하지 않고 그저 먼지로 변해 산산이 흩어지는 꽃잎들을 사이에 두고 라플라시아를 꿰뚫어 버릴 듯한 예리한 시선으로 노려보고 있을 뿐이었다.

"포상으로 가르쳐줄까? 내 안개는 말이지, 생명력을 흡수하기만 하는 게 아니야. 이런 식으로 사용할 수도 있거든?"

푸른 안개가 소용돌이를 일으키다가 라플라시아의 오른쪽 손바닥으로 모여들기 시작했다. 안개의 색깔이 눈 깜짝할 사이에 푸른색에서 붉은색으로 변했다. 디아드라는 그 안개의 덩어리 속에서 막대한 힘이 태동하기 시작했음을 예민하게 감지했다.

그녀는 지금 라플라시아의 힘을 만들어 내고 있는 근원의 정체를 순식간에 파악하고 새하얀 미모에 새로운 증오의 빛을 띄웠다. 디아드라는 지금까지 정령으로 살아오면서 이 정도로 증오에 사로잡힌 적이 없었다.

"너, 그 힘은 설마 나의 동포들에게서 빨아들인 생명력이냐?"

디아드라의 입술에서 겨우 튀어나온 질문은 그야말로 피를 토할 듯이 원통한 탄식이었다. 라플라시아는 그녀의 질문에 대답하면서 손뼉을 쳤다.

"정~답~! 난 지금까지 빨아들인 생명력을 이런 식으로 파괴력으로 변환시켜서 방출하는 능력도 있어. 생명은 혼과 함께 이 세

계에서도 가장 강대한 힘을 지닌 매개체니까. 그 매개체를 파괴력으로 변환하기만 하면, 이렇게 되지!"

하늘을 가리키던 라플라시아의 오른쪽 손바닥이 디아드라를 향했다. 그녀의 손바닥 위에서 구슬같은 형태를 띤 붉은 생명의 결정체가, 빛에 필적하는 속도로 디아드라에게 날아갔다.

디아드라는 흑발 속에서 뻗은 검은 장미의 덩굴로 바위 하나를 휘감아 끌어당기는 요령으로, 그 방향을 향해 몸을 고속 이동시킴으로써 주위에 막대한 파괴력을 행사하는 생명력의 광탄(光彈)을 회피하는 데 성공했다.

디아드라가 방금 전까지 서 있던 대지에 명중한 광탄은, 100개를 넘는 천둥 번개가 동시에 떨어진 듯한 무지막지한 굉음과 함께 대지에 거대한 구멍을 뚫어버렸다.

"어때? 굉장하지 않아? 네 친구들의 생명력도 지금 공격에 섞여 있었을지도 몰라. 소중한 친구들의 생명력이니까 몸으로 받아 내는 게 도리가 아닐까? 자, 다음!"

"큭!"

라플라시아가 가냘픈 가슴 앞에 자그마한 두 손을 모았다가 양 옆으로 벌리자, 붉게 빛나는 여러 개의 광탄이 한꺼번에 모습을 드러냈다.

라플라시아의 양손에서 출현한 생명의 광탄이 또다시 허공에 여러 줄기의 붉은 궤적을 새기면서 날아왔다. 그 광탄들은 공중에서 서로 앞지르기도 하고, 엇갈리기도 하다가 하나하나가 마치 의지를 가지고 있는 생물처럼 복잡한 궤도를 그리면서 디아드라의 사방으로 날아들었다.

디아드라는 민첩하게 모든 방향으로 시선을 돌려 회피를 위한 공간적 여유가 없다는 사실을 파악했다. 그녀는 곧장 여러 줄기의 덩굴을 묶어서 만든 채찍으로 가장 가까운 거리까지 당도한 광탄 하나를 찔렀다.

검은 장미의 정령이 지닌 마력을 가득 부여받은 덩굴 채찍은 접촉하자마자 붉은 광탄을 파열시켰다. 그러나 채찍의 끝부분 역시 찢겨 나갔다.

덩굴이 찢겨 나가기 직전에 의식을 차단했기 때문에 디아드라는 통증을 느끼지는 않았다. 그러나 광탄이 파열되는 순간 발생한 충격파가 디아드라의 뺨까지 도달했다.

"헤에, 튕겨 낼 수는 있다 이거지? 하지만 겨우 하나 무효화하는 데 그렇게 녹초가 되는 주제에, 전부 다 받아 낼 수 있을 것 같아? 평소 같으면 이쯤 해서 포기하고 얌전히 죽는 게 어떠냐고 권유할 참인데, 그러면 재미가 없단 말이지……. 그래, 우선 쭉 뻗은 다리를 반만 잘라줄까? 정말 좋은 생각이지?!"

"허튼소리!"

디아드라는 지금도 사방을 날아다니는 광탄에 포위된 상태였다. 그녀는 불현듯 왼손의 집게손가락과 가운뎃손가락을 모아 공중을 향해 뻗었다.

라플라시아가 이 순간 디아드라를 놓치지 않고 있었다면 아름다운 흑발 속에서 뻗어 나온 덩굴 한 줄기가 땅속으로 숨어 들어갔다는 사실을 깨달았을 것이다.

그 덩굴은 라플라시아의 시야에서 벗어나 있었지만 그녀는 땅바닥을 통해 전해져 오는 진동을 감지했다. 그리고 즉시 시선을 진동이 느껴진 방향으로 돌렸다.

투둑, 작은 소리와 함께 대지에 금이 갔다. 그리고 거기서 뻗어 나온 수십, 수백에 이르는 예리한 가시가 라플라시아의 온몸을 꿰뚫기 위해 들이닥쳤다.

디아드라가 땅속으로 뻗은 검은 장미의 덩굴이 어느 샌가 사방으로 퍼져 나가 지금 그 위협을 드러내고 있었던 것이다.

"생명력을 외부로 방출하고 있는 동안 흡수는 못 할 거라고 생각했어? 유감이네요~!"

라플라시아가 자신의 주위에 생명력을 흡수하는 푸른 안개를 전개하자 검은 장미의 가시들은 순식간에 먼지로 변했다.

사용 방법에 따라서 만 단위의 군세를 순간적으로 몰살시킬 수 있을 것으로 추정되는 검은 장미의 창도 라플라시아에게 자그마한 찰과상 하나 내지 못했다.

라플라시아는 차례차례로 무너져 내리는 장미의 가시들을 바라보며 의기양양한 미소를 지었다. 그러나 디아드라는 그런 그녀의 미소 앞에서 오만한 비웃음을 흘리고 있었다.

"그래, 너도 유감이구나. 그 잘난 생명력을 이용한 공격도 명중하지 않으면 의미가 없지 않나?"

디아드라를 포위하고 있던 생명력의 광탄들도, 땅바닥에서 무수히 뻗어 나온 장미의 가시에 관통당해 소멸해버렸다.

빛의 구슬이 파열되는 순간에 발생한 충격파는 디아드라를 수호하는 갑옷처럼 몇 겹에 걸쳐 뻗어 나온 장미의 가시들이 막아 냈다. 디아드라는 애초에 라플라시아에게 상처를 입히기 위한 목적이 아니라 광탄들을 막기 위한 용도로 장미의 가시를 사용한 것이다.

"그렇게 발악해 봤자 아주 약간 수명이 늘어날 뿐이잖아? 반항하면 반항할수록 고통스러운 시간이 길어질 뿐이야. 번거롭긴 하지만 나는 너에게 가능한 한 잔뜩 고통을 주고 싶기도 하니까, 사실 고민되는 얘기기는 해."

다시금 라플라시아의 주위에 생명력을 압축시킨 붉은 빛의 광탄이 무수히 출현하여, 사방을 꺼림칙한 붉은빛으로 비추기 시작했다.

광탄들은 마치 심장처럼 주기적으로 박동을 일으켰다. 그리고 자연적인 햇빛이나 바람은 물론이거니와 정상적인 세계를 부패하게끔 작용하는 마계의 독기까지도 빨아들여 점점 더 커지면서 강력한 힘을 내뿜기 시작했다.

라플라시아의 잔인하고도 무참한 본성은 고향이라 할 수 있는 마계까지도 자신을 위한 거름으로 삼을 정도였다. 그리고 라플라시아의 증오와 분노를 한 몸으로 받아 내고 있는 디아드라는, 이대로 가면 끔찍한 결말을 맞이할 것임이 분명했다.

"우선 양다리를 잘라서 꼼짝도 못하게 만든 다음, 손을 비틀어 따서 애벌레 같은 꼴로 땅바닥 위를 기어 다니게 만들어주지. 그런 다음에 천천히 귀여워해줄게. 내가 질릴 때까지 너는 내 장난감이야."

라플라시아의 주위에 현세를 떠도는 죽은 이들의 영혼처럼 떠올라 있던 광탄들이, 일제히 디아드라를 향해 날아갔다.

라플라시아는 발사한 광탄이 명중하기도 전에 새로운 광탄을 출현시켰다. 라플라시아는 디아드라를 제압하기 위해 그야말로 끊임없는 광탄의 탄막을 이 전장에 전개했다.

장미의 가시를 이용한 장벽으로 도저히 막아 낼 수 없을 정도의 농밀한 탄막이 이번에야말로 디아드라의 요염한 사지 어딘가에 명중할 것으로 보였다.

"네 장난감 신세만큼은 무슨 일이 있어도 사양하겠다. 하지만 안심하렴. 나는 너를 장난감 취급하지 않고 곧바로 소멸시킬 생각이니까."

라플라시아가 발사한 생명력의 광탄이 디아드라의 코앞에 당도한 순간, 짙은 어둠이 갑작스럽게 디아드라의 몸을 뒤덮었다. 모든 자연의 빛을 빨아들이고 결단코 그 모습을 드러내지 않는 깊숙한 어둠이 출현했다. 아니, 어둠이라기보다는 검은 빛이라고 표현하는 편이 정확할지도 모른다.

검은 빛이 마치 점착성이 강한 안개처럼 디아드라의 주위에서 흔들리더니 접촉하는 모든 광탄들을 빨아들였다.

라플라시아는 생명력의 광탄이 소멸하는 형태와 검은 빛이 주위의 독기나 마력을 차례차례로 흡수하는 모습을 보고 디아드라가 무슨 조화를 부렸는지 이해했다. 라플라시아의 눈초리가 매서워졌다.

"정—말 짜증나는 여자야. 어쩌라고? 지상의 정령 주제에 나하고 똑같은 짓을 할 수 있다 이거야?"

"검은색은 모든 색깔을 집어삼키는 색이다. 검은색은 모든 색깔들을 뒤섞은 끝에 나타나는 색이지. 검은 꽃잎을 지닌 장미는, 자신을 제외한 모든 색깔을 지닌 이들을 먹어 치우는 마성의 꽃이란다. 이 숲의 주민으로서 살아가는데 사용할 필요가 없는 힘이라서 봉인했지만, 너 같은 악귀를 상대하면서 아낄 필요는 없겠지. 네가 빨아들인 동포들의 생명과 함께, 너의 지저분한 생명도 흡수해 줄 테니 감사해라."

"아하하하, 역시 말은 재밌게 한다니까. 그럼 어느 쪽이 먼저 상대의 생명을 빨아들일지 겨뤄볼까? 당연히 내가 이기겠지만 말이야아아!"

라플라시아는 디아드라의 도발에 일부러 넘어가면서, 생명력을 파괴의 힘으로 바꾸는 기술을 거둬들였다. 그리고 다시금 작은 몸에서 생명을 빨아들이는 푸른 안개를 분출하기 시작했다.

디아드라도 라플라시아와 마찬가지로 풍만한 몸매에서 모든 것을 빨아들이는 검은 빛을 방출했다. 두 사람은 서로의 생명을 흡수하기 위해 무차별적으로 안개와 빛을 분출하고 있었다.

푸른 안개가 검은 빛을 흡수해서 동화시키면, 검은 빛도 푸른 안개를 뒤덮으면서 검은색으로 물들였다.

두 사람은 각각 안개와 빛을 통해 서로의 생명을 교환하듯이 무차별적으로 흡수했다. 일진일퇴(一進一退)의 공방전이 계속되고, 푸른색과 검은색의 두 가지 빛이 주변을 밝히면서 이질적인 광채를 발산했다.

주위의 대지나 바람, 공간에 깃든 마력이나 기와 에테르까지 안개와 빛이 충돌을 일으키는 단면으로 빨려 들어갔다. 라플라시아와 디아드라의 공방전은 주위의 만물들을 게걸스럽게 먹어 치웠다.

서로의 생명력을 소모하면서 뺏고 빼앗기는 격돌은 잠시 동안 팽팽하게 이어졌다. 그러나 먼저 무릎을 꿇은 쪽은 디아드라였다.

　가혹한 마계에서 성장한 존재와 풍족한 지상 세계에서 성장한 존재의 격차는 어쩔 수 없었다. 푸른 안개가 검은 빛을 흡수하는 속도가 서서히 빨라지면서 세계를 비추던 두 가지 빛깔 가운데 푸른빛의 비중이 점차 증가하기 시작했다.

　일단 한번 균형이 무너지기 시작하자, 한쪽으로 기우는 것도 순식간이었다.

　라플라시아는 자신이 우세하다는 사실을 깨닫자 잔혹하고도 유쾌한 미소를 지으면서 한층 세차게 안개를 분출했다. 푸른 안개는 디아드라의 검은 빛을 완전히 압도하고 주변 일대를 뒤덮었다.

　접촉하기만 하면 생명을 앗아 가는 푸른 안개가 주위를 가득 메운 가운데 오직 디아드라의 주변만이 검게 빛나고 있었다. 오직 디아드라가 서 있는 장소만이 라플라시아를 제외한 생명이 유일하게 존재할 수 있는 장소였다.

　"나 원, 결국 입만 산 거였잖아? 마지막 발악도 이제 끝이야. 네가 데리고 온 잔챙이들은 마도병들을 상대하기도 벅차서 너를 구할 여유가 없어 보이네. 좋은 생각이 떠올랐다! 네 사지를 전부 고장 낸 다음에, 네 눈앞에서 쟤들을 한 명씩 터뜨려줄게. 우후후, 그러면 네 표정이 굉장히 멋지게 일그러지겠지? 후후, 후후후후. 정말 기발한 생각이야."

　라플라시아는 자신이 입에 담은 말과 머릿속에서 상상한 광경을 곱씹으며 황홀한 미소를 지었다. 디아드라는 딱히 분노하지도 않고 검은 빛을 분출하지도 않은 채 천천히 입을 열었다.

윤기 있는 붉은 입술이 담담하게 말을 이어 나갔다. 공포와 분노라고는 찾아볼 수가 없는 냉정한 말투가 도리어 라플라시아의 신경을 거스르고 있었다.

"내 생명력을 정말 많이도 빨아들였구나. 거의 온몸에 흘러넘치고 있지 않나?"

"후후, 그래. 이 숲에서 흡수한 꽃의 정령들 중에서도 네 생명력이 가장 맛이 깊고 강한 증오가 느껴져. 정말 훌륭한 맛이야. 죽어 버리지 않게 힘을 조절해서 너를 영원토록 내 식사로 삼는 것도 괜찮을지도 몰라. 후후후후."

"그래? 입맛에 맞는 듯 하니 다행이구나. 이 세상에서 마지막으로 느끼는 맛일 테니 비록 얼마 안 남았지만 마음껏 즐기려무나."

"어머, 드디어 머리가 돌기라도 했니? 이 상황에서 무슨 수로 네가 나를 이길 수 있다는 거야? 설마 누가 구하러 올 줄 알고? 혹시 어젯밤 싸움에 끼어든 그 인간 남자가 또다시 구하러 올 걸 기대하는 거야? 나중에 그 녀석도 너랑 같이 듬뿍 귀여워해줄 테니 그때까지 기다리기나 해."

홋, 디아드라가 살짝 미소를 지으면서 자신의 오른쪽 뺨을 가리켰다. 어젯밤 디아드라가 라플라시아의 뺨에 새긴 상처의 부위였다.

"드란은 네가 감당할 수 있을 정도로 간단한 남자가 아니란다. 그건 그렇고, 뺨에 무슨 위화감이 느껴지지 않나?"

디아드라의 지적은 그야말로 정곡을 찌르고 있었다. 라플라시아는 무심코 흉터가 남아 있는 오른쪽 뺨에 오른손을 뻗었다. 정확히 말하자면 디아드라와 생명력을 흡수하기 위해 전면전을 시작한 순간부터, 어렴풋하게 가렵고 욱신거리는 듯한 감각이 오른쪽 뺨의 피부 밑에서 느껴지기 시작했던 것이다.

그 감각이 디아드라의 지적을 받은 그 순간부터 급속히 강해졌다. 지금은 마치 작은 벌레가 피부 밑을 기어 다니고 있는 듯한, 혐오스러운 감촉으로 변한 상태였다.

"뭐, 뭐지? 끼, 꺄아아아! 뭐야! 이 통증은 뭐냐고?!"

가렵고 욱신거리는 감각은 사그라들 기색이 전혀 없었다. 라플라시아는 무심코 양손으로 오른쪽 뺨을 억눌렀다. 그 순간, 바삭거리는 듯한 작은 소리와 함께 라플라시아의 오른쪽 뺨을 중심으로 셀 수도 없는 작은 가시가 달린 덩굴이 피부를 뚫고 그 얼굴에서 뻗어 나오기 시작했다.

라플라시아의 피로 물든 덩굴은 검은빛을 발하고 있었다. 검은 덩굴이 라플라시아의 피를 빨아들이고, 여기저기에서 검은 장미를 꽃피웠다. 모든 색깔들을 집어 삼키고 압도하는 검은 장미가 라플라시아의 얼굴에서 피어 나왔다.

"아아아아아아아아아아아아아아아아!!"

라플라시아가 자신의 얼굴에 핀 검은 장미를 뽑아내려고 조그마한 손으로 덩굴을 움켜쥐자, 덩굴에 나 있는 대량의 가시들이 일제히 뻗어 나와 그녀의 양손을 꿰뚫었다.

뿐만 아니라 그 상처에서 피를 빨아들여, 그 상처로부터 몸속을 향해 덩굴과 뿌리가 뻗어 나가 근육과 혈관을 찢고 라플라시아의 피와 생명력을 흡수하기 시작했다.

오른쪽 눈알 안쪽에서도 덩굴이 뻗어 나왔다. 목구멍과 콧구멍뿐만 아니라 귓구멍에서도 가느다란 뿌리가 튀어나와, 라플라시아의 상반신을 검은 장미로 뒤덮었다.

"어째, 서? 내…… 몸에서 장미가, 피어나는…… 거지?!"

"어젯밤 싸움에서 내가 네 뺨에 작은 상처를 냈던 걸 기억해? 그때부터 준비했던 거야. 자그마한, 정말로 아주 자그마한 검은 장미의 종자를 네 몸 속에 심어놨지. 바깥에서 공격하는 게 효과가 없다면 안에서 공격하면 되지 않겠어?"

검은 덩굴이 라플라시아의 하얀 목과 가느다란 허벅지를 안쪽에서부터 찢고 나왔다. 검은 장미의 덩굴과 뿌리가 자그마한 체구를 지닌 마화(魔花)의 정령을 남김없이 휘감았다. 검은 장미는 사람의 형태를 지닌 오브제가 되어 가고 있었다.

검은 장미는 이미 온몸의 모든 구멍뿐만 아니라, 모든 피부와 근육을 꿰뚫고 라플라시아를 완전히 능욕하고 있었다. 그녀는 끔찍한 고통에 시달리는 목소리로 띄엄띄엄 의문을 제기하는 것 말고는 아무것도 할 수 없었다.

검은 장미는 그녀의 입 안까지 가득 채우고 있었기에 혀를 움직이기만 해도 대량의 가시에 찔려 한층 더 많은 피가 흘러 나왔다.

"설마, 나, 그런, 거, 몰라……!"

"솔직히 말해서 이 기술이 너에게 통할지는 자신이 없었다. 하지만 네가 나의 마력과 생명력을 잔뜩 흡수해준 덕분에 성공했다. 내 종자를 성장시키는데 가장 적합한 영양분은 당연히 나 자신의 마력과 생명력이니까. 어때? 덩굴들이 벌써 네 심장까지 도달한 게 느껴져? 이제 곧 너의 남은 생명력을 빨아들여서 검은 장미를 피울 거란다. 하다못해 그 보잘것없는 생명을 검은 장미의 양식으로 바쳐서 이 숲과 나의 동포들에게서 앗아 간 생명을 돌려다오."

"아아, 싫, 싫……어. 나는, 모든 생명을 빨아들이고, 꽃을 피우는 마계의…… 공……주……. 아, 아아, 아아아, 내 생명, 생명이이이이이이이이이이이이이이이이이……아……아……."

라플라시아가 마지막 생명을 쥐어 짜내듯이 내지른 단말마는 정점에 도달한 후에 힘을 잃었다. 그 낙차는 그야말로 소름이 끼칠 정도였다. 마지막 순간엔 쉬다 못해 갈라진 목소리를 흘렸고 곧 그조차 끊어졌다. 검은 장미가 라플라시아의 모든 생명을 빨아들였기 때문이다.

라플라시아의 몸은 큰 송이의 꽃을 대량으로 피운 검은 장미로 뒤덮였다. 간신히 사람 형태로 보이는 검은 장미의 조각이 탄생했다.

드디어 원수의 생명을 완전히 빨아들인 것을 확인하고 디아드라는 그 자리에 무릎을 꿇었다. 라플라시아의 목숨이 붙어 있는 동안엔 억지로 아무렇지도 않은 척 시치미를 떼고 있었지만, 라플라시아의 몸에 심은 종자가 싹틀 때까지 흡수당한 생명력은 결코 적은 양이 아니었다. 디아드라의 심신도 심하게 쇠약해진 상태였다.

한꺼번에 솟아나기 시작한 식은땀이 긴 흑발과 새하얀 뺨을 적셨다. 디아드라는 거칠게 숨을 몰아쉬었다. 디아드라는 이대로 쓰러져 잠을 청하고 싶은 충동을 참아 내고, 사방을 포위하고 있는 꽃의 벽을 향해 시선을 옮겼다.

라플라시아가 죽었는데도 마계의 꽃이 모여 형태를 이룬 장벽은 아직 건재했다. 벽 너머로 우드 엘프 군단과 마도병들이 전투를 벌이는 소리가 들려왔다.

라플라시아에게서 마력 공급이 중단된 꽃의 벽을 파괴하는 작업 자체는 그다지 어렵지 않았다. 그러나 완전히 녹초가 된 상태의 디아드라가 벽을 파괴할 수 있을 정도로 힘을 회복하기 위해서는 아직 시간이 필요했다.

"설마 이 정도로 기력을 소모할 줄이야. 지금 상태론 묘목의 우드맨한테도 질 것 같아."

겨우 농담을 내뱉을 수 있을 정도로 체력을 회복시킨 디아드라가 비틀거리면서도 몸을 일으킨 그 순간, 갑자기 상공에서 여러 개의 그림자가 모습을 드러냈다.

"마도병인가!"

일부의 마도병들이 라플라시아의 죽음을 감지하고, 마계의 꽃들을 뛰어넘어 쇠약해진 디아드라의 생명을 빼앗기 위해 움직인 것이다.

공중에 나타난 마도병은 십 수 개체의 젤트 집단이었다. 두루뭉술한 면상의 도마뱀을 연상시키는 마도병 집단이 칼날 형태의 손가락을 펼친 채로 디아드라를 습격했다.

디아드라는 자신의 생명이 종언을 맞이하리라는 예감과 마주치자 무심코 두 눈을 질끈 동여 감을 뻔했다. 그 때, 날개를 퍼덕이는 그림자가 당돌하게 난입해서 그녀의 시야를 가로막았다.

등에서 여섯 개의 날개를 펼친 그 그림자는 어디선가 들어본 적이 있는 입버릇과 함께 그녀를 공격하던 마도병들을 남김없이 베어버렸다.

"흠."

"드란?!"

디아드라는 이 현장에 있을 리가 없는 남자의 모습을 확인하고 자기도 모르게 그 이름을 불렀다.

드란은 방금 베어버린 젤트 집단이 미세한 입자로 변해 소멸되는 모습을 끝까지 지켜보고 나서 등 뒤로 감싸고 있던 디아드라에게 고개를 돌렸다. 그리고 살짝 미소를 지어 보였다.

"왜 여기에 있는 거지? 너는 크리스티나나 세리나 일행과 함께 있지 않았어?"

"겔렌과 게오루드를 물리치고 일단 이쪽 상황을 확인하러 온 건데 굉장히 아슬아슬했군. 여기 온 게 정답이었던 모양이야."

드란이 디아드라의 질문에 대답하면서도, 장검의 칼날로 가볍게 땅바닥을 찔렀다. 드란의 검이 꽂힌 지점을 중심으로 무지갯빛을 발산하는 마법진이 전개됐다.

무지갯빛의 마법진은 출현과 동시에 그 내부를 향해 청정하고도 순수한 마력과 생명력을 방출하기 시작했다. 그리고 눈 깜짝할 사이에 마법진 내부의 디아드라의 육체와 혼은 활력을 되찾고, 상처가 치유되기 시작했다.

"수호와 치유의 효과를 지닌 마법진이야. 이 이상의 무리는 자제하는 편이 좋아."

디아드라는 경악에 찬 시선으로 여섯 개의 날개를 펼친 드란을 바라보았다. 이윽고 그녀의 검은 마노처럼 아름다운 눈동자와 요염한 입술에 천진난만한 어린아이 같은 미소가 떠올랐다.

"어젯밤에 널 이상한 인간이라고 했는데 설마 이 정도로 이상할 줄은 몰랐어."

디아드라의 목소리는 놀리는 것처럼도, 어이가 없어 하는 것처럼도 들렸다. 드란은 어딘지 모르게 마음의 준비를 하고 있던 자신이 안도의 한숨을 내쉬고 있는 것을 느꼈다.

드란은 자기도 모르게 눈앞에 서 있는 검은 장미의 정령이 자신을 두려워하진 않을까 걱정하고 있던 것이다.

"이 날개 말인가?"

드란은 등 쪽에 접어 두고 있던 날개를 가볍게 움직여 보였다. 디아드라는 퍼덕거리는 드란의 날개를 바라보면서, 흥미롭다는 시선을 숨기지 않았다.

"그래. 그 날개도 희한하지만, 용종의 혼과 인간의 육체를 겸비하고 있을 줄은 상상도 못했지. 진짜 용을 본 적도 없는데, 그보다 먼저 인간으로 환생한 용의 전생자와 만난 셈이니 정말 흔치 않은 일이잖아?"

"부정할 생각은 없지만, 의외로 너도 기억이 정화되어 있을 뿐이고 전생이나 그 전의 생이 용이었을 가능성도 없지는 않아. 윤회전생(輪廻轉生)이란 바로 그런 거니까."

"그런 식으로 따지고 들면 끝이 없겠군. 그건 그렇고 이 마법진은 대체 언제쯤 해제시켜줄 생각이지?"

디아드라는 오른쪽 집게손가락으로 마법진의 보이지 않는 장벽을 툭툭 찔러보고 있었다.

그녀는 마치 상대방의 혼까지 빨려들 것만 같은 그윽한 눈동자를 반쯤 뜬 채로 평소의 요염하기 짝이 없는 모습에선 상상하기 힘든 어린아이 같은 일면을 보였다.

드란은 디아드라의 순진한 몸짓을 보고, 무심코 긴장을 풀고 미소를 지었다.

"부상과 체력이 회복될 때까지 그대로 있어. 나는 지금부터 게오르그를 처리하고 오지."

"나도 가겠다고 하고 싶은 참이다만, 그 날개를 지닌 너를 쫓아가는 건 도저히 힘들 것 같군. 껴안고 가준다면야 따라갈 수 있을 것 같은데."

디아드라는 그렇게 말하면서 드란의 양 볼에 자신의 양손을 살며시 뻗어, 마치 밤의 어둠과 함께 남자의 침소를 찾아가 유혹하는 몽마(夢魔)처럼 달콤하게 속삭였다.

디아드라 본인에게 그러한 의도는 없겠지만 비인간적일 정도로 차원이 다른 미모의 소유자인 만큼 그 제안은 마치 매료 마법을 사용한 것처럼 우아하고 요염했다.

아주 약간 힘을 주기만 해도 간단히 부러뜨릴 수 있을 것 같은 디아드라의 손은 연약하고 부드러워 보였다. 드란은 손안에 한 떨기의 장미를 쥐고 있는 착각조차 느꼈다. 상대는 검은 장미의 정령이므로, 그 감상도 대단히 빗나간 것은 아니리라.

"미안하지만, 게오르그를 상대하려면 나 혼자 가는 쪽이 더 편해. 라플라시아가 거느리고 있던 마도병들은 이곳에 도착하자마자 【에너지 레인】으로 섬멸해 놓았으니, 일단 위험하진 않을 거야."

"그래? 네가 그렇게 말한다면 그렇겠지. 일전에 보여준 실력으로 보건대 아마 어떤 적이 나타난다고 해도 지지는 않을 테니 나는 다른 걱정을 할게. 지나치게 힘을 해방했다가 숲을 부수지만 말아줄래?"

드란은 디아드라의 농담을 듣고 스스로 확실하게 인식할 정도로 환하게 웃어 보였다. 드란은 별일도 다 있다는 생각이 들었다.

"최대한 조심하지. 돕겠다고 제안해 놓고 나 자신이 파괴자 노릇을 한다는 건 본말전도니까. 그럼 슬슬 가도 될까?"

"그래, 무운을 빌어, 드란."

"고마워."

드란은 주위를 포위하고 있던 벽과 라플라시아가 지키고 있던 보조 마계문을 파괴하고 감사의 말을 남긴 채 디아드라와 헤어졌다.

제4장 용의 혼, 사람의 몸

나는 디아드라와 헤어진 후 여섯 개의 날개를 펼치고 숲 속을 가로질러 날아갔다. 게오루드가 자리에서 벗어나 있었기 때문에, 올리비에나 족장들이 지휘하고 있는 부대가 손쉽게 마계문을 파괴하고 마도병 군단을 거의 소탕한 기척이 느껴졌다. 이제 남은 장애물은 중심의 마계문과 게오르그뿐이다.

그러나 보조 마계문을 전부 파괴했다고 해도 중심의 마계문만 남아 있다면 세계를 마계화시키는 것은 가능하다. 마계로부터 더욱 만만치 않은 강적이 이쪽 세계에 출현하기 전에 그리고 더 이상 엔테의 숲을 끔찍한 모습으로 변모시키기 전에 마계문을 파괴해야만 한다.

수백을 넘는 마도병들의 기척이 느껴졌지만, 마계문에서 상당히 멀리 떨어져 있었다.

아마도 게오르그가 나와 전투를 벌이기에 앞서, 쓸데없는 난입을 방지하기 위해 배치한 병력일 것이다.

나는 상공에서 거대한 마계문 앞에 우뚝 버티고 선 게오르그를 내려다보았다.

주위의 나무들은 사라지고 땅바닥은 평평하게 정리된 상태였다. 그러나 이 부근은 가장 심각하게 마계화가 진행되어 있기 때문에 마계문 바로 위에 회색 구름이 넓게 퍼지고 그 속에선 보라색 번개가 번쩍였다.

마계문 자체는 완전히 닫힌 상태였지만 땅바닥 여기저기에 솟아오른 돌기가 심장처럼 진동을 일으키며 확장과 수축을 반복하고 있었다. 그리고 불규칙하게 붉은색이나 노란색, 보라색 등의 다양한 빛깔의 액체가 번져 나오고 있다.

한마디로 마계라고 하지만 그 환경은 매우 다양하다. 다만 물질계의 주민들이 살아가기에 가혹한 장소라는 특징만큼은 공통적이었다.

나는 날개를 퍼덕이며 천천히 지상으로 강하했다. 게오르그는 잠자코 나를 올려다보고 있었다.

게오르그가 발산하는 투기의 질과 기백은 어젯밤과 차원이 달랐다. 나는 그에게서 일종의 각오를 다진 자들이 지니는 특유의 분위기를 똑바로 느끼고 있었다.

"너의 동료들과 다른 마계문들은 모두 이 세계에서 사라졌다. 게오르그."

"그들이 사력을 다해 싸운 결과라면 안타까운 일이 아닙니다. 저희들은 삶과 죽음이 빚어내는 투쟁의 빛에 홀린 악귀들이니까요."

게오르그의 나에 대한 태도는 어젯밤과는 명백히 달랐다. 어제 이 남자는 나를 새로운 호적수로 인정할 만한 상대로 인식하고 있었다.

그러나 지금은 나에 대한 경외심조차 느껴진다. 그는 내가 용의 전생자라는 사실 이상의 정보를 파악하고 있을지도 모른다.

그렇다고 해서 내가 할 일에 변함은 없다만 당당한 태도의 적을 상대하면서 나 역시 자연스럽게 태도가 변하고 있음을 실감했다.

"그 고결함이 이런 식으로 발휘되지만 않았다면 너희들과 적대할 일은 없었을 터."

"황송한 말씀이십니다. 하오나, 현재 소장의 모습 또한 스스로 소망하여 선택한 결과인 바. 동정이나 연민은 거두어주시길 바랍니다."

"굳이 그리 말한다면 그렇게 하마. 너는 내가 토벌해야 할 적이다. 그 이상도 그 이하도 아니야."

"감사합니다. 소장의 두 눈에는 과거, 당신께서 보여주신 진정한 권능이 아직 새겨져 있사옵니다. 오늘날에 이르기까지 결코 퇴색되거나 잊은 적이 없습니다."

"내 혼의 정체를 알면서도 도전하다니, 전투광이라는 족속인가? 구제 불능이로구나. 스스로의 무력함을 곱씹으면서 멸망할 뿐이다. 과거에 나에게 도전했던 수많은 사악한 신이나 악마들과 마찬가지로."

내가 접어 두고 있던 날개를 천천히 펼치기 시작하자 게오르그는 세 자루의 검에 손을 뻗었다.

게오르그가 과거에 목격한 전생의 나와 비교하자면 인간으로 다시 태어난 지금의 나는 그야말로 처참하게 약체화된 상태였다. 그러나 아무리 약해졌다고 해도 투쟁의 환희에 미친 혼을 지닌 광전사에게 패배할 정도로 쇠락하지는 않았다.

게오르그의 온몸에서 피어오르는 투기가 마치 연기처럼 피어올랐다. 그는 세 자루의 검을 뽑아 들었다. 거칠고 단단한 금속음이 꼬리를 물고 나의 고막을 진동시켰다.

"후후, 그렇기 때문에 더욱 도전할 가치가 있다는 사실을 모르시겠습니까? 온 힘을 다해도 이길 수 없는 상대에게 도전함으로써 스스로의 생명과 혼을 불태우는 겁니다. 오랜 옛날, 소장이 섬기던 전쟁의 신 알데스 님과 당신께서 펼치신 결투를 목격한 순간부터 언젠가 이렇게 맞붙을 날만을 소망하고 있었습니다."

"어디선가 본 적이 있던 것 같더라니 알데스의 권속(眷屬)이었단 말이냐? 나름대로 선한 신족의 권속이었던 자가 마계의 전투광으로 타락하다니. 알데스는 권속을 관리하는 데 서툰 모양이구나."

"소장은 투쟁의 속에서 피에 도취되었을 뿐만 아니라, 생명을 건 결투에 더할 나위 없는 환희를 느꼈다는 사실이 발각되어 천계에서 추방당한 몸입니다. 그건 그렇고, 예상치 못한 장소와 예상치 못한 순간에 꿈에서도 고대하던 당신과 결투할 기회를 얻었습니다. 일이 이렇게 된 이상, 충분치 못한 힘밖에 떨치지 못하는 이러한 장소에서 결투를 치르는 것은 바라는 바가 아닙니다. 그런 연유로 당신께서 바라시는 바는 아니겠으나 함께 마계로 가주셔야겠습니다."

게오르그의 목소리와 동시에 마계문을 중심으로 한 일대의 사방에서 매 순간마다 색이 변하는 빛의 기둥이 하늘로 솟아올랐다. 나는 네 줄기의 빛기둥이 머리 위의 구름에 도달하자 서로 뒤얽히면서 발생한 정육면체 안에 갇히고 말았다. 그러나 게오르그의 목표는 이 빛나는 정육면체 속에 나를 가두는 게 아니다.

지금까지 닫혀 있던 마계문이 천천히 좌우로 열렸다. 그 안쪽에 마계로 이어지는 공간의 통로가 보였다.

마계의 독기를 품은 바람이 불어오면서 빛나는 정육면체 내부의 공간이 서서히 일반적인 공간으로부터 격리되기 시작한 것이 느껴졌다.

"자, 소장이 소유한 마계의 영지로 초대하겠습니다! 고대의 신룡(神竜)이시여!"

역시 일시적으로 이 정육면체 내부의 공간을 마계로 전이시킬 생각인가? 시간제한이 존재하는 술식으로 보이지만 상당히 대담한 짓을 저지르는군. 그러나 다른 이들의 간섭이 없을 뿐 아니라 다른 이들의 시선을 신경 쓰지 않고 실력을 발휘할 수 있다는 점은 개인적으로도 반가운 일이었다.

내가 그렇게 생각하고 있는 동안 정육면체 내부와 외부의 공간은 완전히 단절되고 말았다. 그리고 나와 게오르그는 사악한 신들의 세계인 마계로, 아무런 소리나 진동도 없이 조용히 전이했다.

"승낙도 하지 않았는데 강제로 초대하다니 예의에 어긋나지 않나?"

공간을 이동하는 순간에 따라오는 가벼운 흥분과 붕 뜬 감각이 느껴진 직후, 정육면체를 둘러싼 세계의 분위기가 명확하게 돌변했다.

머리 위를 올려다보면 온 사방에 다양한 색채로 변화하는 공간이 펼쳐져 있었고 빛인지 어둠인지도 분간할 수 없는 정체불명의 물체가 대량으로 빛나고 있었다. 그것들은 수도 없이 존재하는 소마계(小魔界)이거나, 이 대마계(大魔界)에 존재하는 태양이나 은하였다.

지상으로 시선을 옮기자, 황량한 황야가 끝도 없이 펼쳐져 있을 뿐이었다.

"초대를 한다더니 퍽 을씨년스러운 장소로구나. 너의 영지엔 성 하나도 없더냐?"

거의 있으나 마나 한 바람이 하얀 흙먼지를 옮겨 왔다. 그 먼지들은 우리의 발밑을 스쳐 지나갔다. 이윽고 빛나는 정육면체도 사라지고 나는 완전히 마계로 진입했다는 사실을 실감했다.

상당히 오랜만에 찾아오는 셈인데 설마 인간으로 환생하고 나서도 오게 될 줄은 몰랐다. 역시 앞일이란 한치 앞도 알 수 없다.

"애당초 저희들은 떠돌이 용병이나 다름없는 족속입니다. 왕후 귀족 같은 호화로운 생활과는 인연이 없으니 아무쪼록 용서해 주십시오. 그리고 이곳은 저희들이 사적인 결투에 이용하는 장소입니다. 정취라고는 찾아볼 수 없는 광경도 당연할 수밖에 없지요. 자, 저의 환대를 부디 받아주십시오. 시조룡(始祖竜)의 심장, 시원(始原)의 일곱 용 중 한 분이시자 신과 악마를 죽이는 자, 일곱 빛깔의 재앙, 무지갯빛의 멸망, 사악한 신들이 가장 두려워하는 용이시여!"

마계의 독기와 마력이 게오르그의 온몸에 가득 찼다. 그 육체에 금이 가면서 용암처럼 붉게 가열된 내부가 바깥으로 드러났다.

게오르그의 변모는 더욱 진행되어 안 그래도 엄청난 거구가 한 층 더 거대해졌다. 그리고 몸 속에 미처 수용하지 못한 투기가 눈에 보이는 농도로 솟아나기 시작했다.

양어깨나 머리, 팔꿈치에서 뒤틀린 뿔이 뻗어 나와 게오르그의 본래 모습과 힘을 만천하에 드러냈다.

"기개는 가상하구나. 너의 소원을 이루어주마. 다만 그 대가는 네 모든 존재의 소멸로 치러야 할 것이다."

"당신과 대결할 수만 있다면 그 정도의 대가는 아깝지 않습니다. 그러나 그저 속수무책으로 지기만 할 것이라고 여기지 마시길. 소장의 검으로 그 오만을 베어 보이겠습니다!!"

나 역시 날개를 펼치고 검에 용종의 마력을 충만시켜 대결을 시작할 준비를 마쳤다.

게오르그가 움직였다. 이곳은 그가 진정한 능력을 발휘할 수 있는 마계다. 게오르그의 힘은 어젯밤과 비교도 할 수 없는 영역까지 강화된 상태였다. 아니, 원래 힘을 되찾은 상태라고 해야 하나?

게오르그가 온몸에서 방출하고 있는 투기는 그 자체가 무기로서 기능을 발휘하고 있었다. 지상 세계의 존재는 그 투기와 접촉하기만 해도 영혼까지 분쇄되리라.

게오르그는 눈 깜짝할 사이에 거리를 좁혀 들어와 세 자루의 대검을 높이 쳐들었다가 내리쳤다.

"흐으음!!"

"핫!"

나의 용조검이 세 자루의 대검을 한꺼번에 튕겨 냈다. 나와 게오르그의 힘이 서로 충돌을 일으키며 그 충격파가 주위로 전파됐다. 충격파는 마계문이 우뚝 선 황야의 대지를 바스러뜨렸다. 우리를 중심으로 근방의 일대에 거대한 함몰 현상이 일어났다.

게오르그는 튕겨 나갔던 대검들을 또다시 나를 향해 세차게 내리쳤다. 그러나 나는 세 자루 중 두 자루의 검을 용조검으로 쳐 내고 몸을 굽혀서 나의 목을 치기 위해 횡으로 날아든 일섬(一閃)을 회피했다.

게오르그는 왼쪽 아래 팔에 들고 있던 방패로 나를 가격하려고 시도했지만 나는 오른쪽 다리로 앞차기를 시전해서 대응했다.

게오르그의 방패가 내 앞차기의 충격으로 움푹 들어갔고, 그 소유자까지 통째로 머나먼 저편으로 날아가버렸다. 게오르그는 황야에 드문드문 흩어져 있는 바위산들과 격돌하면서 나에게서 멀리 떨어진 장소까지 날아가다가 땅바닥에 발을 박아 세워 겨우 자세를 바로잡았다.

게오르그는 상단의 양팔에 움켜쥔 대검을 하늘로 치켜세웠다. 그가 치켜세운 칼날 끝에 검은 구름이 발생하더니 순식간에 확산되어 황야의 하늘을 완전히 뒤덮었다.

"하늘이여, 울부짖어라! 천명살(天鳴殺)!"

게오르그의 명에 따라 검은 구름으로 뒤덮인 하늘이 울부짖으며 어둠 같은 빛의 천둥 번개가 번쩍였다.

그리고 게오르그가 하단의 오른팔에 움켜쥔 대검으로 대지를 찌르자 막대한 힘이 땅을 타고 퍼져 나가 순식간에 황야의 대지가 게오르그의 지배 영역으로 변모했다.

"땅이여, 요동쳐라! 지굉살(地轟殺)!"

게오르그가 대검을 꽂은 장소를 진원지로 삼아 황폐한 대지에 서 있기도 힘들 정도의 지진이 일어났다. 여섯 개의 날개로 하늘을 날아다니는 나에게 지진은 아무 의미도 없었지만 물론 이대로 끝날 리는 없을 것이다.

내가 게오르그와 100걸음 정도의 거리까지 다가섰을 때쯤 검은 구름에서 번쩍이는 번개는 더욱 그 수가 늘어나고 대지의 진동은 한도 끝도 없이 강해졌다.

그리고 게오르그는 하늘을 가리키던 두 자루의 대검과 대지에 꽂고 있던 대검을 뽑아 들고 그 모든 칼날을 나에게 향했다.

금이 간 투구의 안쪽에서 빛나는 게오르그의 눈동자에 이미 나에 대한 경외심은 온데간데없었다. 그저 온 힘을 다해 도륙해야 하는 적에 대한 투지만이 빛나고 있었다.

"받아라, 천지쌍살(天地双殺)!!"

게오르그의 우렁찬 고함 소리와 함께 하늘에서 무수한 검은 번개가 나를 향해 빗발치듯이 쏟아졌고 대지는 산산이 부서져 거대한 암석의 포탄으로 변해 나를 향해 들이닥쳤다.

타락한 신인 게오르그는 본래 지상 세계에서 전지전능한 신의 권능을 지니고 있던 몸이다. 마계로 돌아온 이상, 게오르그가 구사하는 다양한 기술들은 지상 세계에서 사용할 수 있는 능력들과 비교조차 되지 않았다.

나는 쏟아지는 검은 번개들을 피하고 대지로부터 발사된 거대한 암석 포탄들을 이따금씩 용조검으로 베어 넘기면서 나아갔다.

게오르그의 의지에 의해 출현한 검은 번개는 일반적인 자연 법칙에서 벗어난 현상이었다. 내가 회피한 다음에도 포물선을 그리며 나를 추적하면서 번개의 어금니로 물어뜯기 위해 달려들었다.

대지의 포탄도 마찬가지였다. 암석 포탄들은 중력의 작용을 무시하면서 내 머리 위에 작렬한 이후로도 검은 번개와 마찬가지로 나를 끊임없이 추적했다.

나는 등 뒤로 고개를 돌리면서 용조검에 억누르고 있던 마력을 해방시켰다. 내가 용조검에 부여하던 마력이 단번에 거대한 마력의 칼날로 변해 머리 위의 검은 구름을 관통할 정도로 뻗어 나갔다.

"단숨에 베어주마!"

용종의 마력검은 마치 백만 줄기의 번개를 하나로 묶은 듯이 뻗어 나갔다. 나는 하늘로 솟아오른 마력검을 땅으로 내리쳤다. 그리고 나를 쫓고 있던 검은 번개와 대지의 포탄뿐만 아니라 머리 위의 검은 구름과 산산이 부서진 대지까지 한꺼번에 베어버렸다. 정확히 표현하자면 집어삼켰다는 표현이 적합하리라.

고막을 꿰뚫고 뇌수까지 뒤흔들 정도의 굉음이 울려 퍼졌다. 나의 용조검은 하늘과 땅을 완전히 두 동강으로 갈라버렸다. 방대한 용종의 마력이 검은 구름을 흩어버리고, 대지를 남김없이 붕괴시켰다. 그 잔해들이 무한히 펼쳐진 만 가지 빛으로 빛나는 공간으로 낙하하고 있었다.

"역시 간단히 물리칠 수는 없단 말인가! 그래야지! 그래야 지금껏 고대한 보람이 있는 법! 소장이 지닌 세 자루 마검의 섬광, 간파하실 수 있겠습니까! 삼천대섬살(三千大閃殺)! 스야아아아아아아!!"

게오르그가 나를 향해 치켜들고 있던 세 자루의 대검이 눈부신 빛을 내뿜은 그 순간, 그 검들이 한 자루마다 천 줄기의 예리한 섬광으로 변해 거대한 빛의 벽을 형성했다.

물리적, 영적으로 모든 만물을 꿰뚫는 섬광의 칼날에 대항하기 위해, 나는 왼쪽 어깨에 검을 걸치고 다섯 손가락을 쫙 편 상태의 왼팔을 오른쪽 어깨에 걸쳐 양팔을 교차시켰다.

나는 왼팔을 더욱 용종에 가깝게 변이시켰다. 내 왼팔은 팔꿈치부터 손가락에 이르기까지 순식간에 용종의 팔로 변화했다. 하얗게 빛나는 비늘이 피부를 대신하고 손가락 끝에 두껍고 예리한 발톱이 출현했다.

나는 교차시켰던 양팔을 섬광보다도 빠르게 내리치면서 눈앞에 들이닥치는 삼천 줄기의 섬광을 한꺼번에 산산이 조각냈다.

"그으르르르⋯⋯."

나는 섬광의 칼날들을 분쇄한 뒤 양팔을 내리친 자세를 유지한 채로 목구멍 속에서 굵고 거친 용의 울음소리를 냈다.

그 울음소리는 고위 용종만이 구사할 수 있는, 삼라만상(森羅萬象)에 이르는 법칙들을 자신의 의사로 지배할 수 있는 용어마법(竜語魔法)이다.

나는 자신의 성대와 폐, 그리고 구강 구조를 전생의 것으로 변화시켰다. 그리고 용종의 입 안에 마력을 집중시켜 압축과 증폭 과정을 거친 마력을 내뿜었다.

용어마법과 함께 용종이 지닌 최대의 무기 가운데 하나인 용의 브레스였다. 나는 게오르그를 향해 브레스를 발사했다.

"그르아아아!!"

내가 입을 크게 벌리자 용종의 예리한 이빨들이 즐비하게 늘어선 모습이 드러났다. 입 안쪽에서 새하얀 빛이 흘러넘치더니 하얀 안개 같은 브레스가 전방의 공간을 향해 뻗어 나갔다.

나의 브레스는 공중으로 흩어져 있던 섬광의 파편들과 대기 중에 존재하는 독기들을 남김없이 소멸시키면서 게오르그의 거구를 집어삼킬 기세로 세차게 나아갔다.

게오르그는 하단의 왼쪽 팔에 들고 있던 방패로 몸을 감쌌다. 주위의 공간이 갑작스럽게 아지랑이처럼 일그러지고, 그 일그러진 공간이 게오르그가 들고 있는 방패 앞으로 모여들면서 더욱 뒤틀렸다. 게오르그가 주위의 공간을 빨아들여 압축한 두꺼운 공간의 방패를 출현시킨 것이다.

공간 그 자체를 방패로 삼는 이상 공간에 작용을 일으키는 능력을 지니지 않고서야 돌파할 수 없는 무적의 방어가 성립되는 셈이다.

그러나 용종의 숨결은 그 어떤 시간과 공간은 물론이고 모든 물질과 영체를 남김없이 태우는 성질을 지닌다.

아무리 인간으로 환생하면서 어쩔 수 없이 약화된 상태라고는 하나, 나는 최고위 용종이었던 몸이다. 브레스로 시공간을 유린할 정도의 힘은 당연히 남아 있었다.

그것을 증명하듯 게오르그가 전개한 다중 왜곡 공간 방패는 내가 발사한 빛의 안개 브레스와 격돌하자마자 소멸하기 시작했다.

모든 공간 방패가 완전히 소멸된 그 순간, 게오르그가 양 손의 검을 전방으로 휘두르자 왜곡된 공간이 갈라졌다.

게오르그는 천천히 갈라지는 공간의 틈새로 주저 없이 몸을 던졌다. 그 순간 내 머리 위에서 시공의 진동이 발생했다.

"이쪽으로 도약했나!"

나는 브레스 발사를 중단하고 머리 위로 시선을 돌렸다. 일곱 가지 색깔로 빛나는 내 눈동자가, 머리 위의 공간이 찢어지면서 그 안에서 게오르그의 거구가 낙하하는 모습을 포착했다.

"옥체의 수급을 취하겠소!"

"너에게 내줄 정도로 싸구려 목이 아니다."

붕. 게오르그의 대검이 대기를 가르고 나를 향해 세 줄기 궤적을 그리면서 파고들었다. 게오르그는 전쟁의 신이 거느리던 권속신 출신의 악귀다. 그가 휘두르는 모든 칼날들은 그의 출신에 걸맞은 속도와 파괴력, 예리함을 갖추고 있었다.

그러나 나는 육체의 일부를 전생의 몸으로 되돌려 인간의 몸에 용종의 마력을 부여하는 기술도 충분히 숙달된 상태였다. 이대로 반격해볼 만하군. 용의 형태로 변한 나의 목에서 전투로 고조된 용의 울음소리가 새어 나왔다.

"그르아아아!!"

게오르그는 나의 오른쪽 반신을 파괴하기 위해 상단의 왼팔에 들고 있던 대검을 내리쳤다. 그러나 용조검의 일섬은 그 대검의 칼날을 산산이 조각냈다.

"크으윽, 아직 멀었습니다!"

게오르그는 연이어서 상단의 오른팔에 움켜쥐고 있던 대검으로 마치 운석의 낙하를 연상시키는 참격(斬擊)을 가해 왔다. 나는 완전히 용의 육체로 변한 상태의 왼팔로 게오르그의 공격을 받아 냈다.

왼팔이 변신한 용의 발톱이 다섯 줄기의 궤적을 그리면서 게오르그의 대검을 여섯 조각으로 동강 냈다. 그리고 검을 파괴한 기세를 몰아서 다섯 손가락을 모아, 검과 같이 세운 용의 발톱으로 게오르그의 상단 오른팔의 팔꿈치 부분을 뜯어냈다.

마지막 세 번째 공격이 들어왔다. 게오르그는 하단 오른팔에 움켜쥐고 있던 대검을 후방으로 잡아당겼다가 번갯불조차 흩어버릴 듯한 무시무시한 기세로 찌르기 공격을 시도했다.

나는 게오르그를 가볍게 초월하는 속도의 일섬으로 그 대검을 움켜쥔 손목까지 통째로 베어버렸다. 게오르그의 오른손이 대검을 움켜쥔 채로 빙그르르 회전을 일으키면서 허공을 향해 날아갔다.

게오르그는 잘려 나간 오른쪽 팔꿈치와 오른쪽 손목에서 피가 솟아나기도 전에, 엄청난 통증에도 아랑곳하지 않고 하단 왼팔에 들고 있던 방패로 반격해 왔다.

나는 용조검을 양손으로 다잡고 시야를 가득 메우고 있던 게오르그의 방패를 향해 내리쳤다.

"이 몸의 모든 혼을 쏟아붓고도……!"

게오르그의 방패와 그 방패를 움켜쥐고 있던 손, 그리고 게오르그의 거대한 몸이 머리부터 사타구니까지, 내가 세로로 내려친 용조검의 궤적에 따라 위아래로 어긋나기 시작했다. 그리고 살짝 늦게, 게오르그의 몸에서 검은 피가 번져 나오듯이 천천히 흘러넘쳤다.

"끝내 넘지 못하다니!"

검은 피가 폭포수처럼 쏟아지며 대지를 적셨다. 나의 일섬에 의해 두 동강이 난 게오르그의 몸이 좌우로 갈라지면서 그대로 나자빠졌다.

나는 천천히 숨을 몰아쉬었다.

나는 마계로 끌어들인 술식은 마계문 그 자체와 엔테의 숲에서 지금까지 빨아들인 생명력, 그리고 게오르그 본인의 혼을 제물로 삼아 발동시켰던 것이다.

게오르그가 쓰러진 지금, 그 술식은 무너지기 시작했다. 조금 시간이 흐르면 마계문의 근방 일대는 엔테의 숲으로 돌아가게 될 것이다.

마계문을 파괴하는 작업은 지상으로 귀환한 후에 시작해야겠군.

나는 대지 위에 뻗어 있는 게오르그의 머리 쪽으로 다가갔다. 게오르그는 육체뿐만 아니라 그 영혼까지 두 동강이 난 상태였고 미약한 생명의 등불만이 간신히 살아 있었다.

"과, 연…… 대단……하십니, 다. 역……시…… 당해 낼…… 수 없는, 분."

"그대 또한 훌륭한 기백과 투지였다. 알데스에 필적하는 구석이 없지 않아 있었다."

"오오, 오오, 그러……한 말……씀을 내려주……시……다니. 말씀만이라도, 영광……입……니다."

"그러나 지상의 죄 없는 백성들을 무참히 살육한 죄의 대가는 치러야 할 것이다. 타락한 전투신이여. 내가 휘두른 검의 칼날은 그대들의 손에 생명을 잃은 숲의 백성들이 내린 칼날로 여겨라."

"예…… 명……심……하겠……나이……."

게오르그가 마지막 유언을 차마 남기기도 전에, 그 생명의 불꽃이 스러졌다. 그 육체는 희고 검은 빛이 뒤섞인 빛의 입자로 변해 마계의 독기에 섞여 사라졌다.

나는 타락한 전투신의 마지막 가는 길을 끝까지 지켜본 후, 최소한의 경의를 표하기 위해 장검을 칼집으로 거두고 잠시 두 눈을 감았다.

게오르그 일당에게 생명을 빼앗긴 엔테의 숲의 백성들아, 그대들의 원수는 이 손으로 토벌했다. 그러니 최소한 이 순간만이라도, 게오르그에게 경의를 표하는 것을 용서해 다오.

또다시 공간이나 차원을 도약하는 순간에 따라오는 가벼운 흥분과 붕 뜬 감각이 느껴졌다. 눈을 뜨자 완전히 황폐해진 상태이기는 해도 마계와 비교하자면 공기부터 명확히 다른 지상 세계가 시야에 들어왔다.

나는 등 뒤에 우뚝 서 있던 마계문 쪽으로 고개를 돌리면서 실처럼 가는 호흡과 함께 용조검의 일섬을 날렸다.

독기를 품은 대기와 함께 잘려 나간 마계문은 비스듬한 궤적을 따라 두 쪽이 나서 육중한 땅울림 소리를 내며 상단 부분부터 쓰러졌다.

나는 마계문이 붕괴하면서 피어오른 흙먼지를 손으로 털어 낸 뒤 그 기능이 완전히 멈추고 차원 통로도 완전히 닫혔음을 세심하게 확인했다.

나는 검에 부여하던 마력을 되돌리고 등 쪽에 출현시켰던 여섯 개의 날개와 무지갯빛 용안도 해제했다.

게오르그를 필두로 한 네 사람의 간부들이 쓰러졌다. 숲의 백성들이 힘을 합쳐서 마도병 군단의 잔당을 소탕하는 작업은 그리 어렵지 않을 것이다.

내가 순수한 인간의 형태로 돌아온 육체를 가볍게 움직이며 상태를 확인하고 있으려니 전방의 나무 그늘에서 한 사람의 우드 엘프가 모습을 드러냈다. 가로아 마법 학원의 학원장인 올리비에였다.

"가능한 한 서둘러 올 생각이었습니다만, 아무래도 쓸데없는 걱정이었던 모양이군요."

게오르그가 주위에 전개시키고 있던 마도병 군단은 이미 대부분 전멸한 상태였다. 올리비에의 등 뒤에서 차례차례로 숲의 백성들이 접근해 오는 기척이 느껴졌다.

자세히 보니 올리비에가 걸치고 있는 의복에 살짝 때를 탄 구석도 있었고, 그녀의 지혜로운 얼굴에도 조금 피곤한 그림자가 드리워져 있기는 했다. 그러나 그녀의 몸에서 피 냄새는 나지 않았고 특별하게 눈에 띄는 상처는 입지 않았다는 사실을 알 수 있었다.

"운이 좋았습니다. 선한 신들께서 가호를 내려주신 덕분이겠지요. 제가 보기엔 올리비에 님께서도 대단한 부상은 없으신 것 같습니다. 당신의 경우엔 숲의 가호 덕분인가요?"

"그런 걸로 해 두지요."

올리비에는 입으로는 그렇게 말하면서도 불신감을 띤 눈동자로 나를 바라보고 있었다. 내 마음속을 꿰뚫어 보려는 것인가, 아니면 내 말에서 거짓을 찾아내려는 것인가?

올리비에는 내 등 뒤에서 비스듬히 두 동강으로 잘려 나간 마계문의 잔해 쪽으로 시선을 돌렸다.

마계문은 마계에서만 산출되는 광물로 이루어져 있기 때문에, 기본적으로 그 자리에 존재하기만 해도 독기와 함께 흉악한 마력을 발산한다. 그러나 내가 마계문을 파괴하면서 동시에 그 독성까지도 근본적으로 붕괴시켰다. 따라서 지금은 그저 쳐다보기에 꺼림칙한, 역겨운 조형의 건조물에 지나지 않았다.

"마계의 산물인 이 문을 이렇게 완벽하게 파괴하다니. 아무리 얼버무려도 평범한 인간이 혼자 할 수 있는 일이 아닙니다, 드란. 고위 신관 전사나 어지간히 숙련된 전사가 성검이나 마검을 동원하질 않고서는 마계문을 파괴하는 작업은 불가능하죠."

그러고 보니 그렇군. 마계문을 파괴하는 작업 정도는 다른 이들이 합류할 때까지 기다리는 편이 나을 뻔했나? 하지만 이제 와서 후회해도 늦었다.

마법 학원 학원장의 통찰력을 과소평가한 것일까. 어쩌면 올리비에는 날개나 용안까지 목격했는지도 모른다.

"너무 지나치게 추궁하지는 말아주셨으면 좋겠군요. 그리고 최우선적으로 말해 두고 싶은 건, 저는 인간이라는 사실입니다, 올리비에 님. 지금까지 그랬던 것처럼, 앞으로도 인간으로서 살아갈 겁니다."

나는 거짓 없는 진심을 그녀에게 털어놓았다. 올리비에는 다시금 나를 지그시 응시했다. 곧 한숨을 쉬면서 말을 이어 나갔다. 그녀는 완강히 흔들리지 않는 나를 상대로 더 이상은 무슨 말을 해도 무의미하다고 생각한 것 같다.

"……호기심 때문에 긁어 부스럼을 만들 필요는 없겠지요. 당신이 자기 자신을 인간이라고 정의하신다면 이의를 제기하지 않는 게 현명한 판단일 것 같습니다. 물론 개인적인 흥미는 있습니다만."

흠. 올리비에가 디아드라를 통해서 나의 정체를 알아낼지도 모르지만 그다지 얽매일 필요는 없을 것이다.

"당신이 현명하다고 여기는 판단을 하시면 됩니다. 그보다 이번 사건에 관한 사항입니다만, 마계문 하단에 전개되어 있는 마법진을 어떻게 생각하십니까?"

나는 마계문의 바로 옆까지 걸어가 마계문을 중심으로 땅바닥에 그려져 있는 마법진을 올리비에에게 보였다. 크고 작은 무수한 원과 사각형, 그리고 삼각형이 마치 생물처럼 꿈틀거리고 있는 것 같은 복잡하고 괴기한 글자들이 만 개 이상 조합된 마법진이다. 마법진에는 마계의 존재를 지상에 소환하기 위한 술식이 포함되어 있었다.

이것이 지상의 종족이 사용한 마법진이라면 소환 마법이나 계약 마법에 상당히 정통한 고위 술사가 그린 것이었다.

그리고 이 마법진이 존재한다는 사실은, 게오르그 일당이나 마도 병들을 이 지상에 인도한 인물이 아직 어딘가에 남아 있다는 것을 의미한다. 또다시 같은 사건이 벌어질 위험성이 존재하는 것이다.

"대단히 고도의 마법진이군요. 독자적으로 조합했건, 신이나 악마와 계약함으로써 획득한 지식이건 간에 특출한 능력의 소유자가 이 마법진을 사용했다는 건 틀림없을 겁니다. 하지만 이걸로 한 가지 사실은 확실하군요. 이번 사건은 마계의 존재가 주도한 게 아니라 지상의 존재가 그들을 불러들여서 일어난 사태라는 거예요."

"흠, 그렇다면 마계의 존재들이 스스로 지상에 출현했을 경우보다 더욱 성가신 사태로군요. 이 마법진을 그린 마법사를 잡기 전까지는 근본적인 해결이 불가능하겠어요."

"예. 하지만 이 정도의 마법진을 그리고 마계의 문을 소환할 정도의 힘을 축적하는 것은 아무리 대단한 마법사라 해도 하루아침에 가능한 일이 아닙니다. 다시 일을 벌이려고 해도 어느 정도 시간이 필요할 겁니다. 저는 이 사실을 부족장들과 왕국, 그리고 각 교단에 전달해서 경계를 촉구하겠습니다. 그자의 다음 목표가 또다시 엔테의 숲이 되리라는 보장은 없으니까요."

또다시 전투가 벌어질지도 모른다는 건가? 인간으로 태어나고 나서 16년 동안, 가끔 가벼운 풍파는 있어도 기본적으로 평온한 생활을 보내 왔다. 하지만 앞으로는 힘들 듯하다.

만약 게오르그 일당을 소환한 마법사와 마주치게 된다면 윤회전생조차 할 수 없을 정도로 그 혼백까지 완벽하게 소멸시켜줄까? 나는 마음 한편에서 분노와 함께 그런 결심을 다졌다.

올리비에가 품에서 꺼낸 종이에 마법진을 베껴 그리고 마계문의 파편을 회수하던 참에, 다른 숲의 백성들도 합류했다. 그리고 약간 뒤늦게 디아드라와 크리스티나 양, 세리나가 이끌고 있는 부대도 모습을 드러냈다.

"드란 씨~!!"

세리나는 기오나 크리스티나 양과 어깨를 나란히 하고 부대의 선두에 서 있었다. 그녀는 나무들 너머에 서 있던 내 존재를 감지하고, 힘찬 목소리로 나를 부르면서 열심히 손을 흔들었다.

크리스티나 양은 세리나의 옆에서 엘스파다를 한 손에 움켜쥔 채, 내 무사를 확인하고 안도의 한숨을 내쉬었다. 이미 주변에 마도병의 기척은 존재하지 않았다. 그래서 크리스티나 양까지 경계를 푼 것이리라.

올리비에는 세리나와 서로 손을 흔들고 있던 내 옆에서 마법진과 잔류 마력의 해석을 시도하고 있었다. 하지만 그녀도 크리스티나 양의 모습을 확인하곤 살짝 어깨에서 힘이 빠졌다.

"역시 제자에 관해선 신경이 쓰이셨나 보군요."

"눈썰미가 좋으시네요. ……훗, 당신을 상대로 비밀을 가지는 건 어려울 것 같습니다. 크리스티나는 마법 학원에서도 눈에 띄는 학생이거든요. 저 역시 적잖은 주의를 기울이고 있습니다. 신경이 쓰이지 않는다면 거짓말이겠지요. 그리고 당신과 세리나 양에게도 해당되는 일입니다만, 이 숲의 싸움에 외부인을 끌어들였다는 죄책감도 부정할 수 없어요, 드란."

올리비에는 기오와 똑같은 소릴 했다. 강한 책임감은 종족의 특징인가?

"정말 이 숲의 우드 엘프 종족은 너무 책임감이 강한 것 같습니다. 결과를 보자면 저희 셋 다 이렇게 무사하니 신경 쓰실 필요 없습니다. 그리고 상당히 괜찮은 보수를 받기로 했고요."

올리비에의 옆모습에서 학생의 무사 귀환을 기뻐하는 교사의 가면은 이미 온데간데없었다. 어딘지 모르게 초연해 보이는 우드 엘프 미녀의 옆모습이 보일 뿐이다.

어쨌든 게오르그 일당이 이 땅에 풀어놓고 있던 대량의 마도병 군단을 이 정도의 짧은 시간 만에 돌파한 데다 눈에 띄는 부상도 없다는 것은, 이 올리비에라는 여성이 마법 학원 학원장이라는 직책에 걸맞거나 어쩌면 그 이상의 실력자일지도 모른다는 사실을 틀림없이 증명하고 있었다.

얼마 안 있어 디아드라와 함께 라플라시아가 지키던 마계문을 파괴하기 위해 투입된 부대도 모습을 드러냈다. 우리는 일단 우선적으로 서로가 무사하다는 사실을 기뻐했다.

마도병이나 겔렌과 전투를 벌이면서 부상자가 발생하기는 했지만 마계의 군단을 완전히 소탕했을 뿐만 아니라 마계문을 파괴하고 승리했다는 기쁨이, 사람들의 얼굴에 밝은 빛이 돌아오게끔 했다.

마계문을 모두 파괴함으로써 이 근방 일대의 일그러져 있던 공간도 원상 복구될 것이다. 이제 곧 요정의 길을 통해 우드 엘프 종족의 지원군도 사이웨스트 마을에 도착하리라.

우리는 부상자가 적잖이 있었기 때문에 일단 마계문 주위에 결계 마법을 전개하고 사이웨스트 마을로 귀환하기로 했다.

숲 밖으로 도망쳤던 짐승들은 물론, 사이웨스트나 다른 숲의 마을로 피난했던 다양한 요정이나 정령들도 간신히 되찾은 숲의 평온을 기뻐하고 있을 것이다.

사이웨스트의 주민들은 마을로 개선한 우리들을 크나큰 함성으로 맞이했다.

마계의 군세를 격퇴하고 마계문을 파괴함으로써, 사이웨스트 마을에 감돌던 절망감과 비장감은 말끔히 사라졌다. 마계의 독기에 오염된 숲이나 마을이 받은 피해를 복구하기 위해 본격적으로 작업을 시작할 수 있는 상황이 된 것이다.

전투는 끝났지만 부상자를 치료하고 숲을 재조사하기 위한 인원을 편성하는 등 필요한 작업은 아직 많이 남아 있었다. 작업의 종류는 변했어도 바쁜 것은 변함없었다.

　우리가 이곳을 찾아온 당초의 목적은 엔테의 숲에서 일어난 이변을 조사하는 일이었다. 말하자면 우리는 그 목적 이상의 위업을 달성한 셈이다. 이대로 베른 마을로 돌아가도 문제는 없었지만 우리는 족장들에게 복구 작업을 돕고 싶다는 취지를 전달하고 허락을 받았다. 그리고 부상자의 간호나 황폐해진 숲을 정리하는 작업에 협력했다.

　우리가 마계문을 모두 파괴한 지 이틀이 지난 낮, 천 명을 넘는 우드 엘프 증원 부대가 요정의 길을 통해 도착했다.

　데오 족장이나 올리비에는 증원 부대의 지휘관과 논의를 거쳐 구원 물자나 부대에 동행하고 있던 군의관의 배치를 신속하게 추진했다.

　마도병 군단이 이미 전멸된 상태였기 때문에 우드 엘프 병사들은 이대로 사이웨스트에 체류하면서 주변의 경계와 복구 작업에 투입될 예정이다. 충분한 인원과 물자가 도착한 이상 우리가 이대로 머물러 봤자 줄 수 있는 도움은 미약했다. 일단 베른 마을로 돌아가 보고할 필요도 있었기 때문에 나는 크리스티나 양이나 세리나와 의논해서 사이웨스트 마을을 떠나기로 했다.

　특히 크리스티나 양은 마법 학원의 방학을 이용해서 베른 마을에 체류하고 있는 입장이었기 때문에 올리비에한테서 일단 돌아가는 편이 나을 것이라는 조언을 받은 상태였다.

전투에 승리했다고는 하나 사이웨스트는 아직도 복구 작업이 한창인 상황이었다. 따라서 승리를 자축하는 연회가 열리지는 않았다. 그러나 우리가 마을을 떠나기 전날 밤, 디아드라와 피오, 마르가 우리의 숙소를 방문했다.

그날 우리는 대부분의 작업을 우드 엘프 병사들에게 인계하고 사이웨스트를 떠날 준비를 하면서 휴식을 취하고 있었다.

디아드라와 피오는 커다란 접시와 그릇에 요리와 과실주, 과즙을 끌어안고 있었다. 우리들만의 소소한 연회를 열자는 것이었다.

디아드라가 우리의 숙소를 방문한 것은 마르나 피오의 입장에서도 놀라운 일이었던 것 같다. 나로서는 게오루드나 라플라시아와 전투를 거치면서 나에게 조금이나마 친밀감을 느끼고 있는 것이 아닐까 기대했다.

우리는 제각각 양탄자나 의자, 침대 위에 걸터앉았다. 그리고 각기 술이나 과즙을 채운 잔을 들고 목소리를 낮춘 채로 건배한 후에 입을 댔다.

내 손에는 우드 엘프 특유의 정교한 화초 장식이 새겨진 주석(朱錫) 잔이 들려 있었다. 잔 안에는 여러 가지 꽃을 알코올에 담가 제조한 노르스름한 꽃술이 담겨 있었다.

"다들 무사히 돌아와 주셔서 마르는 정말 기쁩답니다! 기다리는 동안 계속 심장이 두근거렸어요."

마르는 특등석인 피오의 무릎 위에 앉아서 우리가 사이웨스트 마을에 개선했을 때 했던 말을 다시 한 번 꺼냈다.

자기 혼자만 마을에 남겨진 것이 분하기도 했겠지만, 역시 걱정이 더 컸을 것이다.

"아하하하, 마르도 참, 같은 말을 언제까지 할 셈이야? 하지만 솔직히 생각보다 훨씬 무서웠던 데다 살아서 돌아오지 못할지도 모른다는 생각이 몇 번이나 들었어. 이렇게 무사히 돌아올 수 있던 건 다 너희들 덕분이야. 특히 내 경우엔 크리스티나 일행과 함께였으니 더 말할 것도 없지."

피오는 사이웨스트로 돌아오고 나서도 연약한 몸으로 열심히 움직였다. 그런 그녀도 이 방을 방문한 이후로 완전히 긴장을 풀었다. 그녀는 손에 들고 있던 과실주 잔을 기울이면서 때때로 접시에 담긴 산딸기를 집어 먹었다.

그다지 술이 강한 편은 아닌지 두 잔째인데도 벌써 뺨이 붉게 물들기 시작했다.

피오는 그 붉게 물든 얼굴로 크리스티나 양을 바라보면서 살짝 미소를 지었다.

"거기다~, 크리스티나는 정말 인기가 대단하더라고? 우드 엘프에 늑대 인간, 아라크네까지 가리지 않고 엄청난 인기였는걸. 깜짝 놀랐어. 아, 전부 여자애들이라는 점이 좀 걸리긴 하지만……."

피오의 말마따나 크리스티나 양은 이번 싸움을 통해 그야말로 수많은 숲의 백성들을 홀려버렸다. 그녀가 사이웨스트 마을에 돌아온 이후로 모든 종족의 여성들이 아는 척을 하고 뜨거운 시선을 보내며, 몸을 기대오기도 했다.

용의 감성을 지닌 내 시선으로 봐도 그녀들이 크리스티나 양에게 어떤 감정을 품고 있는지는 명확했다. 크리스티나 양은 그녀들을 받아들일 생각은 없어 보였지만, 그렇다고 함부로 대할 수도 없기에 난감한 모습이었다.

옆에서 보기엔 재밌었기 때문에 굳이 말리지는 않았다. 그러나 당사자인 크리스티나 양은 완전히 녹초가 될 지경인 모양이다. 그래서 우리와 함께 있을 때는 약간 흐트러질 정도로 긴장을 푸는 모습을 보였다.

크리스티나 양은 입가로 옮기던 잔을 멈추고 피오의 말을 듣고 무겁고도 긴 한숨을 내쉬었다. 이거 생각보다 증상이 심각하군.

"나쁜 뜻이 없다는 걸 알고 있다 보니 적당히 넘겨버리기도 어렵거든. 정말 피곤한 일이야. 이런 상황이 계속되는 것보다는, 차라리 겔렌을 상대로 싸우는 편이 편할 정도야."

크리스티나 양은 그렇게 말하면서 약간 자포자기한 분위기로 황금의 포도주를 단숨에 들이켰다. 의외로 애주가인가? 지금 마시는 모양새를 보면 대단한 술고래일지도 모른다.

"저는 그 커다란 사람하고 또 싸우는 건 사양하고 싶어요. 꿈에 나올 것 같아서 무섭기도 했고⋯⋯. 그런데 크리스티나 양은 마법학원에서도 역시 인기가 많은 편이신가요? 피오 말대로 여기선 정말 인기가 대단하시던데."

세리나가 그야말로 흥미진진하다는 표정으로 양손에 들고 있는 꽃술을 대단히 빠른 속도로 들이키면서 크리스티나 양에게 질문했다.

베른 마을에서의 생활에 익숙해지고 세리나는 인간을 기피하는 감정이나 경계심이 상당히 약해진 모양이다. 그녀가 변경 마을보다 더욱 많은 인간들이 모이는 도시 지역이나 학원이라는 특수한 환경에 대해 호기심을 표명하는 것은 자연스러운 현상이었다.

크리스티나 양은 황금 포도주를 스스로 따르면서 세리나에게 대답했다.

"물론 이 정도로 적극적이거나 노골적이지는 않지만 편지나 선물은 자주 받는 편이야. 그리고 항상 여러 사람의 시선을 느끼기는 해. 나 참, 구경거리라도 되는 줄 아나?"

크리스티나 양은 어이가 없다는 듯이 입술을 내밀었다. 흠. 상당히 사랑스러운 표정이긴 하지만 술에 취한 기색이 없는 걸로 봐서 이 개방적인 분위기에 휩쓸린 건가?

평소의 크리스티나 양에게서 상상하기 힘들 정도로 열일곱 살이라는 나이에 어울리는 평범한 반응을 보였다. 지금까지 그녀가 보였던 허망하고도 그늘진 미녀라는 분위기도 위태위태한 매력이 있었지만, 지금 보여주고 있는 평범한 인간과 다를 바 없는 분위기 쪽이 바람직하게 느껴졌다.

아직 20년도 살지 않은 인간이 타인에게 털어놓을 수 없는 고뇌를 끌어안고 살아가는 모습을 옆에서 지켜본다는 것은 몹시 괴로운 일이기 때문이다.

"크리스티나 양의 외모를 생각해 보면 어쩔 수 없는 일이야. 하지만 평소의 분위기로 판단하자면 그런 이들과 그다지 가까이 지내는 것은 아닌 것 같은데? 그렇게 지내면서 마법 학원 생활은 즐거운가?"

"외모를 높게 평가해주는 건 영광이지만, 외면만 보고 내리는 평가를 듣고 순순히 기뻐하기는 힘들어. 사실, 그…… 내가 붙임성이 별로 없다고 해야 하나, 사람들을 가까이 하지 않는 분위기를 내고 있는 탓도 있겠지만……. 아니, 전혀 친구가 없는 건…… 아니야. 응, 친구가 없지는 않아."

짚이는 구석이 있는 모양이다. 크리스티나 양은 내 시선을 외면하면서 잘 안 들리는 목소리로 중얼거리기 시작했다.

나는 크리스티나 양이 친구가 적다는 사실을 직감으로 알아챘다. 그렇다면 이 화제를 계속해서 그녀를 곤란하게 할 생각은 그다지 없었다.

"무슨 얘기야? 설마 크리스티나, 친구가 별로 없어?"

"으…… 그, 그건……."

내가 막 그렇게 결심하던 차에 피오가 그야말로 비수를 크리스티나 양의 가슴에 박아 넣었다. 뿐만 아니라 당사자인 피오는 조금도 나쁜 뜻은 없었던 모양이다. 그녀는 상황을 전혀 파악하지 못하고 두 눈을 깜빡거리고 있었다.

짧은 기간 동안에 숲의 백성들에게서 높은 인망을 얻은 크리스티나 양이 정작 마법 학원에서는 친구가 적다는 이야기에 놀라서 실수로 입을 잘못 놀린 거겠지만, 그 말은 하지 않았으면 싶었다.

"어, 정말로?"

"어, 없지는…… 않아. 인사치레 정도는 나누기도 하고, 가끔 다과회에 불러주는 상대도…… 있기는, 있다…….."

"아~ 미안. 응. 설마 크리스티나가 그럴 줄은 몰랐어. 내 실수?"

"……홋. 괜찮아. 어차피 나는…….."

크리스티나 양은 그 이후로 어깨를 축 늘어뜨리고 말없이 손에

든 잔을 기울이기 시작했다. 흠, 체념이라도 한 건가?

피오는 그제야 자신이 내뱉은 실언이 절대적인 효과를 발휘했다는 사실을 깨달은 모양이다. 그녀는 서먹한 표정으로 나와 세리나에게 시선을 돌렸다. 그러나 나 역시 이런 모습의 크리스티나 양을 목격하는 것은 처음이었다. 따라서 좋은 해결책이 금방 떠오르진 않았다.

내가 그렇게 넋을 놓고 있으려니, 세리나가 부자연스러울 정도로 쾌활한 목소리를 냈다.

"아하하, 걱정 마세요, 크리스티나 양. 여기 있는 사람들은 모~두 크리스티나 양을 좋아한다고요─. 저는 크리스티나 양을 진~짜 조아해요──!! 그쵸? 드란 히도 조쵸~?"

으응? 세리나의 발음이 이상한데? 뿐만 아니라 목에서 귀까지 새빨간 걸 보면 완전히 취한 건가? 그러고 보니 언제부턴지는 몰라도 주변에 텅 빈 잔이나 술병이 굴러다니고 있다…….

아무리 상대가 주정꾼이라고는 하나, 나는 세리나의 말에 동의했기 때문에 일단 고개를 끄덕였다.

"그렇지. 세리나의 말대로, 나는 크리스티나 양이 좋다. 외모는 말할 것도 없고, 용기와 자상함을 겸비한, 마음까지 아름다운 여성이니까 말이야. 그녀와 만나게 된 운명에 감사하고 있을 정도지."

"마르도 크리스티나를 정말 좋아해요─! 특히 크리스티나의 은빛 머리카락이 햇빛에 반짝이는 모습은 너무 예쁘고 멋져요─!"

"후후, 물론 나도 크리스티나가 좋아. 설마 마르를 구하러 간 곳에서 만난 인간에게 이 정도로 도움을 받을 줄은 몰랐지만, 그게 아니더라도 너희들은 유쾌한 사람들이니까."

"져는 라미아지만뇨~~."

세리나가 야단스럽게 쾌활한 웃음소리를 냈다. 그녀는 술맛이 마음에 든 모양인데, 아무래도 알코올에 강한 편은 아닌 것 같다. 뱀의 하반신도 마구 꾸불거리면서 정체불명의 동작을 시작했다. 뱀이 술에 취하면 이렇게 된단 말인가?

"아하하."

피오가 만취한 세리나의 모습을 보고 유쾌하게 웃었다. 그녀는 아까부터 거의 대화에 참가하지 않고 술잔을 기울이고 있는 디아드라에게 화제를 돌렸다.

디아드라의 어둠 속에 어렴풋이 떠올라 있는 듯 새하얀 피부는 변함이 없었다. 그녀는 알코올의 영향을 그다지 받지 않는 것처럼 보였다.

"디아드라는 어때—? 아까부터 계속 술만 마시면서 아무 말도 없잖아? 그럴 거면 여긴 왜 온 건데—?"

"너희들의 술버릇이 이렇게 고약한 줄 알았다면 오지 않았을지도 몰라. 피오, 그러고 보니 데오한테 술을 마셔도 된다는 허락은 받았나?"

"쩨쩨한 소리 하지 마~, 술 정도야 아버지 허락을 안 받아도 마실 수 있다고. 저기 말인데~, 이 꽃술을 만들려고 담근 꽃들은~! 내가 정성을 다해서 키운 꽃들이거든? 그럼 내가 마셔주는 게 도리잖아~?"

"주정꾼을 이길 수는 없다는 건가? 나 원, 그건 그렇고 네 질문에 대답하자면 크리스티나는 적어도 싫지는 않아. 그다지 대화를 나눈 적은 없지만 목숨을 걸고 함께 싸운 전우니까. 전투가 끝난 뒤에도 숲의 백성들을 위해서 열심히 일하는 모습을 보기도 했고."

"아니, 당연할 일을 했을 뿐이야. 그렇게 칭찬을 들을 만한 일을 한 기억은 없어."

연속으로 칭찬 세례를 퍼부은 성과로 인해, 크리스티나 양은 방금 전까지 유지하고 있던 침묵을 깨고 고개를 들었다. 그 얼굴은 알코올과는 다른 이유로 붉게 물들어 있었다. 흠, 아무래도 쑥스러운 모양이로군.

"어라? 크리스티나 양, 혹시 쑥스러운가? 이제 보니 귀여운 구석도 있는데?"

"그, 그런 게 아니야. 쑥스러운 게 아니라고. 아니고말고."

그럼 일단 내 멋대로 달갑게 받아들인 걸로 해석하도록 하지. 우리는 질리지 않고 차례차례로 술잔을 기울이며 내일 찾아올 이별의 아쉬움을 잊으려는 듯이 즐겁게 떠들었다.

크리스티나 양은 초인의 육체를 지니고 있기 때문인지 몸에 취기가 도는 것보다 알코올을 분해하는 속도가 빠른 모양이다. 그녀는 아무리 술잔을 비워도 전혀 취하려는 기색을 보이지 않았다.

사실 술이 센 걸로 따지자면 용의 전생자인 나나 검은 장미의 정령으로서 매우 강력한 독 내성을 지니고 있는 디아드라도 마찬가지였다. 그러나 마르나 피오, 그리고 세리나의 경우엔 그렇지 않았다. 마르는 일찌감치 꿈나라로 여행을 떠났다. 그녀는 텅 빈 바구니에 천을 깔고 누워서 새근새근 곤히 잠들었다.

베른 마을에서는 축제 날이라도 아닌 이상에야 마실 수 없는 양의 훌륭한 술과 진수성찬을 실컷 얻어먹었을 뿐만 아니라 주위엔 여러 종족의 미녀들이라는 환경 덕분에 나는 대단히 즐거운 기분으로 술을 즐기고 있었다.

그렇게 밤이 깊어지는 와중에 피오가 숲의 백성들 사이에 전해져 내려오는 노래를 선보였다. 나도 변경의 백성들이 사랑하는 민요로 화답했다.

악기의 반주는 없었지만 일단 모두들 기분이 몹시 좋았기 때문에 우리의 노래를 환영했다. 잠들어 있는 마르를 깨우지 않도록 조심스러운 박수가 반주를 대신했다.

나와 피오가 추가로 몇 곡을 더 선보인 후 여전히 술에 취하진 않았어도 분위기에 취해서 유쾌한 기분을 느끼고 있던 크리스티나 양이, 어렸을 적에 어머니에게 배웠다는 노래를 흥얼거리기 시작했다.

그 노래는 옛날 옛적, 얼마나 옛날인지조차 알 수 없는 시대에 활약했던 어떤 용사에 관한 노래였다.

그 옛날, 어떤 곳에 소년이 살았다. 그는 곤경에 처한 사람을 보면 내버려 두지 못하고, 스스로의 아픔보다 타인의 아픔을 중요하게 여기는 그런 성격의 소년이었다.

이윽고 소년은 태어나고 자란 장소를 떠나 수많은 토지를 여행했다. 방문하는 여행지에서 수많은 사람들과 만나며 사람들을 구하기도 하고 고난을 겪으면서 모험을 계속했다.

머나먼 천공의 저편에 떠올라 있는 대지. 빛이 닿지 않는 해저에 우뚝 서 있는 성. 대지를 가르는 균열의 밑바닥에 펼쳐진 거대한 호수.

어딘지도 모르는 곳을 여행하던 소년은 수많은 사람들과 만나는 과정에서 인연을 맺으며 새로운 동료들과 만났다.

모든 정령왕과 마음이 통했다는 하이 엘프 정령술사.

어렸을 때부터 선한 신들을 섬기면서 신의 딸이라고 칭송을 받은 신관.

삼라만상의 모든 법칙을 해명했다는 대마법사.

독특한 검기와 무기를 지닌 이름 모를 나라의 검사.

변경 야만족 출신의 강인한 전사.

사람들을 신앙과 주먹으로 수호하던 수도승.

소년은 동료들과 수많은 모험을 거치며 청년으로 성장했다. 그리고 그 고결한 성품과 선량한 행동, 동료들과 함께 달성한 여러 가지 위업들이 사람들 사이에 널리 알려졌다. 청년은 불세출의 용사이자 희대의 대영웅으로 알려지게 된다.

청년의 명성은 온 세계로 널리 알려졌으며, 때로는 사람이 아닌 존재들의 마음까지 매료시켰다. 용사 일행은 새하얀 비늘을 지닌 용의 도움을 받아 세계수의 밑동을 갉아먹던 사악한 용을 토벌했다.

본디 크리스티나 양의 목소리는 투명하고 맑게 울려 퍼지기는 했지만 그녀의 노래는 마치 자신이 그 자리에 있는 착각을 불러일으킬 정도로 강한 힘을 발휘했다.

술에 취해 실없이 웃음소리나 흘리고 있던 세리나와 피오도, 크리스티나 양의 입술이 노래를 자아내기 시작하자 곧바로 웃음을 멈추고 온몸으로 소리를 느끼고 있었다.

크리스티나 양은 일곱 명의 용사 일행이 새하얀 용의 도움을 받아 사악한 용을 토벌하는 대목에서 노래를 마쳤다.

이 이야기는 아직 끝나지 않았겠지만 뒷부분은 그녀가 그다지 노래하고 싶지 않은 대목일지도 모른다.

노래가 끝나자 조용히 가라앉은 정적이 찾아왔다.

크리스티나 양은 우리가 조용해진 것을 깨닫고 부끄럽다는 듯 고개를 숙였다. 술로 붉어지지 않는 크리스티나 양의 뺨도 부끄러울 땐 붉게 물드는 것 같다.

"아하하. 이것 참, 변변치 않은 노래로 귀를 더럽혔다면 사과하지. 어머니한테 배운 지도 오래됐고 부르는 것도 오랜만이라서 그런가?"

"아니요, 그러치 아나요. 크리스티나 양. 저엉말 훌륭한 노래라서, 저 너무 캄동해써요."

긴 뱀의 혀가 꼬였기 때문인지 세리나의 발음은 아까보다도 한층 더 어설펐다. 그럼에도 불구하고 그녀는 감동한 표정으로 푸른 눈동자를 반짝이고 있었다.

"응! 나도 마찬가지야! 모든 정령왕과 마음이 통했다는 하이 엘프에 관해선 들어본 적이 없지만 깜짝 놀랐어. 크리스티나는 얼굴만 예쁜 게 아니라 목소리도 아름답고 노래도 잘 부르는구나~. 그러니까 노래에 굉장히 마음이 깃들어 있어서 마치 우리가 노래 속

세계에 있는 것 같은 착각이 들 정도였어."

"그, 그래? 하하, 그렇게 말해준다면 어머니도 기뻐할 거야. 창피한 걸 무릅쓰고 노래한 보람이 있었군."

내 마음은 인간으로 환생한 이후 손에 꼽을 수 있을 정도로 평온한 상태였다.

크리스티나 양의 노랫말이 나의 그리운 기억을 불러일으켰기 때문이다. 크리스티나 양의 노래에 등장한 청년과 그 동료들은 바로 용이었던 나의 생명을 빼앗은 그 일곱 명의 용사가 틀림없었다.

"크리스티나 양, 그 노래는 어머니께서 가르쳐주신 건가? 마을에서는 한 번도 들어본 적이 없는데 크리스티나 양의 가문에 대대로 전해져 내려오는 노래인가?"

나는 굉장히 온화한 목소리로 쑥스러워하는 크리스티나 양에게 질문했다.

"어, 음. 이 노래는 어머니 쪽 가문에 대대로 전해져 내려오는 노래야. 어렸을 때부터 지겹게 들어서 그런지 완전히 암기해버렸어."

"그래, 그런 거였군."

"드란? 왜 그러지? 이 노래가 마음에 안 드나?"

크리스티나 양은 노래가 내 마음을 거슬리게 한 것으로 착각했는지 걱정스러운 표정으로 내 얼굴을 들여다봤다.

흠, 불안하게 할 생각은 없었는데.

"마음에 안 든 게 아니야. 오히려 굉장히 좋은 노래라고 생각해. 하지만 사악한 용을 퇴치한 이후의 내용이 신경 쓰여서 말이야. 혹시 다음 내용이 있다면 꼭 듣고 싶은걸."

"그건, 음. 미안하지만, 이 노래는 여기까지야. 용사들이 새하얀 용과 함께 사악한 용을 퇴치하면서 그대로 끝나버리지."

크리스티나 양은 칭찬을 듣고 누그러져 있던 표정을 다시 다잡은 뒤 단호하게 다음 내용은 없다고 양해를 구했다. 하지만 나는 그녀가 거짓을 말하고 있음을 알아챘다. 크리스티나 양은 그 다음 내용을 우리에게 말할 수 없다고 판단한 것으로 보였다.

사실 나는 직접 체험한 일이기 때문에 더 이상 추궁할 생각은 없었다.

설마 그럴 리는 없을 것이다. 하지만 만약 크리스티나 양이 내가 예상하고 있는 그런 운명의 소유자라면 운명의 세 여신이 자아내는 운명의 실이 그리고 있는 모양이 너무나 얄궂다는 생각이 들었다. 설마 그럴 리는 없겠지만 말이다.

"다음 내용은 없단 말인가? 그것 참 유감스럽군. 그래, 정말로 유감스러워."

"그, 정말 미안해. 설마 드란이 그렇게 슬픈 표정을 지을 줄은 몰랐어. 저기……."

스스로 놀랄 정도로 유감스러운 목소리를 낸 모양이다. 크리스티나 양은 내 탓에 괜한 슬픔에 잠겼다. 나는 마음속으로 후회했다.

나와 크리스티나 양 사이에 거북한 분위기가 감돌기 시작할 때, 마치 그 순간을 노리기라도 한 것처럼 세리나가 내 목을 끌어안고 격렬하게 볼을 비비기 시작했다.

아야야야, 윽. 이러다간 뺨의 피부가 벗겨질 지경인데?!

"드랑 히, 왜 크리스티나 양을— 개롭—히는 거죠~? 그런 나쁜 아이한텐~ 버를 줄 거예요!!"

세리나는 몹시 흥분한 상태로 콧김을 내뿜으면서, 더욱 강한 힘으로 볼을 비벼 댔다. 거기다가 구렁이의 하반신으로 내 몸을 겹겹이 둘러 감기까지 했다.

우오오, 술에 취해서 그런지 힘을 조절할 생각이 전혀 없다! 이건 평범한 인간이라면 온몸의 뼈가 부서지고도 남을 정도의 위력이야.

"아하하하하, 바로 그거야—! 세리나—! 크리스티나를 괴롭힌 드란에게 딱 맞는 벌이야~~!"

"얘네들, 정말 술버릇 안 좋네."

아니 잠깐, 디아드라? 냉정하게 한숨을 쉴 여유가 있다면 나를 구해주는 게 어때?

"드, 드란? 괜찮아? 세리나, 이건 좀 도가 지나친 것 같은데? 저기, 나는 그다지 신경 안 쓰거든? 세리나는 착한 아이잖아?"

"후후후, 크리스티나 양은~ 자상하니까요, 그르케 말씀하실 쭐 아라찌요. 갠차나효, 제가 학시라케 드란 히의 버르슬! 코쪄 노흘께효!"

세리나의 숨결에 진한 술 냄새가 배어 있었다. 잠시 내가 한눈을 팔고 있는 동안 이 뱀 소녀는 추가로 여러 병의 술병을 비운 것 같다.

취하면 사람한테 들러붙는 주정이, 라미아의 경우 이런 식으로 이어지는 모양이다. 세리나는 다음 날 아침까지 나를 해방시켜주지 않았다. 앞으로 세리나와 술을 마시는 일이 생기면 과음을 삼가도록 주의시켜야겠다. 나는 마음속으로 다짐했다.

술 냄새가 자욱한 방에서 밤을 새운 다음 날 아침, 우리는 올리비에와 디아드라, 그리고 기오, 피오, 마르의 배웅을 받으며 사이웨스트 마을을 뒤로했다.

원래 가지고 왔던 짐뿐만 아니라 이번 전투에 가세한 답례로 여러 가지 선물을 받았기 때문에, 우리가 가지고 가는 짐은 베른 마을을 출발했을 때의 2배 정도였다.

사이웨스트 사람들이 특히 이별을 아쉬워한 상대는 단기간 동안 대량의 신자들을 획득한 크리스티나 양이었다.

"언니, 이걸 받아주세요. 제 실로 짠 셔츠랍니다."

"크리스티나 님, 부디 이것도 가져가세요. 가시는 도중에 드세요. 제가 구운 과일 타르트!"

하여간 이런 식으로 아까부터 수많은 여성들에게 포위당한 채 크리스티나 양은 꼼짝도 못하고 있었다. 흐—음. 부럽기도 사양하고 싶기도 하다. 복잡한 심정이다.

한편, 어젯밤 고약한 술버릇으로 나를 호되게 옭아맸던 세리나는 아직도 술이 덜 깬 모양이다. 그녀는 숙취 약을 복용하고도 아직 두통이 남아 있어서 얌전했다.

"세리나—, 괜찮으세요? 마르는 어제 도중에 잠이 들어서 잘 모르지만, 과음은 몸에 좋지 않을 거예요—."

"그래, 맞아. 세리나도 참, 어제는 술에 취해서 드란을 붙들고 놓지 않는 바람에 혼났다니까."

피오 녀석, 자기가 부추겼으면서 잘도 지껄이는군. 1개월 정도 정령과 말이 안 통하게 해줄까? 내가 속으로 순간 발끈했다고 뭐라 할 사람은 아마 없을 것이다.

"응……. 정말로, 이번에 반성했어요. 드란 씨도, 온몸에 비늘 자국을 내서 죄송해요……. 윽, 머리가 아직도 띵해요~."

"난 괜찮아. 하지만 앞으로 조심해줬으면 싶긴 해. 자, 슬슬 출발하자. 너무 오래 끌다가는 약속한 기한을 넘길 수도 있어. 마을 사람들에게 쓸데없는 걱정을 끼치고 싶진 않아."

내가 그렇게 제안하자 세리나는 힘이라고는 찾아볼 수 없는 연약한 목소리로 「예」라고 대답했다. 크리스티나 양은 소녀들에게서 받은 대량의 선물을 간신히 짐 가방에 밀어 넣은 뒤 안도의 한숨을 내쉬고 있었다.

드디어 우리가 출발할 순간이 다가오자 올리비에나 디아드라 일행이 제각각 이별 인사를 입에 담았다.

"크리스티나, 드란과의 만남은 당신에게 좋은 인연을 선사한 것 같군요. 당신의 지인 중 한 사람으로서 기쁘게 생각합니다. 세리나, 당신도 크리스티나에게 있어서 좋은 친구인 것 같습니다. 고맙습니다. 그리고, 드란? 당신은 덴젤 선생님께서 추천하신 이상으로 훌륭한 마법사이자 전사였습니다. 가로아를 방문하실 일이 있으면, 한번 마법 학원을 찾아오세요. 저는 언제든지 환영입니다."

"마법 학원 말입니까? 과분한 평가에 몸 둘 바를 모르겠습니다, 올리비에 님. 크리스티나 양과 다시 만날 수 있다는 걸 고려하면 매력적인 제안이기는 하군요."

"일단 고려만이라도 해주세요. 새삼스럽지만, 여러분의 협력에 진심으로 감사를 드립니다. 고맙습니다."

올리비에가 그렇게 말하면서 실로 점잖고도 우아하게 머리를 숙였다. 그러자 디아드라가 손에 작은 주머니를 움켜쥔 채 걸어 나왔다. 그녀는 겸연쩍은 표정을 짓더니 약간 무뚝뚝한 말투로 입을 열었다.

"너희들, 특히 드란에게는 여러 번 도움을 받았으니 나 나름대로 답례를 준비했어. 받아줘."

그녀가 내민 작은 주머니 속에는 장미의 씨가 여러 개 들어 있었다.

"이건? 오호라, 검은 장미의 씨인가?"

"그래, 내 종자야. 검은 장미는 자연적으로 거의 피지 않는 품종인 데다 마법약의 재료에 적합하다는 이야기를 들었어. 특별하게 피기 쉽게 조치를 했으니 너희 고향에서도 심기만 하면 꽃을 잔뜩 피울 거야. 그 꽃은 팔아도 좋고, 마법약 재료로 삼아도 좋아."

"흠, 이거 정말 생각지도 못한 선물을 받았군. 고마워, 디아드라. 잘 받을게. 가끔이라도 좋으니 베른 마을 쪽으로 놀러와. 딱히 특별하게 대접할 수 있을지는 모르겠지만, 나름대로 최대한 환영할 것을 약속하지. 디아드라와 다시 만날 수 있다면 난 정말 기쁠 거야."

"정말? 그래, 나도 드란과 다시 만나기를 기대할게. 그리고 이건 너 개인에 대한 답례야."

디아드라가 갑작스럽게 한 걸음 더 걸어 나왔다. 그리고 검은 장미의 향기가 내 코를 간지럽히는가 싶더니, 디아드라가 그 입술을 조심스럽게 내 입술에 포갰다.

부드럽고도 촉촉한 입술의 감촉이 검은 장미의 향기와 함께 찾아왔다. 나는 디아드라의 예상치 못했던 행동에 두 눈을 크게 뜨고 경악할 수밖에 없었다.

디아드라의 입술은 금방 떨어지지 않았고, 다른 사람들이 놀라는 와중에도 당분간 내 입술과 겹쳐져 있었다.

나와 디아드라의 입맞춤을 눈앞에서 목격한 크리스티나 양은, 삶은 문어를 연상시킬 정도로 머리끝까지 새빨갛게 변했다. 그리고 마치 뭍에 올라온 물고기처럼 입을 뻥긋거렸다.

아무래도 크리스티나 양에게 나와 디아드라의 긴 입맞춤은 자극이 너무 강했던 것 같다. 그녀는 어른스러운 외모와 몸가짐 때문에 주위에 성숙하다는 인상을 주는 경우가 많았지만, 실제로는 꽤나 순진한 편인 모양이다. 상당히 의외로군.

세리나가 숙취로 인한 두통에도 불구하고 얼빠진 고함 소리를 내지를 때 즈음, 디아드라는 입술을 뗐다.

"으, 아아아, 으아————! 디, 디아드라 양? 가, 갑자기 무슨 짓을 하신 거죠?! 저도 아직 드란 씨하고 한 적 없는데!!"

"무슨 짓이냐고? 그냥 답례야. 드란은 내 목숨을 구해줬으니까 이 정도는 당연한 거 아닌가?"

디아드라는 후들거리면서 언성을 높이는 세리나를 외면한 채, 별거 아니라는 듯 태연하게 대답했다. 그러나 내 눈엔 목덜미부터 귓불까지 새빨갛게 물든 디아드라의 모습이 보였다. 나는 요염이라는 단어의 화신이나 다름없는 이 검은 장미의 정령이 그저 사랑스러운 소녀로만 보였다.

나는 그녀들이 서로 떠들썩거리는 모습을 옆에서 지켜보면서 게오르그와 전투를 벌인 후로 마음속에서 떠나지 않던 일말의 불안감을 잠시나마 잊을 수 있었다.

　일시적이라고는 하나 마계에서 일찍이 지니고 있던 용종의 힘을 해방시켰기 때문에 전생에서부터 인연이 있던 사악한 신들이 내가 환생했다는 사실을 알아챘을지도 모른다. 그리고 그 놈들이 인간으로 환생한 내 인생에 개입할지도 모른다는 불안한 예감을 부정할 수가 없었던 것이다.

†

　―찾았다. 찾았다. 찾았다. 찾았다! 아하하하하, 우후후후, 아하하하하하!! 소멸했을 리가 없다고 생각은 했지만, 설마 그런 모습으로 변해 있었을 줄이야! 아하하하하, 또 너하고 놀 수 있다니 이렇게 기쁠 수가! 기다려줄 거지? 드랑!!

제5장 친애하는 사악한 신

지상에 살아가는 모든 용종의 기원을 거슬러 올라가면 한 마리의 용에 도달하게 된다. 바로 시조룡(始祖竜)이라고 불리는 용이다.

시조룡은 이 세계가 생겨난 지 얼마 안 지났을 무렵 탄생했다. 하늘과 땅과 바다와 공간과 시간이 서로 섞여 있던 때부터 살아 있던 존재였다. 시작의 용이자 용종의 기원이 되는 존재였다. 가없은 외톨이 용이었다.

시조룡은 아직 세계라고 표현하기도 힘든 형태의 세계와 함께 오랜 세월을 살았다. 그는 끝이 보이지 않는 잠 속에서 문득 주위에 자신과 혼돈 이외의 존재가 탄생하기 시작했다는 사실을 깨달았다.

그가 깨달은 것은 혼돈의 소용돌이가 뱉어 내는 떠올랐다가 터져서 사라지고, 사라졌다가 또다시 떠오르는 비눗방울 속에서 태어난 존재들이었다. 사람의 신, 짐승의 신, 숲의 신, 밤의 신, 낮의 신, 정령의 신, 빛의 신, 어둠의 신을 비롯한 가장 오래되고 가장 순수하며 가장 위대한 제1의 신들이었다.

시조룡은 처음으로 자신 이외의 존재를 감지하고 경악한 나머지 잠에서 깨어났다. 눈으로 잇달아 혼돈에서 태어나는 신들을 지켜봤다.

물론 제1의 신들도 시조룡의 존재를 알고 있었다. 그러나 혼돈에서 태어난 자신들과 달리, 처음부터 혼돈과 공존하고 있던 시조룡을 어떻게 대해야 할지 알 수가 없었다. 시조룡이 그들을 바라보듯이, 신들도 시조룡을 바라볼 뿐이었다.

시조룡이 신들을 바라보고 있는 동안 신들은 혼돈에서 태어나는 데 그치지 않고 신들 스스로 새로운 신들을 탄생시킬 수 있을 정도로 성장했다. 신들은 계속해서 그 수가 늘어만 갔다.

예를 들자면 정령의 신은, 불, 물, 바람, 시간, 공간, 얼음, 번개, 빛, 어둠 등을 관장하는 정령들과 그들의 왕을 낳아서 정령들이 사는 세계를 창조했다.

신들의 수가 늘어남에 따라 때때로 신과 신이 대립하는 일도 벌어졌다. 그러나 아직 이 당시는 신들끼리 서로 멸망시킬 때까지 충돌하는 일은 벌어지지 않는 평화로운 시대였다.

이윽고 신들이 스스로 탄생시킨 새로운 신들이 또다시 자신들의 하인으로 부리기 위한 새로운 생명이나 하늘과 땅과 바다와 시간과 공간뿐만 아니라, 삶과 죽음과 운명 등을 창조하기 시작했다. 그 결과, 혼돈은 스스로 모습을 바꾸면서 서서히 질서 정연한 형태로 안정되기 시작했다.

이렇게 현존하는 세계와 신과 지상에 사는 종족들이 탄생하기 시작했을 무렵, 시조룡의 마음에 서서히 변화가 나타나기 시작한 것이다.

시조룡은 수많은 친구들이나 동족들과 함께 살아가는 신들을 바라보고 있던 동안, 끝없는 선망을 느끼면서 고독한 존재인 자신에 대해 적막감을 느꼈다.

시조룡은 신들처럼 자기 자신에게서 새로운 용을 낳을 수가 없었다. 존재가 시작됐을 때부터 아무런 변화도 없는 유일무이(唯一無二)의 존재로서 아직도 혼돈에 휩싸여 있던 세계의 중심을 표류하고 있을 뿐이었다.

어째서 자신은 그들이나 그녀들처럼 동포를 가질 수가 없단 말인가? 어째서 자신은 고독한 유일무이의 존재란 말인가?

시조룡은 생각하고, 고민하고, 괴로워한 끝에, 어느 날 하나의 방법을 떠올렸다. 새로이 용을 낳을 수가 없다면 자기 자신을 잘게 잘라서 무수한 용으로 바꾸면 되지 않을까?

그리고 이 혼돈과 뒤섞어서 제각각 개성적인 혼과 마음을 지닌 개별적인 용들을 창조하자.

그 결과, 지금 존재하는 시조룡의 마음이 사라져서 없어질 가능성도 부정할 수 없었다. 그러나 시조룡은 세계에 자기 자신밖에 없는 고독으로 인해 지친 상태였다. 그는 스스로 소멸할지도 모른다는 공포보다도 주위의 신들에 대한 선망을 강하게 느끼고 있던 것이다.

시조룡은 곧바로 자신의 날개를 뜯어내고, 꼬리를 자르고, 이빨을 부러뜨리고, 눈을 도려내고, 목을 베어 셀 수도 없을 정도로 잘게 잘라버렸다.

신들은 시조룡의 갑작스러운 행동에 크게 놀랐지만, 시조룡을 먼발치에서 바라보고 있었을 뿐이기에 그 마음을 헤아릴 수가 없었다. 그들은 시조룡의 행동에 어떻게 대처해야 할지 알 수가 없었다.

신들은 결국 이보다 더 잘게 잘라 낼 수 없을 정도로 시조룡이 스스로를 찢어발기는 모습을 끝까지 지켜보고 있을 수밖에 없었다.

시조룡의 몸이 도저히 셀 수도 없을 정도로 잘게 분열되어 그 살이나 뼈와 피가 주위의 혼돈과 뒤섞였다. 신들이 바라보는 앞에서 그것들은 시조룡이 소망한 대로 셀 수도 없을 정도의 작은 용으로 변화하여 세계에 첫 울음소리를 내기 시작했다.

비늘의 색깔과 날개의 수는 물론이고 목의 길이나 덩치가 제각각 다른 무수한 용들이 일제히 태어나는 광경은, 이를 지켜보던 신들을 경악시켰다. 신들이 이 당시에 너무나 놀란 나머지 세계를 창조하는 작업을 중단했기 때문에 대지가 지상으로 추락하고 바닷물이 흘러넘쳤을 뿐만 아니라 하늘이 덮개 역할을 수행함으로써 세계가 현재의 형태로 굳어졌다고 한다.

무수히 찢어진 자그마한 피와 살에서 태어난 용들은 시조룡과 비교조차 할 수 없을 정도로 연약한 존재들이었다. 그러나 그럼에도 불구하고 제1의 신들로부터 태어난 제2의 신들에게 필적할 정도로 강력한 힘을 지니고 있었다. 그들은 신에 필적하는 용— 신룡(神竜), 또는 용들의 신— 용신(龍神)이라고 불렸다.

시조룡의 자그마한 살점이나 뼈의 파편, 부서진 비늘, 흘린 피에서는 신룡과 용신이 태어났지만, 보다 커다란 살점이나 뼈에서 태어난 용들은 제1의 신들조차 능가하는 강대한 권능을 지녔다. 네 마리의 고신룡(古神竜)과 세 마리의 고룡신(古龍神)이 바로 그들이다.

꼬리에서 태어난, 네 개의 날개와 하나의 머리, 하나의 꼬리와 보라색 비늘을 지니고 눈이 없는 고룡신 「만물을 짓눌러 파괴하는」 히페리온.

날개에서 태어난, 열두 개의 날개와 하나의 머리, 여덟 개의 꼬리와 비취빛 눈, 녹색 비늘을 지닌 고신룡 「누구보다 빠른」 브리트라.

눈동자에서 태어난, 일곱 개의 날개와 여섯 개의 머리, 열 개의 꼬리와 검은 눈, 회색 비늘을 지닌 고룡신 「한계와 정상을 내다보는」 요르문간드.

어금니에서 태어난, 열 개의 날개와 하나의 머리, 두 개의 꼬리와 황금빛 눈, 은색 비늘을 지닌 고신룡 「만물을 꿰뚫는」 알렉산더.

사지에서 태어난, 날개가 없고 하나의 머리, 하나의 꼬리와 푸른 눈, 파란 비늘을 지닌 고룡신 「결코 썩지 않는」 레비아탄.

머리에서 태어난, 두 개의 날개와 하나의 머리, 하나의 꼬리와 은빛 눈, 검은 비늘의 고신룡 「결박할 수 없는」 바하무트.

그리고 스스로를 찢어발겼는데도 여전히 고동을 멈추지 않던 시조룡의 심장과 혼에서 태어난, 모든 용들의 정점에 군림하면서 가장 강대한 힘과 시조룡의 마음을 계승한 용이 태어났다.

그가 바로 여섯 개의 날개와 하나의 머리, 하나의 꼬리와 무지갯빛 눈, 흰색 비늘을 지닌 고신룡 「전부이자 하나인」 ———인 것이다.

그가 바로 나의 전생이라고 속으로만 중얼거리면서 이야기를 끝맺었다. 나는 강가에 모여든 아이들에게 내 이야기가 끝났다는 사실을 고했다.

나는 가끔 이런 식으로 마을 아이들을 불러 모아서 최고위 신이 아닌 이상에야 알 수 없는 창세 당시의 일이나 신들의 대전쟁에 관한 이야기를 나의 창작이라며 들려주고 있다.

이야기의 대략적인 줄거리는 내가 실제로 체험한 끝에 기억하고 있는 사실이지만, 그런 소리를 지껄여도 아무도 믿지 않기 때문에 일단은 내가 창작한 이야기라는 명분상의 서론이 필요했다.

내가 처음으로 이 이야기를 시작한 것은 동생인 마르코가 세 살 무렵이었던 무렵이다. 동생을 돌보고 있던 내가, 평범한 옛날이야기는 재미가 없다는 생각이 들어서 주워섬기기 시작한 것이 시작이었다. 실시간으로 기억을 떠올리면서 이야기를 하던 내 말투가, 약간 더듬거리다 보니 오히려 진실미를 더했던 것 같다. 나도 모르는 사이에 마을 아이들의 공동체에서 유행하기 시작했다고 한다.

아이들을 위한 오락거리가 적은 농촌이다 보니 내가 전생을 회고하면서 선보이는 이야기가 순박한 마을 아이들에게 마치 음유 시인이 하프를 켜면서 들려주는 영웅담처럼 들렸던 것이리라.

애당초 내 이야기를 들으러 오는 관객들은 열 살이나 그 이하의 아이들이 중심이었지만, 어느 샌가 나보다 나이가 많은 소년 소녀들도 이야기를 들으러 오기 시작했다.

그 당시만 해도 이상한 아이라는 평가를 받으면서 마을 아이들의 공동체에서 어중간하게 벗어나 있던 내 입장은, 이 이야기 덕분에 어느 정도 자리잡은 셈이다. 아이들의 중심인물이었던 리샤나 딜런 형의 도움을 받아 지금은 원만한 교우 관계를 유지하고 있었다.

강가의 평평한 바위 위에 걸터앉아 있는 나를 중심으로, 아이들이 제각각 친한 사이끼리 모여서 내 이야기를 듣고 있었다. 그러나 내가 오늘의 이야기가 끝났다는 사실을 고하자 그 중 몇 사람이 손을 들고 이야기의 다음 내용이나 의문점에 관해 질문했다.

"저기, 드란 형. 용이라는 종족은 지금 말한 거 말고 또 뭐가 있어?"

"용의 격은 고신룡, 고룡신이 정점이고 그 다음이 신룡(神竜)과 용신(龍神)이야. 그리고 신룡과 용신으로부터 태어난 진룡(眞竜, 眞龍)이 그 밑이지. 지금까지 열거한 용들이 신들의 시대부터 살아온 용들이야. 용들뿐만 아니라 혼돈의 시대에 태어난 신들은 지상에서 살아가기엔 그 힘이 너무나 강대했지. 그 힘을 드러내면 지상따윈 간단히 파괴될 정도니까. 따라서 지상이 탄생한 이후로 신들은 강림을 자제하면서 천계(天界) 또는 신계(神界)라고 불리는 세계에서 지내고 있어. 용도 마찬가지, 진룡 이상의 용들은 지상에서 살아가기에는 너무나 강대한 힘을 가지고 있었지."

나는 맨 앞줄에 진을 치고 있던 뻐드렁니 서면의 질문을 듣고 「흠」이라는 평소의 입버릇을 내뱉었다. 그리고 천천히 설명을 계속했다.

"지상에서 살아가기로 결심한 용들은 스스로 힘을 억누르면서 지내기 시작했어. 이윽고 용들의 자손 중에 모든 힘을 해방시켜도 지상이 파괴되지 않을 정도의 힘을 지닌 약한 용들이 탄생했지. 그들이 바로 진룡 바로 아래 단계 용인 고룡(古竜)이야. 용은 지상에서 살아가기 위해서는 스스로 약해질 수밖에 없었던 거야. 그렇게 고룡이 탄생하고 개체 수가 늘면서 많은 세대를 거친 끝에 용은 더욱 약하고 작게 서서히 변화했어. 바로 이 용들이 지금 흔히 말하는 대부분의 용들이야. 연령에 따라서 유룡(幼竜), 자룡(子竜), 성룡(成竜), 노룡(老竜) 등으로 구분할 수 있어. 한마디로 말해서 인간과 마찬가지로 갓난아기부터 어린아이, 어른, 노인이 있다는 뜻이지."

용에 관한 이야기를 시작하면 항상 나는 스스로도 의외일 정도로 말이 많아졌다. 나는 흥이 나서 이야기를 계속했다.

"또 다른 방식으로 불, 물, 바람, 땅, 번개, 얼음, 빛, 어둠 등의 속성을 기준 삼아 구분할 수도 있어. 그리고 용들 중에서 전염병을 퍼뜨리는 역룡(疫竜)이나 수많은 독을 몸 안에 품고 있는 독룡(毒竜)이 태어나기도 했지. 아룡(亞竜)이라고 불리는 종족은 용이면서도 다른 생물들의 특징을 겸비한 아종(亞種)이야. 다만 대형 파충류와 아룡은 서로 헷갈리는 경우도 있으니까 조심해. 그리고 지위로 따지면 다른 용종들을 지배하는 용왕(竜王)이나 용제(竜帝), 용황(龍皇) 같은 이들도 존재하지. 현재 지상에 군림하는 용종의 정점은 3용제(竜帝)와 3용황(龍皇)이라고 불리는 여섯 마리의 용종들이야. 참고로 용종(竜種)이라는 단어는 두 계통을 전부 포괄하는 말이다. 이렇게 된 까닭은 시조룡이 스스로를 잘게 잘라서 수많은 용들이 탄생했을 때 숫자를 세보니까 용(竜)이 더 많았다는 그야말로 단순한 이유 때문이지."

서먼은 도중에서부터 못 알아들었는지 두 눈을 끔뻑거리고 있었다. 흠, 내가 조금 흥분했던 모양이군. 언제부터인지는 몰라도 싫증이 난 아이들이 세리나의 똬리를 튼 꼬리 위에 걸터앉아 놀고 있었다.

　인솔 담당 자격으로 아이들 사이에 섞여 있던 레티샤 양도, 가끔 내 이야기에 고개를 갸웃거리기도 하면서 흐뭇한 표정으로 지켜보고 있었다.

　마이라르 교의 신화와 어느 정도 어긋나는 구석이 존재한다고 해도 이상하지 않다. 내 이야기와 신화 사이에 존재하는 간극이 마음에 걸리는 것이리라. 그러나 나의 창작이라는 전제 조건을 납득하고 있기 때문에 굳이 이야기를 중단시키지 않고 마지막까지 잠자코 듣고 있던 것이다. 그녀의 배려가 고마울 따름이다.

　그리고 오늘은 베른 마을의 아이들 이외에도 새로운 관객들의 모습을 확인할 수 있었다.

　엔테의 숲에 사는 우드 엘프 소녀인 피오와 그 친구인 요정족의 마르, 그리고 검은 장미의 정령 디아드라까지 포함해서 세 사람이다.

　일전에 엔테의 숲에서 벌어진 전투 이후로 사이웨스트 마을을 비롯한 숲의 백성들과 베른 마을의 교류가 시작됐다. 주로 물물 교환 형식이기는 하지만 예전과 비교해서 밀접한 교류가 이루어지게 된 것이다.

　피오 일행은 베른 마을에 교역을 위한 품목을 지참하고 온 이들과 함께 찾아와서 나나 세리나, 크리스티나 양과 함께 싱거운 잡담을 나누고 가는 경우가 많았다.

　마을 아이들과 레티샤 양 일행이 집이나 밭으로 돌아가는 와중에 아직 남아 있었던 피오 일행이 박수를 치면서 우리에게 다가왔다.

　"개인적으로 정령신님이나 시작의 위그드라실에 관해서 드란이 어떻게 이야기할지 흥미가 있었어."

"마르는 아무거나 좋아요. 크리스티나의 노래도 정말 멋졌지만 드란의 이야기도 재미있었어요."

천진난만하게 기뻐하는 마르의 모습은, 언제 누가 보더라도 흐 뭇한 광경이었다.

"우드 엘프들이야 물론 정령신이나 위그드라실이 신경 쓰이는 게 당연해. 좋아, 다음 시간까지 생각해둘게. 그건 그렇고, 사이웨 스트나 숲의 상황은 어떻지?"

"응, 일단 아무 문제없어. 다른 부족들이 인원이나 물자를 대량 으로 지원해주고 있으니까. 거기다 숲의 정화 작업도 순조롭게 진 행되고 있어. 그리고 베른 마을 쪽에 흥미가 있는 애들도 많아서 항상 누굴 보낼지 말썽이 일어날 지경이라니까."

"흠. 외진 곳이기는 하지만 그래도 엔테의 숲 속과는 상당히 분 위기가 다른 세계일 테니 어쩔 수 없지. 특히 젊은이들이 호기심을 가지는 건 자연스러운 현상이야. 다행히 우리 마을 쪽에서도 당황 했던 건 처음뿐이었고, 곧 환영하는 분위기로 바뀌었지. 남은 과제 는 마을을 찾아올 상단 사람들과 교섭이 잘되기만 바랄 뿐이야."

엔테의 숲에 사는 백성들과 교역하면서 입수하는 품목들은 인간 종이 다수를 차지하는 우리 왕국에서는 진기한 물품들뿐이었다. 호사가가 아니더라도 어느 정도 손해를 무릅쓰더라도 입수하고 싶 어 할만 하다.

우리 마을을 찾아오는 상단 사람들은 오랜 단골일 뿐만 아니라 개인적으로도 마을 사람들과 친분이 있는 사람이 대부분이니까 일단 큰 문제가 생길 일은 없을 것이다. 문제는 베른 마을과 엔테의 숲에 사는 백성들이 교류를 시작한 사실을 알게 된 다른 상인들이 폭리를 노리고 찾아오는 사태였다.

촌장을 비롯한 우리 마을의 어른들은 이 북부의 변경 개척이 시작된 초기부터 노련하고 교활한 상인들과 교섭했던 경험이 많았다. 따라서 일방적으로 착취당할 일은 없겠지만 역시 전문가의 부재는 불안 요소였다.

"올리비에 님께서 가로아 쪽 연줄을 통해 정보 수집을 돕겠다고 말씀하셨으니까 어느 정도는 괜찮지 않아? 바깥세상에서 활동하고 있는 사람들도 가능한 한 돕겠다더라고."

"그래? 올리비에 님께는 정말 많은 도움을 받는군."

"마법 학원에 입학하라는 권유를 거절하기 어렵게 될지도 모르겠네요~."

"흠."

세리나는 햇볕에 몸을 녹이느라 기분이 좋아 보였다. 나는 그녀의 말을 부정하지 못하고 입버릇인 한숨으로 대답할 수밖에 없었다.

"세리나의 말이 맞을지도 몰라. 솔직히 말하자면 마법 학원에서 얻을 수 있는 지식과 지위는 상당히 매력적이기는 해. 하지만 학원에 다니려면 장기간 마을을 떠나야 할 테고 세리나와도 헤어지게 되잖아. 그래서 지금은 아직 마을을 떠날 생각이 들지 않아."

태양의 온기를 쬐면서 꾸벅꾸벅 졸고 있던 세리나는, 내 말을 듣자마자 반사적으로 꼬리를 세우고 눈이 뜨인 모양이었다. 응? 내가 무슨 깜짝 놀랄 말이라도 했나?

"예에?! 드란 씨와 헤어져야 한다는 말씀이신가요?!"

세리나는 마치 멱살이라도 잡을 듯한 기세로 나에게 다가와서 사랑스러운 외모에 곤혹스런 표정으로 내 얼굴을 들여다봤다.

"그럴 가능성도 있다는 얘기야. 올리비에 님이 마법 학원에 초청한 건 나뿐일 테니까 세리나를 데리고 갈 수는 없어. 세리나에겐 미안하지만 라미아가 당당히 대도시의 거리를 활보하는 건 굉장히 어려운 일이야. 라미아라는 종족이 인간에게 해를 끼칠 수도 있는 강력한 마물로 알려져 있는 이상 세리나를 가로아 같은 대도시에 데려갔다가는 위험한 상황에 처할지도 몰라. 그럼에도 불구하고 굳이 함께 가려 한다면 세리나가 시민들에게 해를 끼치지 않는다는 증명이 필요하겠지."

"하지만, 하지만 말이죠? 베른 마을에 정착할 수 있던 것은 물론이고, 마을 사람들과 금방 친해질 수 있던 것도 전부 드란 씨 덕분이라고요. 저는 아직도 은혜를 전혀 갚지 못했는데, 드란 씨와 헤어지는 건 너무 섭섭하고 싫어요."

세리나는 풀이 죽은 듯이 꼬리를 힘없이 쓰러뜨린 채 슬픈 표정으로 고개를 숙였다. 나는 그녀의 반응에 엄청난 양심의 가책을 느꼈다.

"세리나, 어디까지나 내가 만약 마법 학원에 입학할 경우의 가정에 지나지 않아. 아직 꼭 그럴 거라고 정해진 것도 아니니까 지나친 걱정이다. 세리나가 나를 그렇게 생각해준다는 건 정말 기쁠 따름이지만 말이야."

"아, 그, 그랬지요. 죄송해요. 저도 참, 멋대로 상상만 가지고 난리를 피웠네요."

"괜찮아. 누구나 별거 아닌 착각이나 상상은 하는 법이잖아. 세리나는 미래의 남편감을 찾아야 하는 목적이 있으니까, 다른 종족의 남성이 많이 거주하고 있는 가로아도 한번 가보고 싶지 않아? 나도 마법 학원에 관한 사정과는 별도로, 언젠가 한번 가보고 싶다는 호기심 정도는 있어."

"저기, 틀림없이 가로아 같이 커다란 도시에 흥미는 있지만요? 남편감을 찾을 필요는 이제 없지 않을까— 하는 생각이 은근슬쩍 들락 말락 하던 참이라서요……."

세리나는 방금 전까지 짓고 있던 슬퍼 보이는 표정에서 순식간에 수줍어하는 표정으로 돌변했다. 그녀는 수줍은 듯이 머뭇거리면서 내 얼굴을 보는가 싶더니 시선을 피하고 시선을 피하는가 싶더니 응시하면서 의미를 알 수 없는 행동을 되풀이했다.

나는 세리나의 반응을 보고 살짝 달달한 분위기를 느꼈다. 그녀가 입에 담은 말의 마지막 부분은 거의 들리지도 않는 작은 목소리였다만…… 흠.

피오는 싱글벙글한 표정으로 엉큼한 미소를 지었고, 마르는 뭐가 뭔지 잘 모르겠지만 일단 따라서 미소를 지은 것 같다. 그리고 디아드라가 재미있는 장난거리를 찾아낸 것처럼 우쭐거리는 표정을 지었다.

"만약 마법 학원에 입학할 경우엔, 세리나 대신 내가 따라가 줄까?"

디아드라가 방울 소리 같은 아름다운 웃음소리를 내면서 제안하자, 머뭇거리던 세리나가 또다시 꼬리를 세우고 과민 반응을 보였다.

"왜, 왜 디아드라 양이 나서시는 거죠?!"

"난 드란에게 개인적으로 빚을 많이 졌거든. 거기다 이 남자는 의외로 고독에 익숙하지 않은 모양이야. 인간 세계에 그다지 흥미는 없지만, 드란을 따라가면 재미있을 것 같지 않아? 그리고 라미아는 어려울지 몰라도 검은 장미의 정령인 나는 인간과 별로 다르게 생기지 않았거든. 그렇지, 드란?"

"흠. 확실히 꽃의 정령이라면 가로아 시민들도 라미아 정도로 위험시하지는 않을 거야. 하지만 디아드라만큼 아름다운 여성의 경우엔 또 다른 의미로 위험할지도 몰라. 물론, 아는 얼굴이 함께한다면 내 입장에선 반가운 얘기지."

"어때? 드란도 쾌히 허락했잖아? 세리나, 드란은 나에게 맡기고 너는 베른 마을에 있어."

"아, 안 돼요. 그럴 순 없어요. 제가 드란 씨를 따라갈 거예요! 디아드라 양이 가는 건 절—대 안 돼요. 인정 못해요——!!"

"어머나, 이유가 뭐지? 드란은 내가 좋다고 했는데? 같이 갈 수 없는 이상 너는 베른 마을에서 기다리고 있을 수밖에 없잖아?"

아니, 딱히 디아드라 쪽이 좋다는 식으로 말한 적은 없는데…….

"아, 저기, 으으음. 그건, 으으~~~."

세리나는 디아드라를 납득시킬 만한 명확한 반론이 생각나지 않는 모양이다. 그녀는 주먹을 꼭 쥔 자그마한 손을 가슴 앞에 모은 채로, 「으~ 으~」라고 신음 소리를 흘릴 뿐이다.

이대로 세리나를 내버려 두면 그야말로 삶은 라미아가 될 정도로 얼굴이 새빨갛다. 삶은 크라켄은 들어본 적이 있지만, 라미아를 삶는다는 얘기는 들어본 적이 없다.

하지만 지나치게 흥분한 나머지, 세리나는 지금 나누고 있는 얘기가 어디까지나 가상의 전제 조건이라는 사실을 또다시 잊고 있었다. 이거야 원, 피곤한 소녀로군…….

그 후, 세리나는 디아드라가 장난삼아 자신을 놀리고 있다는 사실을 깨닫고 대단히 토라지고 말았다. 한동안 나나 디아드라와 말조차 섞으려고 하지 않았다.

결국 나는 세리나의 기분을 풀어주기 위해 마을에서 유일한 여관 겸 술집인 퇴마의 방울 식당에서 세리나가 좋아하는 요리를 대량으로 대접할 수밖에 없었다. 피오와 마르, 그리고 디아드라까지 편승해서 마음껏 요리를 주문하는 바람에 내 지갑은 굉장히 가벼워지고 말았다.

하지만 세리나의 다양한 표정은 그에 걸맞은 가치가 있었기 때문에 나는 오늘의 과소비가 그리 아쉽지 않았다.

일반적으로 교역을 위해 마을을 방문한 이들은 퇴마의 방울 식당에 숙박하거나 광장에서 야영을 하는 경우가 많았다. 그러나 피오 일행은 세리나의 집에 묵기로 했기 때문에 식당에서 나온 우리들은 제각각 자택으로 향했다.

세리나 일행과 헤어진 후, 나는 친가에 들렀다. 그리고 부모님과 형 부부, 동생과 함께 저녁 식사 시간을 함께했다.

나는 그리운 어머니의 음식 맛에 입맛을 다시면서 피를 나눈 가족들과 즐겁게 이야기꽃을 피웠다. 이러한 행복은 인간으로 환생했기 때문에 체험할 수 있는 것이다. 나에게는 더할 수 없을 정도의 안식을 선사하는 시간이었다.

즐거운 시간은 순식간에 지나가는 법이다. 밤이 깊어 나는 집으로 귀가했다. 그리고 오늘 하루를 평온하고 무사하게 지낼 수 있었다는 사실에 만족감을 느끼면서 잠자리에 들었다.

그러나 내일의 생활을 위한 기력을 배양하기 위해 편안한 잠자리에 들었던 나의 정신은, 명료한 의식을 유지한 채 현실 세계와는 다른 세계로 이동했다.

"내 꿈에 끼어들다니 아무리 꿈과 수면을 관장하는 신이라고 해도 이 정도로 간단히 개입할 수 있는 힘은 없을 텐데…… 히프노스 군이라도 행차한 건가?"

나는 흰색 일변도의 공간이 넓게 펼쳐진 장소의 한가운데에서 서성거리고 있었다. 인간의 모습이 아니라 여섯 개의 날개와 흰색 비늘, 무지갯빛 눈동자를 지닌 전생의 모습을 드러낸 상태였다.

눈에 보이는 모든 것들이 모호하고 애매할 뿐만 아니라, 실체와 허상의 경계가 존재하지 않는 허허실실의 세계였다.

나는 자연스러운 육체적 욕구에 따라 잠자리에 들었다. 그리고 바로 그 잠을 촉매로 삼아 나를 이 세계로 끌어들인 주모자가 있다.

혼이 지니고 있는 거짓 없는 본래의 모습을 드러낼 수 있다는 해방감은 있었지만 알지도 못하는 장소에 불려 왔다는 불쾌한 감정이 더 컸다. 어디 보자, 어떤 녀석이 나오려나? 아마 인간 세계의 속담 중에…….

"사람은 한 치 앞을 내다볼 수가 없다고 했나?"

"네가 그런 속담을 알고 있을 줄은 몰랐어. 야호, 오~랜만이야!

드라……."

나는 눈앞에 신기루처럼 모습을 드러낸 여자의 그림자를 향해 한 박자의 틈도 주지 않고 모든 속성의 마력을 혼합시킨 브레스를 발사했다.

내 눈동자와 마찬가지로 무지갯빛으로 빛나는 브레스가 곧바로 여자의 그림자를 집어삼켰다. 시간과 공간은 물론이고 인과 관계까지 한꺼번에 완전한 무(無)로 되돌려버리는 빛의 소용돌이가, 이 기묘한 세계의 머나먼 저편까지 뻗어 갔다.

아뿔싸, 반사적으로 조금 지나치게 강력한 브레스를 발사하고 말았다. ……아니, 뭐 상관없으려나? 어차피 그 녀석이니까. 내가 공격한 여자의 그림자, 그 정체는—.

"진짜 너무한다. 만나자마자 갑자기 무지개 브레스를 쏘다니 너무하다는 생각 안 들어? 방금 같은 브레스를 현실 세계에서 내뿜었다가는 엄청난 일이 벌어질걸?"

"온갖 세계를 한꺼번에 날려버린다고 해도 그대를 멸하지는 못할 것으로 안다. 미안하군, 그대와 마지막으로 만났을 때만 해도 서로 싸우는 사이가 아니었나? 당시에 약간 고전했던 기억이 떠올라서 반사적으로 저질러버리고 말았군."

"반사적으로 세계를 붕괴시키는 공격을 하지 말아줄래? 내가 아니었다면 위험했을 거야, 드랑."

"거듭 사과하지. 미안하다. 그리고 오랜만이군, 나의 벗이자 최악의 적인 카라비스여."

실체와 허상의 경계가 애매한 세계로 나를 소환한 장본인은, 악

신들 중에서 최고위에 군림하는 제1의 신들 중 한 사람이다. 그녀가 바로 파괴와 망각을 관장하는 대여신 알 라 카라비스였다.

넘실댈 정도로 풍성한 흑발과 갈색 피부가 특징이다. 그야말로 완벽하다는 형용사를 사용할 수밖에 없는 풍만한 몸매에다가 우주의 원초적인 어둠을 도려낸 후에 만에 이르는 별들을 그 안에 가두면서 짜 낸 어둠 빛 드레스를 걸치고 있었다.

선혈을 연상시키는 붉은 입술은 항상 누군가를 비웃는 것처럼 일그러져 있으며, 황금빛으로 빛나는 눈동자는 상대의 마음속을 남김없이 파헤치기 위해 빈틈을 노리고 있는 듯 했다.

크기로 비교하자면 카라비스는 나의 손바닥 위에 올라올 정도였다. 카라비스가 인간과 동일한 몸집이라면, 나는 용의 성체 정도였다.

"내 이름을 이렇게 친밀하게 불러주는 상대는 너밖에 없을 거야, 드랑. 나는 네가 환생하기만을 목이 빠져라 기다리고 있었어."

카라비스는 말로만 목이 빠지는 게 아니라 정말로 목을 길게 늘어뜨리고 나에게 콧김이 닿을 정도로 얼굴을 가까이 했다.

"그건 그렇고, 환생했는데도 드랑이라 부를 수 있는 이름을 지니게 될 줄이야. 참 별일도 다 있네. 후후후, 이 세계엔 마계의 신인 나조차 알 수 없는 일들이 아직 넘쳐 나는 모양이야."

"듣고 보니 그렇긴 하다만, 용케 나를 찾아냈군. 하긴 내가 인간으로 환생하고 16년 하고도 몇 달이라는 시간이 지났으니 그리 빠른 것도 아닌가?"

"드랑이 죽은 후에 다시 태어날 때까지는 꽤 시간이 걸렸지만 말이야. 그 왜, 얼마 전에 드랑이 잠깐 마계에 강림해서 한바탕하고 간 적 있잖아? 그 덕분에 나도 드랑이 환생했다는 사실을 깨달은 거지. 거기서부터는 드랑에 대한 나의 사랑과 집념으로 찾아낸 거야."

"흠, 그러는 그대야말로 여전해보이니 다행이로군. 지상에서는 마이라르의 세력이 우세하지만, 그다지 관계는 없어 보여. 그런데, 또 모습을 바꾼 건가?"

"후후, 그야 그렇지. 내가 다스리는 건 파괴와 망각이니까."

카라비스는 길게 늘어뜨렸던 목을 원상태로 되돌리고, 그 자리에서 빙그르르 돌면서 모습을 바꿨다. 이번엔 곤두선 붉은 머리카락에서 진짜 불꽃을 내뿜는 청동의 피부를 지닌 여성의 모습이다.

"나는 나 자신조차도 망각하는 존재야. 스스로의 모습을 잊어버리는 경우야 쌔고 쌨지. 과거에 자신이 꾸몄던 음모를 망각하고 미래의 자신이 스스로 그 음모를 무너뜨릴 정도로 덜렁대는 성격인걸."

그녀는 또다시 몸을 회전시켰다. 불꽃의 머리카락이 털끝에 인간의 얼굴이 달린 기괴한 모습으로 변했다. 청동의 피부는 독살스러운 진한 보라색으로 물들고 크고 작은 대량의 눈동자가 그 보라색 피부 위에 생겨났다.

"내가 이 모양이니까 깜빡하고 세계를 파괴해버릴지도 모르잖아? 다들 조심하지 않으면 알지도 못하는 사이에 이 세계가 멸망하고 말걸?"

세 번째, 또다시 몸을 회전시키자 카라비스는 처음에 출현했을 때와 마찬가지로 흑발과 황금빛 눈동자를 지닌 아름다운 여신의 모습으로 돌아왔다. 이거야 원, 여전히 차분함이라고는 찾아볼 수가 없는 여신이로군.

"광대 짓도 적당히 하는 게 어떤가? 카라비스, 나의 오랜 벗이여. 인간으로 환생한 나를 불러들인 이유는 대체 뭐란 말인가? 옛정을 떠올리기 위해서라면 기꺼이 응하겠다만."

나는 기운이 넘쳐 나는 옛 친구에게 온화한 태도로 질문했다. 카라비스는 내 콧등 위에 편안히 엎드린 자세로 입을 열었다.

이 위대한 마계의 여신은 남의 코 위에 엎드리는 행동이 예의에 어긋난다는 생각은 안 한단 말인가?

"물어봐 봤자, 대답은 하나잖아? 나의 사랑스러운 드랑. 증오스러운 드랑."

카라비스는 엎드린 자세에서 몸을 일으키더니 순간 이동 마법으로 내 정면에 출현해서 더욱 강렬한 미소를 지었다.

"아아, 드랑! 드랑! 사악한 신들에게 공평하게 공포와 절망을 부여하는 신조차 초월한 용! 오랜 세월 동안 무한하고도 영겁하며 유구한 시간의 흐름 속에서 나를 무한 번에 걸쳐 죽인 원수이자, 나에게 무한 번에 걸쳐 오락을 선사한 사랑스러운 벗!! 나는 네가 멸하기를 바라 마지않아. 눈을 감기만 해도 언제든지 네가 죽음의 심연에 추락한 끝에 드러낸 처참한 시체가 아른거려! 나는 네가 살아 있기를 바라 마지않아. 너의 존재가 없으면 내 마음에 차가운 바람이 불어와. 아아, 외로웠어. 너무나 슬펐어, 드랑. 네가 다시 태어나서, 이렇게 또다시 만날 수가 있다니! 내 가슴은 넘쳐흐르는 환희에 가득 차 있어! 환희에 들떠 있어! 내 마음은 증오로

쑤셔 오고 있어! 살의에 지배당하고 있어!!"

새하얀 세계가 카라비스를 중심으로 급속도로 일그러지기 시작
했다. 세계는 도저히 색이라고 표현할 수 없는 색으로 물들고, 무
수한 생물들의 눈과 입술과 귀와 손가락으로 가득 찼다. 선명한
붉은빛으로 물든 내장들이 공간을 뒤덮었다.

내 꿈을 촉매로 삼아 구축된 이 세계는, 어찌 됐건 내 지배하에
놓인 세계였다.

그러나 바야흐로 그 지배권은 급속하게 카라비스에게 이양되기
시작했다. 흠, 카라비스. 나의 벗이자, 나의 원수여. 이게 바로 너
의 바람이란 말이냐? 이게 바로 네가 나에게 부여하고자 소망하는
것이란 말이냐?

"드랑, 이번에야말로 내 손으로 너에게 완전한 멸망을 선사해주
겠어! 명부에서 잠들 일도 없는, 완전한 멸망을 선물할게. 너를 죽
일 자격이 있는 건 나뿐이야. 너를 소멸시킬 자격이 있는 건 나뿐
이라고!!"

별들이 반짝이는 어둠이 이미 카라비스의 얼굴과 몸을 집어삼키
고 있었다. 입과 눈이 있어야 할 장소엔 그저 불꽃같은 윤곽만이
타오르고 있다.

이 세계는 어느새 내 꿈이 아니라 카라비스의 존재 그 자체로 변
화한 상태였다. 말하자면 나는 카라비스의 위장 속으로 들어온 거
나 다름없는 상황에 처한 것이다.

"네가 살아 있다는 사실이 너무나 괴로워, 드랑. 네가 살아 있다
는 사실이 너무나 기뻐, 드랑. 아아, 사랑해, 드랑!! 파괴와 망각을

지배하는 여신의 사랑을, 너에게!"

카라비스는 절정의 정점마저 초월한 환희와 증오에 사로잡혀 마침내 사악한 여신의 본성을 드러내고 나를 덮쳤다.

세계 그 자체가 모든 방향에서 나를 향해 덮쳐 오는 광경을 바라보면서 나는 그저 평소와 마찬가지로 이렇게 중얼거렸다.

"흠."

그리고—.

"이게 뭐야? 드랑 너 말이야, 아직도 엄청 세잖아! 환생해서 약해진 거 아니었어?! 나, 진지하게 덤벼 놓고 아무것도 못했는데요!!"

—카라비스는 목 아래 부분이 완전히 날아가버린 상태에서 서서히 그 몸을 재생시키고 있었다. 그녀는 내 눈앞에서 맹렬히 항의를 제기했다.

"어쩔 수 없지 않나. 카라비스 정도의 고위 여신을 상대하자면 나도 진심으로 대적할 수밖에 없으니까."

"그—게— 너무 이상하잖아! 그야 드랑이 얼마나 센지는 나도 알거든?! 죽기 전의 드랑을 상대했을 때는 씨알도 안 먹혔으니까. 하지만 말인데, 일부러 인간에게 목숨을 내줄 마음을 먹었을 뿐아니라 인간으로 환생해서 얼이 빠진 드랑이 상대라면 승산이 있을 거라 생각하는 게 인지상정이잖아? 내가 아니라도 다들 그렇게 생각할 거야! 그런데 아직도 이렇게 세다고?! 드랑도 분위기 좀 파악해서 더 약해지는 게 맞지 않아?!"

나에게 일방적으로 유린당한 카라비스가 양손으로 내 코를 북이라도 치듯이 마구 두들겨 댔다.

카라비스는 나와 이별했던 세월 동안 축적, 농축했던 온갖 감정을 발산하면서 덮쳐 왔다. 그러나 내가 나름 진심으로 대응했기 때문에, 그녀는 곧바로 백기를 들 수밖에 없었다.

카라비스의 패배로 이 세계의 지배권은 나에게 돌아왔다. 그 결과 또다시 흰색 일변도의 세계로 되돌아왔다.

카라비스는 다시금 내 콧등 위에서 뒹굴더니 진짜로 화가 치민다는 표정으로 볼을 부풀린 채 얼굴을 새빨갛게 물들이고 나에게 항의했다.

드레스가 너덜너덜해지고 머리카락은 군데군데가 그을려서 윤기를 잃은 상태였다. 갈색 피부 여기저기에도 상처가 많았다. 나는 카라비스를 타이르듯이 말을 걸었다.

"너무 그러지 말게, 카라비스여. 내가 약해졌다는 사실은 방금 전의 전투를 통해 이해하지 않았나?"

"음~~ 그래, 틀림없이 드랑의 힘은 많이 약해진 것 같아. 그런데 그건 어디까지나 전생의 드랑과 비교했을 경우의 얘기고 결국 여전히 당해 낼 수 없는 힘을 유지하고 있다는 게 말이 돼? 나 말인데, 이래 봬도 최고위 신족 중 한 사람이거든?"

"그거야 아주 간단한 이야길세. 환생을 통해 약해진 지금의 나라고 해도, 그대보다는 강할 뿐이라는 거지."

"으에—에—? 분명 방금 전에 지겨울 만큼 뼈저리게 느끼기는 했지만, 역시 납득이 안 가—!"

"납득할 수밖에 없지 않나? 그리고 이 힘도 이번 생을 넘기지는 못할 것이야. 내가 인간으로서 이번 생을 마치고 또 다른 존재로 환생하게 되면 나의 혼은 더욱 약화되어 그 힘은 더욱 두드러지게 작아질 터. 내 혼을 휘감고 있는 환생의 저주는 이제 거의 혼과 동화(同化)한 거나 다름없는 상태인지라, 나의 모든 능력을 동원해도 해제할 수가 없더군. 그리고 여러 차례의 환생을 거친 끝에 내 혼을 기다리는 결말은 완전한 소멸인 것 같아. 그대가 아무런 조치를 취하지 않더라도 나는 이 저주로 인해 언젠가 모든 차원에서 존재를 상실할 걸세."

"흐~응? 그래? 우리 드랑이 내가 아무 짓도 안 해도 언젠가 사라져버린다고? 그렇구나, 그렇단 말이지?"

"왜 그러지? 너무 기쁜 나머지 춤이라도 출 줄 알았는데, 그다지 기쁘지 않은 모양이군."

"그 발언은 참 유감스럽네, 드랑. 나는 드랑에게 느끼는 증오에 필적할 정도로 무한한 우정과 애정을 느끼고 있는데. 드랑이 만약 이 세상에서 사라지게 되면, 난 정말 쓸쓸할 거야."

"방금 전엔 진심으로 나를 소멸시키려고 덤벼든 주제에 용케 그런 소릴 입에 담는군."

나는 전생에 마지막으로 만났을 때와 전혀 변함이 없는 벗의 모습에 어이가 없었지만 그 이상으로 기쁘기도 했다. 그야말로 기묘한 심정을 맛보고 있었다.

카라비스는 그런 내 속마음을 느꼈는지 의기양양한 표정을 지었다. 아무래도 그녀는 나를 상대로 확실한 반론이 떠오른 것 같다.

"그럼 말야, 드랑이야말로 자신을 진심으로 소멸시키려고 덤벼든 나를 왜 이 정도로 끝냈어?"

"흠. 일단 나는 그대를 지금까지 셀 수도 없을 만큼 멸했지만, 완전히 소멸시켰던 적이 없어. 고작해야 일시적으로 죽였거나 아무 짓도 할 수 없을 만큼 약체화시킨 후에 봉인한 정도였지. 무슨 수를 써도 그대를 소멸시킬 수 없다는 사실은 아주 잘 이해하고 있거든."

나는 지금까지 여러 차례에 걸쳐 카라비스와 격돌했던 순간들을 떠올렸다.

"그리고 나 역시 그대에게 기묘한 우애를 느끼고 있기 때문일세. 그대는 도저히 용서하기 힘든 악행을 저질러 온 사악한 신이지만 동시에 둘도 없는 소중한 벗으로 여기고 있다. 오호라, 이렇게 말로 표현해 보니 알겠는데? 틀림없이 나 또한 그대와 마찬가지로 서로 모순되는 감정을 동시에 품고 있는 모양이야."

"바로 그거양."

"그거양?"

"거양거양."

깔깔거리면서 웃는 카라비스에게서 신이라고 불리는 존재에 어울리는 품격이나 위엄 같은 요소는 찾고 싶어도 도저히 찾아볼 수가 없었다.

물론 이러한 성격이 카라비스의 개성이기는 하지만 그녀를 신봉하는 신도들이 이런 꼬락서니를 목격하기라도 하면 즉석에서 신앙을 버리지나 않을까 걱정될 따름이다.

"일단— 오늘은 우리 드랑에게 아직도 정공법으로 도저히 이길 수 없을 정도의 힘이 남아 있다는 사실을 확인할 수 있었고, 매운맛을 보기는 했어도 얻은 게 더 많았으니 결과적으로는 이득이었어."

"나는 덕분에 잠을 방해받아서 유쾌하지는 않다만."

"미안, 미안. 드랑. 자, 사과를 대신해서 여신님의 키스를 선사할게."

말이 떨어지기가 무섭게, 카라비스는 내 코에 경박한 소리가 사방으로 울려 퍼질 정도로 열렬한 입맞춤을 시작했다.

그녀의 말을 액면 그대로 받아들이자면 사죄의 의미로 하는 행동이라고 한다. 그러나 이 녀석의 경우엔 웃는 얼굴 뒤에서 무슨 생각을 하고 있는지 스스로도 파악하지 못하는 성가신 존재인지라 질이 안 좋다.

"알았으니까 그렇게 경박한 소리는 그만 내라. 상스럽지 않나."

나는 카라비스를 눈앞으로 집어 올려 정면에서 타일렀다.

"제발 부탁이니, 조금 신답게 행동하는 방법을 배우게나."

"그딴 건 내 진짜 모습이 아니잖아? 후후, 오늘 정말 오랜만에 드랑과 만나서 기뻤던 건 사실이거든? 마이라르와 결판을 지을 때는 꼭 와주었으면 해. 그럼 드랑, 오늘은 이만 헤어질까? 쓸쓸하다고 울면 안 된다?"

"그대가 겨우 물러나는 덕분에 흘리는 기쁨의 눈물이라면 나올지도 모르겠군."

"아하하하하하, 여전히 인정사정없네. 매섭단 말이지~~. 뭐, 상관없어. 가까운 시일 내에 또 만나자. 그럼, 안녕~."

카라비스는 그 말을 마지막으로 나에게 키스를 던지고, 내 발톱

사이에서 모습을 감췄다.

그녀는 마이라르 이후로 오랜만에 만나는 신족 지인이기는 했지만 앞으로 여러 가지 성가신 일에 말려들 불씨를 제공할 것 같아서 탄식할 수밖에 없었다.

평온이라는 단어는, 지금의 내게서 아주 머나먼 저편에 존재하는 말이리라.

제6장   불의 용(竜)과 물의 용(龍)

지금, 나는 성룡의 모습으로 지상 세계의 하늘을 마음껏 날고 있다.

베른 마을은 버려진 마을을 제외하면 왕국 북부의 변경 구역 중에서도 최북단에 위치한 마을이다. 바로 그 베른 마을의 북방에 동서를 관통하는 거대한 산맥— 모레스 산맥이 펼쳐져 있었다.

모레스 산맥은 구름을 꿰뚫고 우뚝 솟아 있었다. 나는 그 산맥을 눈 밑으로 내려다보면서, 날개로 받아들인 대기의 흐름과 바람의 정령력을 이용하여 단숨에 상승했다.

인간은 물론이고 온갖 가옥이나 수천 명 이상의 인구가 살고 있는 마을들이 낟알처럼 작아지고 드넓은 호수조차 자그마한 웅덩이 정도로밖에 보이지 않았다.

보다 정확한 표현을 사용하자면 용의 모습을 하고 있는 것은 인간으로 환생한 내가 아니라, 나의 혼에서 생성한 마력과 대기 중에 존재하는 원소 등을 재료로 연성한 분신체였다.

사실은 극히 최근에 들어서야 이 용의 분신체를 만들기 시작했다.

최근 나는 옛 친구인 마이라르에게 인사를 하러 갔을 때와 카라비스가 나의 꿈에 침입했을 당시, 본래 모습인 용의 혼으로 대응했다. 나는 그 순간에 느꼈던 해방감과, 게오르그 일당과의 싸움에서 오랫동안 잊고 있던 날개를 사용해 하늘을 나는 감각을 느낀

일을 계기로 분신체의 연성을 시작한 것이다.

추가로 베른 마을 근방이나 엔테의 숲을 공중에서 경계하려는 목적도 있었다.

나는 지금도 정신을 베른 마을에서 밭일에 종사하고 있는 본체와 공유한 채, 용의 모습을 한 분신체로 하늘을 날면서 그리운 해방감에 몸을 맡기고 있었다.

생전의 나는 모든 용종 중에서도 최고위에 해당하는 고신룡 가운데 하나였다.

그러나 진룡 이상의 용종들은 지상에서 살아가기에는 너무나도 강대한 권능을 억제해야만 하는 답답함을 감수해야 했기 때문에 지상 세계에서 이미 오래전에 자취를 감췄다.

나는 지상에 남아 있던 마지막 고신룡이었으나 이미 용사가 이끄는 일곱 명의 일행에게 토벌 당했다. 따라서 설령 분신체라고 해도 과거의 모습을 그대로 드러내면 큰 문제를 초래할 수가 있다. 그래서 내가 현재 창조한 분신체는 인간들이 일반적으로 떠올리는 용의 모습을 흉내 내고 있었다.

나는 날개 길이가 대략 대형 범선 정도인 성룡의 규격에 해당되는 분신체를 창조했다. 비늘의 색은 전생과 마찬가지로 첫눈과 같은 흰색이다. 날개는 여섯 장이었던 것을 줄여서 두 장으로, 눈동자 색도 원래의 무지갯빛이 아니라 인간의 육체와 같은 파란색으로 조절했다.

내가 창조한 용의 분신체는, 일반적인 인간이나 아인이라면 일단 접근을 피하고 볼 백룡(白竜)의 성룡이다.

본래의 내가 여섯 개의 날개와 하나의 머리에 하나의 꼬리, 무지갯빛 눈동자와 새하얀 비늘의 고신룡이었던 것에 비해, 현재 내 분신체는 두 개의 날개와 하나의 머리에 하나의 꼬리, 파란 눈동자와 하얀 비늘의 용이다.

용종은 비늘의 빛깔로 대략적인 종족이나 특성, 능력을 판별할 수 있다.

백룡은 어둠을 제외한 모든 속성의 마력과 친화성(親和性)이 높은 만능형이다.

예를 들어, 붉은 비늘을 지닌 용은 불 속성과 친화성이 높은 화룡(火竜)이다. 갈색 비늘은 땅 속성과 친화성이 높은 지룡(地竜)이며, 투명하게 비치는 얼음 같은 비늘을 지니고 있는 용은 얼음 속성과 친화성이 높은 빙룡(氷竜)이다. 황금빛 비늘을 지니고 있는 용은 빛 속성과 친화성이 높은 금룡(金竜)이다.

구분하는 방식은 대충 이런 식이다.

그러나 수많은 용종 중에는 여러 종족의 피가 섞여 있는 용도 있다. 그러한 개체의 경우, 비늘 색이 꼭 하나라는 보장은 없다. 혼혈의 정도에 따라 특성도 변화하며 붉은 비늘을 지니고 있는데도 천둥 번개를 조작하거나 바람 속성 브레스를 내뿜는 특성을 보유하기도 한다.

특히 여러 세대를 거쳐 탄생한 젊은 용들의 경우, 순혈 용종은 많이 감소한 모양이다. 지금은 종족을 초월한 용들의 혼인이 드문 일이 아니라고 한다. 내가 아직 용으로서 살아 있었을 당시에도 서로 다른 종족의 용들이 부부의 연을 맺었다는 이야기가 나름대로 들려온 적도 있다.

　인간으로 환생한 이후로 아직 동포와 만난 적은 없었지만 세리
나의 증언에 따르면 모레스 산맥에는 여러 마리의 용종이 서식하
고 있다고 한다.

　어디 보자, 오늘은 그들 중 누군가와 만날 수도 있을까?

　그렇게 하늘을 날고 있자니, 나보다 훨씬 작은 덩치의, 용과 흡
사한 그림자가 일곱 마리 정도 하늘을 날고 있는 모습을 목격했다.

　그들은 용과 달리 앞다리가 박쥐의 피막에 가까운 날개로 진화
했으며 창처럼 예리한 꼬리나 갈고리 모양의 손톱에서 맹독을 분
비한다.

　그들은 아룡의 일종으로 고참의 부류에 해당하는 비룡(飛竜), 익
룡(翼竜)이라고 불리는 와이번종(種)이다.

　후방을 향해 뿔이 뻗어 있는 머리의 형상이나, 회색 비늘에 뒤덮
인 사지의 형태 등이 용과 별 차이가 없다.

　그러나 용에 비해 지능이 낮기 때문에 용어마법을 구사할 수 있
는 마법 능력은 없으며 브레스를 내뿜지도 못한다. 따라서 번식
능력을 제외하면 와이번 단독 개체의 능력은 용에 비해 크게 뒤떨
어진다고 볼 수 있다.

　내 시력은 인간일 때와 비교조차 되지 않을 정도로 강화된 상태
였기 때문에 그들의 모습을 확인하기 위해 굳이 마법을 사용할 필
요도 없었다. 나는 콩알 같은 크기로 보이는 와이번이 안장과 고
삐, 그리고 등자를 동여매고 있을 뿐만 아니라 그 등에 인간이 올
라타고 있는 것을 포착할 수 있었다.

나는 예전에 세리나로부터 모레스 산맥에 야생 와이번이 서식하고 있으며 인간들의 촌락도 존재한다는 이야기를 들은 적이 있었다. 아무래도 그 촌락에서는 와이번을 길들여서 탈것으로 삼고 있는 듯 했다.

차가운 공중은 인간의 몸에 가혹한 환경이다. 봄인데도 불구하고 와이번에 올라탄 인간들은 온몸을 모피로 만든 외투와 목도리로 무장한 상태였다. 그리고 토끼를 연상시키는 푹신푹신한 모피로 제작된 귀덮개가 달린 모자를 깊이 눌러쓰고 피부를 외부로 노출시키지 않은 모습이다.

목장에서 번식시킨 와이번을 항공 병력으로 사용하는 국가가 존재한다는 이야기는 들은 적이 있었다. 그리고 와이번 라이더의 존재도 오래전부터 들은 적이 있었지만 이렇게 가까운 곳에 실물이 존재할 줄이야. 나는 사소한 놀라움을 느끼고 있었다.

희귀한 와이번 라이더가 이렇게 가까이에 존재하는데도 불구하고 우리 왕국에서 그들과 접촉했다는 이야기는 들은 적이 없다. 말인즉슨 왕국 측은 산맥의 민족과 접점이 없다는 뜻이다. 왕국은 산맥의 민족이 아니라 산맥 북쪽에 위치한 다른 국가와 교류가 있는 것으로 추정된다.

와이번 라이더들은 와이번에 올라탄 채로 날아다니기 때문에 일반적인 인간들보다 우수한 시력을 보유하고 있을 것이다. 그러나 와이번 라이더들은 물론이고 와이번들조차 아직 나의 존재를 감지한 기색이 없었다.

존재를 들키면 성가실 뿐이기에, 나는 날개를 힘차게 펄럭거리며 더욱 높은 하늘로 솟아올랐다.

  나는 새하얀 구름의 바다를 통과해서 중천에 걸린 강렬한 태양
빛을 온몸에 흠뻑 뒤집어썼다. 오랜만에 그 어떤 속박에도 얽매이
지 않고 하늘을 나는 자유를 만끽하고 있었다.

  그러나 당분간 그러고 있자 나의 모든 감각이 급속히 접근해 오
는 물체의 존재를 감지하고 작은 경고를 울리기 시작했다.

  위험도는 대단히 낮다. 나를 향해 다가오고 있는 물체는 일단은
용의 계보에 속한 존재였다.

  나는 오랜만에 동족의 기척을 느끼고 자기도 모르게 눈가가 느
슨해졌다. 나의 먼 자손과 얼굴을 맞대는 것은 그리 나쁜 기분이
아니다.

  이 고도에서도 내 눈 밑으로 모레스 산맥의 검은 산줄기가 보인
다. 그렇다면 나에게 다가오는 용은 모레스 산맥의 한 귀퉁이를
구역으로 삼고 있는 것이리라. 자신의 구역에 침입한 동족을 쫓아
내기 위해 다가오고 있는 것이 틀림없다.

  나는 그 자리에서 날개를 퍼덕이며 공중에 머물렀다. 모레스 산
맥을 근거지로 삼고 있는 동족이 모습을 드러낼 때까지 기다리기
위해서였다.

  잠시 후 구름의 바다를 뚫고 모습을 드러낸 것은 선명하고 짙은
다홍색 비늘을 지닌 젊은 암컷 화룡이었다.

  비늘의 색채를 고려하면 화룡 중에서도 고룡으로 분류되는 상위
종인 심홍룡(深紅竜)으로 추정된다.

그녀의 다홍색 비늘이 나의 하얀 비늘과 마찬가지로 햇빛을 반사시키면서 그 선명한 빛깔을 드러냈다. 그녀의 사지는 젊디젊은 생명의 약동감에 가득 차 있었으나 노룡 정도로 성숙하지는 못한 모습이었다. 나는 그녀를 아직 자룡에서 탈피한 지 채 20년도 지나지 않은 비교적 젊은 성룡이라고 판단했다.

그녀는 비늘과 마찬가지로 강렬한 다홍색 눈동자의 동공을 가늘게 뜬 채 험악한 경계와 투쟁심을 드러내며 나를 바라봤다.

인간의 나이로 환산하자면 10대 후반, 아무리 높게 쳐도 간신히 20세 정도인 젊은 암컷이다.

힘차게 퍼덕이는 날개, 강인한 근육 조직과 신경 · 골격을 견고한 비늘로 뒤덮은 모습이 내 눈에 들어왔다. 오랜만에 동족과 만나기도 하는 데다, 용으로서 최고령에 해당하는 내 눈엔 젊디젊은 생명력을 자랑하는 그 모습이 너무나 눈부셨다.

젊다는 사실은 그만큼 미래와 가능성에 가득 차 있음을 의미한다. 나는 그녀가 젊다는 사실만으로도 굉장히 멋지게 느껴졌다.

"네 녀석, 이 땅이 내 구역이라는 사실을 알고도 발을 들여놓은 거냐?"

내가 무슨 말을 꺼내기도 전에 심홍룡이 날카로운 말투로 나에게 물었다. 혈기가 넘쳐흐른다고 하면 약간 지나친 표현이겠지만 애초에 화룡이라는 종족 자체의 특징으로서 성격이 거친 경향이 있었다. 갑작스럽게 구역을 침범한 나에게 공격적인 태도를 취하는 것도 무리는 아니다.

그러나 내 눈으로 보자면 심홍룡의 위협은 아직 어른이 되지 못한 어린아이가 있는 힘껏 무리를 하는 모습으로 보였다. 한마디로 귀엽기만 했다.

기본적으로 지상에서 살기 위해 두드러지게 퇴화한 용종을 나와 비교하자면 격이 너무나 다르다.

그러나 설령 최하급에 해당하는 열룡(劣竜)도, 용종은 인간이나 아인의 입장에서 방심할 수 없는 강적이다.

일반적인 용종 성체의 경우, 일류의 실력을 갖춘 모험가나 기사단이 맞선다고 해도 잔혹할 정도로 승산이 없는 강적이다.

그러나 아무리 분신체라고는 하나 나는 그녀와 같은 성룡이다. 따라서 내가 그녀를 두려워할 이유는 없다. 육체를 잃어버린 상태에서 혼에 남아 있는 힘만 가지고도 눈앞의 성룡을 상대하는 일은 어렵지 않다. 그렇기 때문에 나는, 자연스럽게 응석이 심한 손녀를 바라보는 할아버지와 같은 심정이 들 수밖에 없었다.

"아니, 이 근방이 그대의 구역인 줄은 미처 몰랐다. 거슬린다면 곧바로 떠나도록 하지."

가능하다면 잠시 대화라도 나누고 싶은 참이었지만 아무래도 그녀는 나에 대해 강한 경계심을 품고 있는 것 같았다. 아마 대화를 시작하기도 힘들 것이다.

이 정도까지 노골적으로 경계할 필요는 없지 않나?

아무리 자신의 구역을 침범했다고는 하나 동족을 상대로 지나치게 긴장했다는 느낌이 들었다. 아마도 부모의 슬하를 떠나 독립한 지 그리 오랜 시간이 지나지 않았기에 여러 가지로 긴장한 상태인지도 모르겠다.

나는 젊은이의 뜻을 받아들이기로 했다. 살짝 유감스럽다는 개인적 감정은 어쩔 수 없었다. 그러나 나는 이 자리에서 떠나겠다고 제안한 뒤 실제로 그러려고 했다.

내가 등을 돌리려고 움직인 순간, 심홍룡의 목구멍 속에서 홍련의 불꽃이 분출된 것을 감지했다.

"두 번 다시 내 앞에 모습을 드러내지 못하도록 끔찍한 고통을 안겨주마!"

이거야 원, 어쩔 수 없군. 아무 짓도 하지 않았으면 그냥 물러났을 텐데.

용으로서 경험했던 마지막 싸움에서 용사들이 아무 말도 없이 나에게 도전했을 때와 비슷한 피로감을 느끼면서, 나는 그녀에게 고개를 돌렸다.

"자신의 구역을 지키는 건 물론 중요한 일이겠지만 쓸데없는 싸움을 일으키는 건 경솔한 행동이야."

심홍룡이 입을 벌리고 2층 건물 정도의 직경에 달하는 거대한 불덩어리를 발사했다.

용종이 내뿜는 불꽃은 굳이 의식하지 않아도 강대한 마력을 띠기 마련이다. 따라서 얼핏 보기엔 비슷해도 단순한 물리적 불꽃과 전혀 다른 현상이다. 그야말로 영체와 혼조차도 태워버리는 강대한 불꽃인 것이다.

그녀는 네 차례에 걸쳐 화염탄을 연사했다. 나는 그 자리에 떠 있는 상태로 날개를 번갈아 가며 펼쳤다가 접는 동작을 통해 부드럽게 움직이면서 모든 화염탄을 회피하는 데 성공했다.

화염탄에서 흘러나온 약간의 불티가 내 하얀 비늘에 닿았지만, 그 정도로는 압축된 마력의 결정체인 내 비늘에 그을음 하나조차 낼 수 없었다.

"지나친 혈기를 제어하지 못하면 제 명에 죽지 못할 것이야, 꼬마 아가씨."

"네 놈도 나와 그리 다르지 않으면서! 그 뚫린 입을 더 이상 놀리지 못하게 해주마. 나는 모레스 산맥의 심홍룡, 바제! 이 이름을 죽을 때까지 기억해라!"

"흠? 「불꽃의 위대한 존재」인 날개 달린 뱀, 바제트에서 딴 이름인가? 그 여신은 자비가 깊고 선량한 신으로 유명한데 혈기가 왕성하다 못해 흘러넘치는 아가씨에게는 조금 어울리지 않는군. 좋은 이름이기는 하다만."

바제라는 이름을 자처한 심홍룡의 대답은 또다시 화염탄이었다.

나는 얼굴을 노리고 들이닥치는 화염탄을, 마찬가지로 하얗게 빛나는 화염탄을 발사해서 상쇄했다. 그리고 상공을 향해 날개를 펼쳤다.

내가 화염탄을 상쇄시키는 동시에 이미 다음 자세로 넘어갔기 때문에 바제는 약간 뒤늦게 내 뒤를 쫓아 다홍색 비늘과 피막으로 이루어진 날개를 펼쳤다.

이미 구름바다 위로 나와 있는 이상 나와 바제 사이에 장애물은 존재하지 않았다. 우리의 하얀 비늘과 다홍색 비늘이 햇빛을 쐬면서 눈부시게 빛났다.

나는 등 뒤로 시선을 옮겨 후방으로 꿈틀대며 날아오르려는 바제를 포착했다.

나는 분신체의 비행 속도를 성룡의 규격에서 지나치게 벗어나지 않도록 조절한 상태였지만 그럼에도 불구하고 용종 가운데 가장 빠른 것으로 알려진 풍룡(風竜)의 성체에 필적하는 속도였다.

그런 나의 속도로도 따돌릴 수 없는 데다 끊임없이 따라오고 있으니, 바제도 상당히 빠른 편이리라.

등 뒤에서 또다시 불꽃 속성의 강력한 마력이 발산되는 기척을 느꼈다. 나는 그녀에게 등을 향한 채로 봄바람을 타고 나는 나비처럼 좌우로 날개를 움직여 바제가 발사한 화염탄 세례를 전부 회피했다.

"겨우 그 정도냐? 도망치기만 하는 게 다냔 말이다, 하얀 녀석! 자기소개도 하지 않는 겁쟁이!"

"아니, 나는 그저 젊은 아가씨의 연습 상대를 자처하고 있을 뿐이라네. 내 이름은, 흠, 만약 내 몸에 상처를 입힌다면 가르쳐주지."

"시건방진 놈!"

나는 날개를 접고 바람의 정령력과 대기에 간섭하는 작업을 중단하면서 급격히 속도를 줄였다.

아무리 시야를 차단하는 장애물이 없다고 해도 고속으로 비행하고 있던 내가 급격히 속도를 줄여 아래 방향으로 낙하해버리자 바제가 내 모습을 순간적으로 놓친 모양이다. 바제가 나를 간신히 발견했을 때, 나는 바제의 배를 올려다보는 위치를 날고 있었다.

주위의 대기에 간섭해서 바제의 속도를 따라가듯이 가속했다. 나는 구름바다를 등지고 날개를 펼치며 눈앞에 보이는 분홍색 비

늘로 뒤덮인 배를 향해 바제가 주특기로 사용하던 연속 화염탄을
발사했다.

선천적으로 강력한 불 속성의 자질을 갖추고 태어나는 심홍룡이
니 내가 힘을 조절해서 발사한 화염탄을 맞고 치명상을 입지는 않
을 것이다.

나는 딱히 그녀를 상처 입힐 생각으로 싸우고 있던 게 아니다.
바제에게 사전에 선언했던 대로 선배로서 젊은 동포의 전투 방식
을 바로잡아주려는 마음이 강했다.

늙은이의 주책에 쓸데없는 참견이라는, 전생에서 들었던 인간들
의 격언이 뇌리를 스쳤다. 그러나 이왕 시작한 마당에 살짝 재미
를 볼 수도 있는 것 아니겠나?

내가 발사한 화염탄은 바제에게 상처를 입힐 정도는 아니었지만
명중하면서 큰 충격을 가했다. 고속 비행 중에 아래쪽에서 큰 충격
을 받아 바제는 일시적으로 날개를 제어하는 능력을 상실했다. 그
녀는 격렬하게 요동치면서 눈 밑에 펼쳐진 구름바다로 낙하했다.

나는 그녀를 추격하기 위해 구름바다를 등지고 있던 자세에서
한 바퀴 회전한 후, 하늘을 우러러보며 땅을 내려다보는 상태로
날개를 접고 급강하하기 시작했다.

구름바다 속으로 뛰어들자 동시에 후방으로 흘러가는 구름들이
시야를 가로막았다. 그러나 예민한 신체 감각을 보유한 용종은 아
무리 시야가 가로막힌 상태라고 해도 전투를 계속하는 데 지장은
없었다.

이미 바제도 자세를 고쳐 잡고 뒤를 쫓아 구름바다로 돌입한 나

를 상대로 기습을 노리리라는 것은 쉽게 상상할 수 있었다.

나는 접었던 날개를 다시 펼치고 바람을 받아 내면서 바제가 구름바다의 어느 부분에 몸을 숨기고 있는지 확인했다. 어쩌면 구름바다의 위나 아래로 이동했을 가능성도 있을 것이다. 그러나 다음 순간, 나는 정면으로부터 다섯 차례에 걸쳐 연속으로 들이닥치는 화염탄을 회피하기 위해 움직일 수밖에 없었다.

그녀가 이번에 발사한 화염탄은 비교적 느린 속도였지만 나의 회피 동작을 예상하고 발사한 예측 사격이었다. 아까 그녀가 무턱대고 발사했던 화염탄과 달리 내 몸을 아슬아슬하게 스쳐 지나갔다. 그을린 대기의 냄새가 내 코의 점막을 자극했다.

그녀가 다시 연속 화염탄을 발사할까? 아니면 발톱이나 어금니를 사용한 육탄전으로 몰고 갈까? 내가 바제의 다음 선택지를 예측하고 있던 순간, 바제는 이미 내 바로 위를 차지하고 있었다. 내가 그 그림자를 눈치채고 머리 위를 올려다보자 가슴을 부풀리면서 지금까지 그녀가 내뿜었던 불꽃보다 훨씬 격렬하게 타오르는 업화(業火)를 입 안에 품고 있는 바제의 모습이 보였다.

"내 행동을 유도하기 위해 일부러 화염탄의 속도를 느리게 조절했단 말인가?"

내가 살짝 감탄하고 있던 그 순간, 바제는 입을 크게 벌리지도 않고 작게 오므라뜨린 채로 기세 좋게 목을 뻗어 나를 향해 업화를 내뿜었다.

지금까지 그녀가 발사했던 거대한 화염탄과 달리, 한 점으로 가늘게 집중된 광선 형태로 발사된 그 화염은 열량과 관통력, 그리고 속도가 극적으로 상승된 공격이었다.

"그르르……!"

나는 목 안쪽에서 한차례 신음 소리를 내는 동시에 머릿속으로 결코 파괴되지 않는 굳건한 빛의 방패를 떠올리며 용어마법을 발동시켰다. 순수한 마력으로 몸 위를 뒤덮는 반투명한 방패를 구축함으로써, 나는 바제가 한 점을 노리고 집중시켜 발사한 화염 브레스를 막아 냈다.

"흠, 그 나이에 브레스를 여러 가지 방식으로 쏠 수 있다니 상당히 우수한 아이로군."

용종이 브레스를 발사하는 방식은 주로 네 가지였다. 아까 바제가 사용했던 브레스처럼 불덩어리 형태로 발사하는 방식, 사방으로 뻗쳐 나가도록 발사하는 방식, 작은 산탄 형태로 광범위하게 발사하는 방식, 그리고 지금 바제가 선보인 것처럼 가늘게 모아서 위력을 집중시킨 광선 형태로 발사하는 방식까지 포함해서 네 가지다.

기본적으로 대부분의 성룡들은 사방으로 뻗쳐 나가도록 발사하거나, 불덩어리 형태로 발사하는 방식 중에 하나를 선택해서 사용하는 경우가 많다. 집중시켜서 발사하는 방식은 나름대로 오랜 경험과 요령을 필요로 한다.

그러나 브레스를 발사하는 방식을 배우지 않더라도 단순히 브레스를 내뿜기만 하면 대부분의 마물이나 인간은 죽어버린다. 그렇기 때문에 일부러 브레스의 수련을 쌓는 용은 소수파였고, 젊은 용들이 노력을 게을리하는 것은 그다지 환영할 만한 일이 아니라고 생각했다. 그런 식의 대화를 전생에 바하무트와 자주 나눴던 기억이 있다.

이윽고 광선 브레스의 발사를 마친 바제가 분한 기색이 역력한 눈동자로 나를 내려다봤다. 나는 그녀가 다음 행동을 시작하기 전에 주위에 흩어진 바제의 화염에 섞여 있던 마력을 자신의 본체로 거둬들였다.

나는 대기 중에 가득 찬 마력에 녹아서 소멸하기 시작한 바제의 마력을 선별해서 자신의 마력과 동조시킴으로써 흡수했다. 바제는 그 모습을 보고 추격을 가하려는 생각조차 잊은 채 놀라고 있었다.

마법을 사용한 후에 주위의 잔류 마력을 흡수하는 기술은 습득하기만 하면 장시간의 전투에서도 자신의 마력 소비를 억제할 수 있을 뿐만 아니라, 적의 마력을 이용하는 효율적인 전투 방법을 터득하는 데 도움이 된다.

저 경악한 표정으로 판단하건대 아마도 바제는 아직 다른 이의 마력을 동조시켜서 흡수하는 방법은 익히지 못한 것이리라.

지금까지 그런 기술을 학습할 필요가 아예 없었는지도 모르겠지만, 말인즉슨 자신보다 격이 낮은 마물이나 아인과 싸운 경험밖에 없을 가능성이 높다는 뜻이다.

브레스를 뿜거나 강인한 육체를 휘두르기만 해도 간단히 물리칠 수 있는 상대와는 달리, 동족인 나와 싸우기에는 기술적인 측면에서 아직 미숙한 구석이 많이 남아 있다.

나를 상대로 지나치게 공격적인 태도를 보인 것도 동족을 상대로 전투를 치렀던 경험이 적기 때문일지도 모른다. 어쩌면 그녀는 동족이 상대일 경우의 위험성을 이해하고 전투 자체를 회피하기 위해 거의 공황 상태로 되지도 않는 허세를 부렸던 것이 아닐까?

그런 주제에 양보를 하고 그대로 떠나려 한 나를 기습한 것도, 상대에게 자비를 바라던 자신에 대한 분노가 이유일지도 모른다. 흠, 피곤한 성격이로군.

"마력을 동조시켜서 흡수하는 방법은 깨우치지 못한 모양이구나. 일단 익혀 두면 동격 이상의 상대와 싸울 때 많은 도움이 될 것이야. 습득하기 위해 열심히 노력하거라."

나는 말을 마치기가 무섭게, 벌린 입 전방에 압축시키고 있던 바제의 마력과 나의 마력을 융합시킨 브레스를 상공의 바제를 향해 발사했다.

그녀가 나에게 발사했던 집중 브레스와 동일한 형태의 광선 브레스였다. 나의 마력으로 구성된 새하얀 화염을 중심축으로 삼아, 그 주위를 바제의 마력으로 구성된 다홍색 화염이 에워싼 형태의 거대한 빛기둥이 그녀를 향해 뻗어 갔다.

내가 발사한 브레스는 압도적인 열량으로 사선 축과 그 주위에 존재하는 구름들을 순식간에 날려버렸다. 바제는 구름바다에 거대한 바람구멍을 뚫으면서 덮쳐 오는 광선 브레스를 거의 반사적인 동작으로 간신히 회피했다.

화룡의 상위종인 심홍룡인 바제의 왼쪽 날개 피막과 긴 꼬리의 비늘이, 광선 브레스의 여파로 인해 검게 그을렸다. 조금 화력이 지나쳤던 모양이다.

"내 비늘이 그을렸다고?! 이럴 수가, 나는 심홍룡이란 말이다!!"

"그대의 육체가 견뎌 낼 수 있는 한계를 초월했을 뿐이다. 아무리 화룡이라고 해도 모든 화염에 대해 무적인 것은 아니야. 그리고 상대에게서 의식과 시선을 돌리는 것도 그다지 현명한 행동은 아니다. 그래서 아직 꼬마 아가씨라는 거지."

바제의 의식이 잠깐 빗나갔던 찰나, 나는 그녀의 품으로 날아 들어가 넋이 나간 그녀의 목덜미를 물었다.

그대로 다홍색 비늘을 꿰뚫어버릴 수도 있었으나 아직 어린 동족에게 그런 짓을 할 생각은 전혀 없었다. 나는 그녀가 구속을 풀고 도망치지 못할 정도로 힘을 조절했다.

바제는 내 목소리와 기척을 감지하고 자신이 돌이킬 수 없는 실수를 저질렀다는 사실을 깨달았다. 그녀는 나를 뿌리치려고 온 힘을 다해 발버둥 쳤다. 그러나 금세 내가 뻗은 팔과 꼬리가 그녀의 몸을 휘감아 날개조차 퍼덕거릴 수 없는 처지에 처하고 말았다.

나는 바제를 구속한 상태로 중력과 주변의 대기에 간섭하여 가속하기 시작했다. 눈 밑의 머나먼 저편에 펼쳐진 흑룡골 산맥을 향해 거의 수직으로 강하했다.

스쳐 지나가는 바람이 비늘을 마구 진동시키고 접어 둔 날개가 간격 사이로 불어오는 바람 때문에 자연스럽게 펼쳐질 뻔했다. 그러나 눈을 깜빡하기도 전에 산맥의 거무스름한 땅바닥이 시야를 꽉 채웠다.

바제는 이대로 지상에 격돌하려는 듯이 강하하는 내 행동에 조바심을 느끼고 내 팔과 꼬리에 구속당한 채로 격렬히 저항했다. 그러나 그녀의 힘으로는 내 구속을 도저히 뿌리칠 수가 없었다.

나는 지상이 눈앞에 들이닥치자 날개를 펼치고 바람을 받아 급격히 감속했다. 동시에 용어마법을 사용한 간섭으로 관성을 조작해 몸에 걸리는 부담을 완전히 무효화하면서 구속하고 있던 바제의 몸을 모레스 산맥의 표면에 내동댕이쳤다.

나는 지상에 고속으로 내다꽂는 형태로 그녀를 구속에서 해방했다. 바제는 미처 태세를 다잡을 틈도 없이 엄청난 진동과 함께 산맥 표면에 격돌했다.

바제의 격돌로 인해 산맥 표면에 거미줄 모양의 균열이 퍼져 나가면서 그녀의 거구는 무너진 흙과 바위 사이에 반쯤 묻혀버렸다.

그러나 내가 격돌 직전에 급격히 감속했기 때문에 바제는 격돌의 충격으로 크게 다치지는 않았다. 뼈가 부러진 기색도 없다. 그저 가벼운 뇌진탕 증상으로 잠깐 정신이 몽롱한 상태일 뿐이다.

나는 머리를 흔들면서 정신을 차리려는 바제를 내려다보고 있었다.

"동족이나 자신보다 강한 상대와 싸우는 일이 그다지 익숙하지는 않지? 거의 필요한 경우가 없다고는 하나 전투 방식을 여러 가지로 응용하는 자세를 항상 의식해야 할 것이야."

"……그으으. 네놈은 대체 얼마나 나를 우습게 봐야 직성이 풀릴 거냐!"

"정신을 차리고 있는 것만도 대단한 소질이야. 분하다면 언젠가 나를 쓰러뜨려 보거라. 우선 내 몸에 긁힌 상처 하나라도 내서, 이름을 실토하게 하는 것부터 시작해라. 가까운 시일 내로 그대를 다시 만나러 오겠다."

나는 날개를 퍼덕이면서 날아올랐다. 바제의 모습이 보이지 않는 지점까지 도달한 후, 일단 그 자리에서 잠시 머물렀다. 그리고 「흠」이라는 입버릇을 내뱉었다.

이번 분신체의 비행을 통해 북쪽 모레스 산맥에 심홍룡이 서식하고 있다는 사실을 안 것은 큰 수확이다.

나는 가까운 장래에 베른 마을 이북의 황야나 삼림 지대, 산악 지역를 개척하고 싶다는 생각을 품고 있었다. 그러나 용의 분신체를 사용해 북쪽을 확인하지 않았더라면, 아무것도 모르는 상태로 바제와 격돌한 끝에 전투를 벌이는 사태도 일어날 수 있었으리라.

지금 일단 그녀의 존재를 확인했으니 대책을 마련할 여유가 있다.

현재로서는 베른 마을 이북을 개척한다는 것은 어디까지나 개인적인 희망 사항에 지나지 않지만 말이다.

나는 곧바로 분신체의 마력을 본체로 회수하는 것은 아깝다는 생각이 들어서, 백룡의 모습을 유지한 채 잠시 동안 공중 산책을 즐기기로 했다.

그러고 보니 모레스 산맥 북쪽에 발을 들여놓는 경험 자체가 처음이다. 과거에 고블린이나 오크 등의 마물 무리가 출현했다는 베른 마을 북서부는 아직 정찰한 적이 없었기 때문에 마침 좋은 기회라는 생각도 들었다.

어디 보자, 남은 시간을 어떻게 활용할까? 내가 생각을 하고 있으려니 남서쪽 방향에서 비범한 기척이 느껴졌다.

바제와 비슷한 정도의 힘을 지닌 동족의 기척이다. 다만 느껴지는 기척으로 판단하건대, 용(竜)이 아니라 용(龍)으로 추정됐다.

근방에 둥지나 촌락이 존재하는 것도 아닌데 이렇게 연속으로 동족과 마주치는 경우는 흔치않았다.

시조룡이 자기 자신을 세분화시킨 육체에서 태어난 원초의 용들은 힘의 등급 이외에도 용(竜)과 용(龍)으로 분류된다.

나를 비롯한 최고위에 해당하는 시원의 일곱 용 가운데 넷이 고신룡(古神竜), 나머지 셋이 고룡신(古龍神)이라고 일컬어지는 데서 알 수 있듯이, 용(竜)과 용(龍)은 그 외모부터 확실히 다르다.

용(竜)은 박쥐와 비슷한 피막이 달린 날개와 길게 뻗은 꼬리, 사람과 유사한 사지와 길게 뻗은 목을 지니는 경우가 많다. 반면, 용(龍)은 뱀처럼 가늘고 긴 몸통과 짧은 팔다리, 사슴과 유사한 뿔이 뻗은 머리에서 가늘고 긴 수염이 나 있다. 그리고 후두부에서 긴 머리카락이 뻗어 있는 것이 특징이다. 그리고 여성 용(龍)의 경우엔 수염이 없다.

대부분의 용(竜)은 바제처럼 험준한 산악 지역이나 깊은 산골짜기에 서식한다. 그러나 용(龍)들은 큰 강이나 호수, 바다 같은 지역에 서식하는 이들이 많다. 자연스럽게 각자의 지배 영역이 나뉘어져 있는 상태인 것이다.

용(龍)은 날개를 지니지 못한 종족이 거의 대부분이지만, 그럼에도 불구하고 자유자재로 하늘을 날 수 있는 강력한 비행 능력과 수중 활동 능력을 보유하고 있다.

용(龍)들이 종족의 특성으로 타고나는 성격을 고려하자면 바제처럼 만나자마자 싸움을 걸어오지는 않을 것이다. 나는 판단을 내리고 용이 배회하는 방향을 향해 날개를 퍼덕였다.

베른 마을에서 모레스 산맥을 바라볼 때는 시야의 끝자락에서 끝자락까지 가득 채울 정도로 한없이 거대한 산맥으로밖에 보이지 않았다. 그러나 막상 용의 날개로 날아보니 의외로 온갖 풍족한 초록빛 자연으로 둘러싸인 다양한 환경을 보유한 토지라는 사실을 알 수 있었다.

나무들의 초록빛 일변도로 물든 장소는 물론이거니와 크고 작은 무수한 호수나 강들이 흐르는 장소도 있었다. 뿐만 아니라 눈으로 뒤덮인 꼭대기나 산맥 지하에 흐르는 용암류의 존재도 확인됐다.

그 용은, 산맥 가운데 하나의 산 정상에 위치한 호수 언저리에서 휴식을 취하고 있었다.

용의 모습이 내 눈동자에 들어왔고, 상대도 나의 하얀 모습을 확인했다.

그 용은 커다란 침엽수에 둘러싸여 거울처럼 투명한 호숫가에 가지런히 앉아 있었다.

그 몸은 가늘고 길며 끊임없이 빨려들 것만 같은 바다의 푸르른 색깔의 비늘로 뒤덮여 있었다. 겹겹이 이어져 있는 배의 안쪽은 바깥쪽 비늘보다 옅은 남빛이다.

가늘고 긴 입에 수염은 없었고, 후두부에서 길게 똑바로 뻗은 머리카락이 바람에 살랑거리고 있다. 그 머리카락은 마치 새의 젖은 깃털을 연상시켰다.

비단실에 별과 달의 등불을 걷어치운 밤의 빛깔을 모사할 수만 있다면, 이 용의 머리카락처럼 아름다운 흑발을 완성시킬 수 있으리라.

투명한 바다와 같은 푸른빛을 반사시키는 가늘고 긴 몸통에서 용이라는 생물이 타고나는 제왕으로서의 강인함보다는 부드러움과 탄력이 더 강하게 느껴졌다.

이 아이도 아마 바제와 비슷한 나이의 아가씨로 보였다.

내가 용으로서 살아 있었던 시대에는 일반적으로 그녀들보다는 조금 더 나이를 먹고 나서 부모한테서 독립했던 기억이 있는데, 최근 들어 부모에게서 독립하는 젊은이들의 나이가 젊어지기라도 한 걸까?

용(龍)의 특징 가운데 네 다리에 달린 발가락의 수로 그 격을 판단할 수 있다는 점이 있다.

나와 같은 용(竜)의 경우엔 대략적으로 네다섯 개 정도의 발가락이 일반적이며 그 숫자로 격을 알아낼 수는 없다. 그러나 용(龍)의 경우엔 세 개나 네 개, 다섯 개까지 숫자가 늘어날수록 보다 강하고 오래된 혈통의 소유자라는 사실을 뜻한다.

지상에 남아 있는 용(龍)들을 지배하는 3대 용황(龍皇)과 그 혈족, 또는 격세 유전이 일어나 강력한 힘을 선천적으로 타고나는 돌연변이 개체만이 다섯 개의 발가락을 지닌다. 용들 중 9할이 세 개의 발가락을 지닌 이들이다. ―내 전생의 시점에서 그랬다는 유의 사항이 붙지만 말이다.

내 모습을 눈치챈 용 아가씨의 발가락은 네 개였다. 만약 특별한 이유로 인해 모습을 바꾼 경우가 아닌 이상에야, 왕족은 아니라도 그들에 가까운 귀족의 혈통으로 보였다.

나는 날갯짓을 멈추고, 내 모습을 뚫어져라 바라보는 아가씨와 인사를 나누기 위해 유유히 호숫가에 내려섰다.

용 아가씨는 조심스럽게 나에게 시선을 돌리며 관찰을 시작했다. 그녀에게서 바제 같은 과격한 기질은 느껴지지 않았다.

용종(龍種) 자체가 비교적 온화한 성격이기도 하지만, 그 이상으로 온건한 기질 자체가 이 아가씨 본인의 개성이리라.

"안녕하신가, 용 아가씨? 상당히 먼 곳에서 행차한 것으로 보이네만, 내가 본 바가 확실한가? 이 근방에서는 그다지 본 적이 없는 얼굴인데."

나는 그녀에게 굉장히 소탈한 말투로 질문했다. 그녀는 나와 같은 용(竜)과 처음 만나는 건지, 굉장히 긴장한 표정으로 있는 힘껏 가슴을 펴고 대답했다.

"처음 뵙겠습니다. 저는 3대 용황 중 한 분이신 수룡황(水龍皇), 류키츠(龍吉) 님을 섬기는 용무녀(龍巫女)인 루우(瑠禹)라고 합니다."

그녀는 가볍게 머리를 숙이고 주인의 이름과 함께 자기소개를 했다. 루우의 조신한 몸가짐이나 마치 냇물 소리 같은 시원하고도 투명한 목소리는, 모든 것을 불태워버리려는 듯이 용솟음치는 업화를 연상케 하는 바제와 완전히 대조적인 분위기였다.

"수룡황 류키츠 공주라 하면 레비아탄을 먼 조상으로 섬기는 계보의 고룡이 아닌가. 지금 지상에 남아 있는 고룡 중에서도 손에 꼽을 만한 권능의 소유자라고 기억하고 있다. 그 무녀의 소임을 맡고 있다면 루우도 상당히 고위 용이라는 뜻이겠군. 그 젊은 나이에 대단한 실력인 모양이야. 음? 그런데 루우라고 불러도 괜찮겠나?"

나는 그녀의 주인뿐만 아니라 위대한 조상까지도 마치 잘 아는 상대라도 되는 것처럼 거리낌 없이 언급하고 있었다. 루우는 그런 나의 대답을 듣고 분노가 치솟기보다는 기가 막힌다는 반응을 보였다. 그녀는 살짝 곤혹스러운 표정으로 고개를 갸웃거렸다.

아니면 바제와 마찬가지로, 자신과 비슷한 나이로 보이는 내가 부자연스럽게 노숙한 분위기를 풍기고 있기에 이상하게 생각하고 있는 걸까?

평소 걸치고 있는 인간의 육체라는 그릇으로부터 해방된 상태인 만큼 나의 말투는 평소보다도 훨씬 전생의 말투에 가까워진 상태로 늙은 말씨가 자연스럽게 튀어나오고 있었다.

그러고 보니 공주라는 칭호는 황제의 딸을 가리키는 말인데 이미 수룡황에 즉위한 류키츠에게 공주라는 칭호를 붙이는 것은 잘못된 표현인가?

"저를 부르실 때는 아무쪼록 마음 가시는 대로 불러주십시오. 그리고 우연히 류키츠 님을 모시는 일족의 일원으로 태어났을 뿐, 그러한 칭찬의 말씀은 부끄러울 뿐입니다."

루우는 내 말을 듣고 겸손하게 대답했다.

"죄송합니다만, 이 일대는 당신께서 다스리는 땅이었나요? 만약 그러하다면, 부주의하게 이 땅에 발을 들여놓은 사실에 대해 사과드리겠습니다."

"아닐세, 나 역시 최근 들어 이 근방을 찾아온 여행자의 몸이야. 이 일대를 지배하고 있는 이는 내가 아니라, 루우와 비슷한 나이의 심홍룡이라네. 심홍룡인 만큼 그녀는 상당히 거친 구석이 없지 않아 있으니 만약 반드시 북상해야만 하는 용건이 없다면 우회해서 가는 편이 좋을 거야."

"그런가요? 화급한 용건이나 북쪽으로 가야만 하는 특별한 이유는 없습니다. 당신의 말씀을 따르겠습니다. 그런데, 당신께서는 류키츠 님과 어떤 인연이 있으신지요? 아무래도 레비아탄 님에 관해서도 여러 가지로 깊이 알고 계신 것처럼 보이는데."

흠, 쓸데없는 수다가 지나쳤던 모양이다.

나는 루우의 순수한 의문이 담긴 질문에, 어디까지 사실을 털어놓아야 할지 잠시 판단이 서지 않았다. 하지만 일단 적당히 얼버무리는 편이 좋을 것 같았다. 이미 멸망한 것으로 알려진 시원의 일곱 용 중 하나가 되살아나도 별반 소용없는 일이기 때문이다.

"아니, 옛날에 잠깐 스쳐 지나가는 인연이 있었을 뿐이네. 공주에 관해선, 어디 보자……. 만약 그대가 공주를 모시러 돌아갈 기회가 생기면, 그때 이렇게 물어보게나. 「이제 아픔은 잘 날아갔는가?」라고 말이지. 어쩌면 나에 관해서 기억하고 있을지도 몰라. 어렸을 적에 공주는 어떤 고신룡을 초대했던 연회에서 왼쪽 뺨에 작은 화상을 입은 적이 있을 거야. 물론 이미 그 상처는 아문 흔적조차 남아 있지 않겠지만."

내가 용사들에게 토벌당하기 전의 일이다. 류키츠의 일족과, 당시 아직 지상에 남아 있던 용신(龍神)이 사는 해저의 성에 초대받은 적이 있다. 그날 열린 연회석에서, 아직 어린 류키츠가 뺨에 작은 화상을 입는 사고가 생겼던 것이다.

지금이야 류키츠는 지상에서도 손에 꼽힐 정도의 힘을 지닌 고룡이자 용황으로 군림하고 있지만 그 자리에선 가장 연약한 용이었을 뿐만 아니라 아직 어린아이에 지나지 않았다. 열기와 통증을 견디지 못했던 것은 물론이고 그 자리에 모여 있던 이들이 자신보다 훨씬 강대한 존재들이었던 것도 원인 중 하나이리라. 그 아이는 주위의 고룡들이 은연중에 내뿜는 분위기를 이겨 내지 못하고 울음을 터뜨리기 시작했다. 그 자리에 참석했던 어른들이 다들 어쩔 줄 몰라 했다.

바로 그때, 내가 류키츠에게 다가가 화상을 입은 상처를 핥아서 치유해준 것이다. 그리고 인간인지 아인인지 기억이 안 나는 어린아이에게 배웠던 「아야 하는 아픔은 날아가라」라는 민간요법을 해준 것이 방금 그녀에게 했던 얘기의 전말이다. 아직 어렸던 류키츠는 그때까지만 해도 가장 무섭게 보였을 것으로 예상되는 내가 부드럽게 대해주자, 긴장의 끈을 풀고 더할 나위 없이 아름답고 천진난만한 미소를 보여줬던 것으로 기억하고 있다.

시간의 흐름에 매몰돼도 이상하지 않을 정도로 오래된 얘기니까, 만약 그 아이가 아직 기억하고 있다면야 정말 기쁠 것이다. 그 자리엔 나 말고도 많은 용들이 있었으니, 류키츠도 루우가 만난 용이 나라는 사실을 알아내지는 못하리라.

루우는 내 말을 듣고 전혀 짚이는 구석이 없는 모양인지 영문을 모르겠다는 표정을 짓고 있었다. 류키츠 본인조차 기억하고 있을지 장담할 수 없으니, 루우가 모르는 것도 무리는 아니다.

"아니, 내 이야기가 믿어지지 않는다면 그대의 주군에게 굳이 물어볼 필요도 없다네. 이성적이고 온화한 명군이라고 들었다만 겉으로 드러내지는 않더라도 허튼소리를 듣고 불쾌하게 느낄지도 모르는 일이야. 무녀인 그대가 섬기고 있는 주군으로 하여금 그런 경험을 하게 했다가는 적잖이 불편한 입장에 놓이게 될 터."

나는 살짝 쓴웃음을 지으면서 루우에게 말했다.

그리고 우리는 잠시 동안 이야기꽃을 피웠다. 루우는 자신이 살고 있는 바다 속 용궁성(龍宮城)에 거주하고 있는 용종(龍種) 동포들이나 인어, 어인들의 생활에 관해 즐겁게 이야기했다. 나는 그 답례로 이 지역에서 북상하면 바제의 구역에 다다르고 북서쪽으로 올라가면 아마도 마물들의 대규모 촌락이 존재한다는 사실을 가르쳐줬다.

배가 고프면 사람을 잡아먹기도 하는 용(竜)과 달리, 용(龍)은 전체적으로 온화한 성격인 것으로 알려져 있다. 그리고 지금 내 눈앞의 루우가, 인간들의 거주 지역을 함부로 습격하리라고는 상상하기 어려웠다. 그러나 인간의 관점에서 보자면, 용(龍) 역시 감당할 수 없는 초월적인 존재라는 사실은 변함이 없었다. 나는 루우가 쓸데없이 그들과 마주치는 일이 없도록 북쪽 지역에 야생 와이번이나 와이번을 길들여 탈것으로 삼는 부족이 존재한다는 사실도 가르쳐줬다.

와이번들이 흥분한 나머지 루우에게 덤벼들어 아무도 바라지 않는 불행한 싸움이 벌어진다면 너무 슬픈 일이다.

그리고 나는 루우에게 용궁성을 떠나 이 근방을 날고 있는 이유에 대해 질문했다.

"특별한 문제가 없다면 루우가 왜 이러한 장소까지 왔는지 가르쳐줄 수 있겠나?"

"류키츠 님을 섬기는 무녀나 무관은 어느 정도 나이가 차면 한 차례 용궁성을 떠나 바깥세상을 돌아다니면서 견문을 넓히는 것이 관례입니다. 소첩도 이제 머지않아 용궁성을 떠나야 하는 나이인 바, 한 걸음이라도 빨리 바깥세상에 관해 알고 싶어 여기까지 당도한 거지요."

"흠, 산책을 겸하고 있다는 말인가?"

이상이 루우와 내가 맞닥뜨리게 된 이유인 것 같다.

그녀는 나와 만나기 전에 거대한 괴조(怪鳥)나 비행성 마물 등을 목격한 모양이지만, 동족인 용과 마주친 것은 처음이었다고 한다. 그래서 루우도 상당히 긴장할 수밖에 없었던 모양이다.

그 이후로 나는 바제와 제대로 된 대화를 나누지 못했던 것을 만회하듯이, 침착한 성격의 루우를 상대로 입을 계속해서 움직였다. 어느샌가 이야기가 너무 길어져버려서, 내가 문득 정신을 차렸을 때는 상당히 긴 시간이 경과한 뒤였다.

나는 루우에게 귀중한 시간을 낭비하게 한 일에 대해 사과를 표했다. 그리고 우연히 그녀의 몸에서 풍기는 냄새를 맡고 마지막으로 질문을 하나 던졌다.

"끝으로 루우여. 그대는 남쪽에서 날아왔는데, 수많은 용종(龍種)들이 서식하는 동방의 바다에서 출발하지 않았나?"

"아, 예. 동쪽 바다에서 출발하여 이 땅의 남쪽에 위치한 바다까지 도착한 뒤에 북상해왔답니다."

루우는 약간 당황한 기색을 보이면서 무슨 비밀이라도 있는 것처럼 말을 얼버무렸다. 아무래도 그다지 추궁하길 바라는 화젯거리는 아닌 것 같다.

"흠, 그랬단 말이지. 그대의 소중한 시간을 빼앗은 일은 미안하게 됐네. 조심해서 돌아가도록."

"걱정해주셔서 정말 감사합니다. 그런데, 당신의 존함을 여쭤도 될까요?"

"응? 이거 실례했군. 자기소개가 아직이었나? 나는…… 드란이라고 하네."

나는 인간의 이름을 대야 할지, 아니면 용으로서 전생에 지니고 있던 이름을 대야 할지 잠시 망설였다. 하지만 나는 부모님께서 지어주신 인간의 이름을 개인적으로 좋아하는 데다, 용의 이름을 댄다고 해도 눈앞의 그녀가 믿어줄지 알 수 없었기 때문에 일단 인간으로서의 이름을 대기로 했다.

"드란 님이시군요. 오늘은 재미있는 이야기를 많이 해주셔서 감사합니다. 또 뵙게 된다면, 아무쪼록 잘 부탁드립니다."

"그래. 그대와 재회할 운명이 찾아오기를 기도하고 있겠네."

루우는 몸을 뒤집고, 푸른 비늘에 덮인 가느다란 몸통을 꿈틀거리면서 남쪽을 향해 날아갔다. 나는 그녀를 배웅한 뒤 루우의 몸에서 풍겼던 향기를 떠올리며 고개를 갸웃거릴 수밖에 없었다.

"저 아이가 풍기던 냄새는 바닷물의 향기였어. 남쪽 바다에서 여기까지 오는 사이에 냄새가 전부 날아가버려도 이상하지 않은 거리가 아닌가. 그런데 대체 무슨 조화로 바닷물의 향기를 두르고 있던 거지?"

제7장 먹구름

가로아는 왕국 북부의 요충지에 위치한 대도시였다. 가로아를 비롯한 북부 지방 일대는 왕국의 직할령으로, 국왕의 대행자인 총독을 중심으로 구성된 통치 기구인 총독부가 설치되어 있는 지역이다.

총독부의 구성원은 일반 관리들뿐만이 아니다. 총독부 소속의 기사단이나 병사 등 군인들 이외에도 마법사들이 다수 소속되어 있다. 유사시엔 전선에 나가 싸우는 것도 그들의 직무 가운데 하나였다. 최근 들어 그들 사이에서는 엔테의 숲에 출현했던 마도병 군단 사건이 빈번히 화제에 올랐다.

대부분의 마법사들은 가로아에 피해가 생기기 전에 마도병 군단을 격퇴했다는 소식을 듣고 경악을 금치 못했다. 그들은 지식인이기도 하기 때문에 일반인이나 기사에 비해 마계의 존재가 이 세계에 끼치는 위협을 제대로 파악하고 있었던 것이다.

엔테의 숲에 사는 여러 종족의 연합군과 하이 엘프이자 왕국에서도 유명한 대마법사인 올리비에가 참전했다고는 하나, 사전의 예상을 뒤엎는 엄청난 전과였다.

특히 대악마급 개체 세 명과 타락한 전투신 한 명이 마도병들을 지휘하고 있었다는 보고를 들었을 때, 그들은 자신들이 마계의 군세와 상대하기 전에 모든 사건이 수습되었다는 행운을 진심으로 감사했다. 남몰래 안도의 한숨을 내쉴 정도로―.

총독부 소속의 마법사들은 이때만큼 마법 학원 학원장의 존재를 든든하게 느꼈던 적이 없었다. 그녀는 왕국 건국에도 관여한 바가 있다고 전해지는 살아 있는 전설이나 다름없는 존재였다.

마법사들은 총독부 부지에 위치한 청사에서 총독부의 운영에 보탬이 되는 마법이나 마법 도구의 작성 이외에도 문관으로서의 직무를 수행한다.

그들은 업무 자체를 쉬지는 않았지만 올리비에나 엔테의 숲에 사는 백성들이 어떻게 그 불길한 마계의 첨병들을 격퇴할 수 있었는지에 관해 동료들과 담소를 나누는 일이 많았다. 청사 여기저기에서 각자의 지론이나 소문 등을 종합해 열심히 토론하는 광경을 목격할 수 있었다.

기본적으로 마법사라는 인종은 지식욕이나 호기심이 왕성하기 마련이다. 직원들의 잡담을 제지해야 하는 입장의 간부들도 이 화젯거리에 대한 관심이 너무나 높은 나머지 귀를 기울이거나 스스로 끼어들 지경이었다. 그런 연유로 이 사건에 대한 잡담은 화제에서 내려올 기색이 보이지 않았다.

청사 내부의 큰 사무실 가운데 하나인 이곳도 마찬가지였다. 온갖 서류나 수정 구슬부터 시작해, 괴이쩍은 유리병, 나무뿌리나 풀 다발에 작은 동물의 뼈까지 무절제하게 쌓여 있는 책상들이 대량으로 늘어서 있었다. 이 사무실도 총독부의 다른 사무실과 마찬가지로 직원들의 잡담 소리로 충만한 상태였다.

보라색 머리카락의 여성 마법사가 사무실에 들어왔다. 총독부 소속의 마법사 가운데 한 사람으로, 상위 석차에 이름을 올린 인물이다. 그녀의 이름은 키렌이었다.

지금까지 가까운 자리에 있던 직원들끼리 담소를 나누던 마법사들이 그녀에게 목례를 하며, 얼핏 온화해보여도 업무에 관해선 엄격한 상사에게 인사를 보냈다. 키렌은 이 사무실의 책임자다.

"다들 좋은 아침이야. 아침부터 떠들썩한데? 무슨 일이라도 있었나?"

그녀는 평소엔 다른 누구보다도 귀가 밝은 인물이었다. 부하들은 그런 상사가 지금 총독부를 지배하고 있는 거나 다름없는 최신 소식을 모른다는 사실에 마음속으로 고개를 갸웃거릴 수밖에 없었다. 그러나 그녀가 휴가를 신청한 뒤 잠시 가로아를 떠나 있었다는 사실을 떠올리고 납득했다. 가로아 마법 학원을 졸업한 지 얼마 되지 않은 신입 여성 마법사가 키렌에게 대답했다.

"안녕하십니까, 키렌 님. 엔테의 숲 속, 가로아에 가까운 지역 부근에서 누군가의 소행으로 마도병 군단이 출현했다고 합니다. 뿐만 아니라 대악마급 개체가 마도병들을 지휘하고 있었다는군요."

키렌은 부하의 보고를 들으면서 자신의 책상으로 걸어가 의자에 걸터앉았다. 그리고 「그래?」 하고 건성으로 대답했다. 키렌은 전혀 놀란 기색이 없었다. 아직 앳된 구석이 남아 있는 젊은 부하가 의아하다는 표정을 지었다.

"만약 그 마도병 사건이 해결되지 않았다면 총독부의 소란은 이 정도가 아니었겠지? 하지만 총독부는 물론이고 도시 쪽도 평소와 다를 바 없었어. 이러한 사실로부터 도출할 수 있는 결론은 현재

로서는 마도병들의 격퇴에 성공하고 당장 닥친 위협이 물러갔다는
거지. 내 말이 틀렸나?"

"아닙니다, 정확하게 보셨습니다. 말씀을 듣고 보니 그렇군요.
만약 마도병들을 격퇴하지 못했다면 총독부의 전 병력을 총동원해
야 하는 상황이니까요. 키렌 님께서도 휴가를 반납하시고 소환되
셨겠지요."

"바로 그거야."

'나는 너희들보다 먼저 알고 있었지만 말이지.'

키렌은 마음속으로 중얼거렸다.

부하의 입장에선 키렌의 마음속을 알 리가 없으니 상사의 침착
하고 냉정한 태도를 보고 존경심이 커질 뿐이다.

"역시 마도병들을 격퇴한 장본인은 마법 학원의 올리비에 학원
장인가? 왕국에서도 다섯 손가락 안에 들어가는 대마법사인 그녀
라면 대악마를 격퇴하는 것도 불가능하지는 않을 거야. 그리고 엔
테의 숲은 옛날부터 위그드라실의 가호를 받고 있다는 소문이 돌
았으니까 위그드라실의 개입이 있었을지도 모르지."

키렌은 마도병들이 격퇴되고 마계문이 파괴되었다는 사실을 알
고 있었다. 그러나 그러한 일들을 완수한 장본인들의 정체까지는
알지 못했다. 그러나 가로아 주변에 근거지를 두고 있는 유력한
모험가나 저명한 마법사들의 명단을 고려하면, 가장 먼저 올리비
에의 이름이 최유력 후보로 거론될 수밖에 없다. 그녀는 그에 걸
맞은 실력과 실적을 겸비한 대마법사였다. 특히 정령 마법 분야에
관해선 국내뿐만 아니라 주변 국가까지 포함해도 수위를 다툴 정

도의 실력자였다.

그러나 부하의 입에서 나온 말은, 키렌의 예상을 절반 정도 배신하는 대답이었다.

"올리비에 학원장과 엔테의 숲에 사는 백성들이 힘을 합쳐 싸운 것은 확실하다고 하지만, 그들 이외에도 알마디아 후작 가문의 영애(令愛)이신 크리스티나 님과 베른 마을의 드란이라는 소년, 그리고 라미아 소녀가 합세해서 대악마들을 격퇴하는 데 큰 공을 세웠다고 합니다. 크리스티나 님이 마법 학원 학생들 중에서도 둘째가라면 서러울 정도의 대단한 실력을 자랑한다는 평판은 예전부터 널리 퍼져 있었지만 설마 대악마들을 상대로 이길 정도였다니. 아무리 과장된 이야기라도 해도 믿어지지 않는 일이지요."

부하는 자신의 후배라고 할 수 있는 크리스티나의 활약에 기쁜 기색을 숨기지 않았다. 어쩌면 학생 시절부터 크리스티나의 모습을 목격하고 마음을 빼앗긴 건지도 모른다.

키렌은 꿈이라도 꾸고 있는 듯한 황홀한 표정의 부하를 쳐다보지도 않고 엔테의 숲에 사는 백성들에게 가세했다는 이들에 관해 골똘히 생각했다.

크리스티나는 키렌도 알고 있는 인물이다. 최근 수년간 가로아 마법 학원은 유능한 학생들의 풍작이라고 부를 수 있는 상황이 계속되고 있다. 크리스티나는 그런 마법 학원에서도 최강이라는 소문이 돌 정도로 장래를 촉망받는 학생이었다. 게다가 왕국 북부는 물론, 왕국 전체에서도 손에 꼽을 만한 대귀족인 알마디아 가문의 영애이기도 하다. 뿐만 아니라 이 세상에 존재한다는 사실 자체가 무슨 실수가 아닌가 싶을 정도로 초월적인 미모의 소유자이기 때문에, 본인이 바라건 바라지 않건 간에 유명인이었다.

그 크리스티나가 엔테의 숲을 방문했다고? 키렌의 뇌리에 물음표가 떠올랐다. 그러나 키렌은 알마디아 가문과 베른 마을, 그리고 엔테의 숲 사이에 존재하는 관계를 떠올리면서 딱히 이상한 일은 아니라는 결론을 내렸다. 크리스티나가 베른 마을을 방문한 시기와 엔테의 숲에 마계문이 열린 시기가 우연히 겹쳤을 것이다.

베른 마을의 드란이라는 소년도 신경 쓰였지만 그 마을엔 수십 년 전에 모험가로서 대단한 명성을 떨친 마법 의사인 마글이 정착하고 있는 것으로 알려져 있다. 그녀는 여러 명의 우수한 마법 의사나 마법사를 길러 낸 스승으로 유명하기도 하다. 왕궁의 부름을 받은 적도 있다는 그 노마법사의 제자라면 대단한 실력을 갖추고 있어도 이상할 것은 없다.

키렌의 흥미를 크게 자극한 인물은 출신이 명확한 크리스티나나 추측이 가능한 드란이 아니라, 정체불명의 라미아 소녀였다. 라미아는 번식에 다른 종족의 수컷을 필요로 하는 마물이다. 그녀들이 남편감을 찾아 각지를 방랑한다는 습성은 널리 알려져 있는 상식인데, 그런 라미아가 어째서 엔테의 백성들에게 협력했단 말인가? 뿐만 아니라 마도병이나 대악마들을 상대로 전투를 벌여 살아남기까지 하다니, 아무래도 일반적인 개체가 아닌 듯싶다. 키렌은 특히 이종족이나 마물의 젊은 암컷에 대한 연구로 유명한 마법사였다. 그러나 그녀가 비밀리에 진행하고 있는 연구의 진정한 성과를 아는 이는 많지 않았다.

"그래? 그거 참 놀라운 소식인걸? 알마디아 가문의 영애는 그렇다 치고, 그렇게 강력한 라미아를 내버려 둘 수는 없어. 총독부가 손을 놓고 있을 리는 없겠지만 베른 마을의 소년과 라미아 소녀에 관해 아무런 움직임도 없나?"

"예. 라미아에 관해서는 베른 마을을 담당하고 있는 마이라르 교의 신관분께서 대지모신(大地母神) 마이라르로부터 그녀와 함께 살아가라는 신탁을 받고, 최근 들어 베른 마을에 정착한 것 같습니다. 조만간 총독부에서 인원을 파견해서 실태를 조사한다 하더군요."

키렌의 예측대로 총독부 역시 잠자코 넘어갈 생각은 없는 모양이었다.

아무리 변경의 시골 마을이라고는 하나, 일단 마물로 취급되는 라미아가 인간들의 촌락에서 생활하려는 셈이니 당연하다면 당연한 대처였다.

"그래? 흥미로운 얘기야. 호기심을 자극하는군. 베른 마을은 누구 관할이지?"

"예. 제가 알기론 고다 관리관님께서 담당하고 계신 지역입니다."

"고다 관리관? 그럼 아마 곧바로 움직일 거야. 직무에 충실한 분이니까."

대지모신 마이라르의 신탁이 내려왔다면 총독부에서도 라미아의 마을 거주에 관해 그다지 심각한 문제로 취급하지는 않을 것이다. 그러나 키렌의 입장에선 그런 식으로 순조롭게 일이 처리되는 사태는 그리 달갑지 않았다.

라미아 소녀의 처우가 어찌 되건 간에, 우선 키렌 본인이 관여하지 못한다는 건 말도 안 된다. 키렌은 휴가 기간 동안 잠깐 먼 길을 떠나 싱싱한 장난감을 조달해 온 덕분에 기분이 좋았다. 그녀는 새로운 장난감을 추가로 발견함으로써 더더욱 기분이 좋아졌다.

"고다 관리관과 당장이라도 논의를 시작할 필요가 있겠어."

"하지만 휴가 기간 동안에 밀린 업무는……."

"어머나, 이 정도가 뭐 대수라고? 나는 이런 번잡스러운 업무보다도 웅대한 지적 욕구를 채우고 싶어서 견딜 수가 없거든. 과연 어떤 아이일까? 기대되는데?"

키렌은 부하에게 미소를 짓고 책상을 향해 돌아앉았다.

그녀는 가능한 한 빨리 고다 관리관과 이야기를 매듭짓기 위해 머릿속에서 오늘의 예정표를 재조정하기 시작했다. 지금까지 쌓아 올린 경험과 직감 덕분에 키렌은 소문의 라미아가 심상치 않은 개체라는 사실을 장담할 수 있었다. 과연 그 라미아는 일반적인 개체와 어떤 차이가 있을까? 키렌의 지적 호기심은 좀 전부터 근질거렸고, 가라앉을 기색은 보이지 않았다.

직원들 중 그 누구도 키렌의 미소 아래 숨겨진 참뜻을 가늠하지 못했다. 지금까지도 그랬고 앞으로도 그럴 것이다. 키렌은 확신하고 있었다.

†

엔테의 숲에서 귀환한 이후, 나는 평소와 마찬가지로 마을에서 하루하루의 양식을 얻기 위해 열심히 일했다.

베른 마을이 속한 왕국에서는 대부분의 지역에서 장남 이외의 남자는 열다섯 살이 되면 집을 나와 일정한 토지를 분양받고 자신의 집을 가져야 한다는 관습이 있다.

나도 그 관습에 따라 자취 생활을 시작한 지 이미 1년 남짓한 시간이 경과했다. 최근엔 세리나가 자주 얼굴을 내밀면서 밭일을 도우러 오는 빈도가 늘어났다.

세리나가 밭일을 도우러 오는 횟수에 반비례해서 동생인 마르코가 도우러 오는 일이 거의 없어졌다. 마르코도 내년엔 열다섯 살이 되는 만큼 슬슬 독립 준비를 갖추고 미래의 생활 기반을 확립하기 위해 노력해야 하는 시기였다. 나를 만나러 오는 빈도가 줄어든 것은 적잖이 쓸쓸했지만 지금 중요한 일은 그게 아니었다.

가끔 마을에서 마주치거나 먼발치에서 서로의 모습을 발견했을 때, 마르코 녀석은 마치 다 알고 있다는 표정으로 나와 세리나를 바라보는 일이 많았다. 나는 그 부자연스러운 반응이 약간 거슬릴 뿐이다.

저 여자 같은 외모의 동생은, 십중팔구 나와 세리나의 관계를 오해하고 있는 것이 틀림없다.

최근 들어 마을 사람들의 시선에서도 어렴풋이 흐뭇하게 바라보는 듯한 기척이 느껴졌다. 나도 참 난처한 녀석을 동생으로 두고 있다는 생각이 들었다.

그렇다고 세리나와의 관계를 부정하고 다니는 것도 그다지 좋은 생각은 아닌 것 같았다.

세리나가 마을에 정착한 이후로 가장 오랜 시간을 함께 보내고 있는 인물이 나라는 건 틀림없는 사실이다. 그리고 나 자신이 세리나의 내면은 물론이거니와 인간들이 라미아종을 기피하는 가장 큰 원인 중 하나인 인간과 뱀이 혼합된 외모에 관해 그저 꺼리지 않는 정도가 아니라 여성으로서의 매력을 느끼고 있다는 것도 거짓 없는 사실이다.

세리나를 좋고 싫다는 기준으로 분류하자면 당연히 좋아하는 쪽으로 분류할 수 있을 것이다. 그리고 좋아하는 감정을 양으로 따지자면 나는 그녀를 굉장히 좋아한다고 단언할 수 있다.

말인즉슨 나는 세리나에 대해 연애 감정인지는 차치하고서라도, 크나큰 친밀감을 느끼고 있다는 뜻이다.

세리나도 나에 대해 전폭적인 신뢰와 친밀감을 품고 있다는 것은 나 역시 피부로 느낄 정도였다. 자의식 과잉일지도 모르지만 말이다.

흠…… . 새삼스럽게 생각해 보니, 마르코가 내 신경에 조금씩 거슬릴 정도로 히죽거리는 표정을 짓는 것도 어쩔 수 없다는 느낌이 들었다.

일단 나와 세리나의 관계는 대충 이런 느낌이다. 세리나는 베른 마을에 정착한 이후 라미아의 능력 덕분에 특히 사냥에 주력으로 투입되는 일이 많았다.

그러나 사냥이 없을 때나 달리 일손이 필요 없을 때는 우선적으로 나를 도우러 오는 경우가 많았다. 나는 그녀가 베른 마을에 정착하는 계기를 만든 장본인이기도 하고, 마을 사람들도 나를 세리나 담당으로 인식한지 오래였기 때문에 특별히 잔소리를 들을 일은 없었다.

오늘은 세리나 뿐만 아니라 크리스티나 양도 견학하러 왔다.

평소 같으면 주식인 보리를 비롯한 잡곡류나 콩, 감자를 관리하고 있을 시간이다. 그러나 오늘 나는 엔테의 숲에서 만났던 디아드라에게 받은 검은 장미를 돌보고 있었다.

이 검은 장미는 마법 꽃의 일종으로, 씨를 심은 후에 꽃이 필 때까지 기르면서 말라 죽지 않도록 관리하는 작업이 굉장히 어렵고 섬세한 것으로 알려져 있다.

그러나 디아드라가 나에게 준 검은 장미의 씨는 그 씨를 낳은 — 이런 표현이 정말로 적절한지 확신이 안 가지만 — 디아드라가 특별히 힘과 의지를 부여한 종자였다.

양지바른 땅에 심은 검은 장미의 종자는 경악을 금치 못할 정도의 엄청난 속도로 빠르게 성장했다.

검은 장미는 주위의 토지에서 영양분을 송두리째 빨아들일 기세로 성장하여 밭에 심은 지 반나절 만에 싹을 틔웠다. 하룻밤 사이에 덩굴이 뻗어 나와 서로 뒤얽혔으며, 이틀 후엔 벌써 검은 장미의 꽃봉오리가 생겨난 상태였다.

나는 서둘러서 검은 장미 전용으로 조합한 영양액과 분말 형태로 갈아버린 지정석, 마정석, 그리고 집 뒤에 산더미처럼 쌓아 놓은 퇴비를 뿌려서 검은 장미가 급격한 성장 과정에서 밭의 영양분을 완전히 흡수해버리지 않도록 대처해야만 했다.

수많은 마법 풀이나 꽃 중에서도 검은 장미가 특히 탐욕스럽게 다른 생명이나 영양을 빨아들여 성장하는 식물이라는 사실은 알고 있었지만, 이 장미는 내가 지식으로 알고 있는 것보다 훨씬 빠른 성장 속도를 보였다. 게걸스럽기까지 할 정도였다. 곧바로 마법약의 재료로 삼을 수 있을 뿐만 아니라 열흘에 한 번 마을을 찾아오는 상단에게 출하하기 쉽기 때문에 편리하긴 했지만, 흠, 디아드라는 이 검은 장미의 종자에 대체 무슨 의지를 부여한 거지?

나는 커다란 꽃송이를 피운 검은 장미들에게 물을 주고 있었다. 농사일을 돕기 위해 찾아온 세리나는 내 옆에서 새하얀 손에 가위를 들고 한 송이, 두 송이씩 차례차례로 검은 장미를 잘라 왼손에 내건 쇠 바구니로 집어넣었다.

손수 짠 밀짚모자를 쓰고 봄날의 햇빛을 받아 눈부시게 빛나는 세리나의 황금빛 머리카락은 대단히 인상적이었다. 거대한 뱀의 하반신을 지닌 마물이라는 사실조차 망각시킬 정도로 청순한 건강미를 뽐내고 있었다.

내 경우엔 햇빛을 받아 짙은 녹색으로 물든 비늘로 뒤덮인, 거대한 뱀의 하반신도 매력적으로 보이니 더 말할 것도 없다.

"다들 예쁘게 꽃을 피웠네요. 꾸준히 키우는 건 굉장히 큰일이겠지만요."

"검은 장미는 생명력을 빨아들이는 마법의 꽃이니 관리가 어렵다는 사실은 사전에 알고 있었어. 흠, 그래도 설마 이렇게까지 탐욕스레 자랄 줄은 몰랐지. 그 덕분인지 장미들은 마력을 잔뜩 비축한 꽃을 피웠어. 이 정도 품질이라면 가로아 마법 길드나 마법 학원에 비싼 값에 팔 수 있을 거야."

"향기도 정말 근사하네요. 향수로 만들면 틀림없이 큰 인기를 끌지 않을까 싶어요."

세리나는 그렇게 말하면서 다소곳한 콧등을 가져다 대고, 밤의 어둠을 오려 내서 가장 아름다운 형태로 접은 듯한 모양새의 검은 장미가 풍기는 고혹적인 향기를 음미했다.

"나쁘지 않은 제안이지만 실제로 향수를 만들기 위해서는 지금보다 훨씬 대량으로 키워야 할 거야. 아마 향수 한 병을 만들기 위해 밭 하나 분량의 꽃이 필요한 걸로 알고 있어. 그리고 검은 장미의 향수는 자연스럽게 유혹과 매료의 부가 효과가 깃드는 걸로 유명하지. 모처럼의 제안에 찬물을 끼얹는 것 같지만, 희석 비율을 조금이라도 잘못 조절하면 굉장히 위험한 결과를 초래할 거야. 기본적으로 제조와 판매에 엄중한 제한이 걸려 있을 걸?"

마글 할머니는 마법약이나 마법 도구를 제조할 경우의 주의 사항 가운데 하나로, 왕국 북방의 마법 관련 물품을 독점적으로 유통시키고 있는 가로아 마법 길드를 상대할 때의 규칙을 가르쳐준 적이 있다. 나는 마글 할머니한테 배운 규칙들을 떠올리면서 세리나에게 대답했다.

"유, 유혹과 매료 효과라고요? 디아드라 양은 굉장한 미인이니, 검은 장미에 그런 능력이 깃드는 것도 납득이 가네요. ······유혹과 매료 효과를 발휘한다 하셨는데, 여, 역시 일종의 미약(媚藥)이나 최음제(催淫劑) 같은 건가요?"

아니 잠깐, 그렇게까지 뺨을 붉힐 일은 아니지 않나? 세리나, 혹시 미약이나 최음제라는 단어를 입에 담는 게 부끄러웠던 걸까? 아니면 누군지는 모르겠지만 미약을 동원해서라도 친밀해지고 싶은 상대라도 있는 건가? ……흠.

"조합 비율의 조절에 실패하면 그런 효과가 나타날 거야. 하지만 사람의 마음을 조작할 수 있는 마법약을 조합하려면 면허가 필요하니까 무면허로 조합할 경우엔 중죄를 범하는 셈이지. 간단한 마법약이라면 몰라도 사람의 마음을 조작하는 마법약을 조합할 수 있는 면허를 지닌 사람은 그리 많지 않아. 마법 학원에서는 어떤지 물어봐도 되겠나, 크리스티나 양?"

나는 세리나를 따라 검은 장미를 견학하러 왔다는 크리스티나 양에게 화제를 돌렸다.

그녀는 마법 학원의 봄 방학을 이용해 베른 마을에 체류하고 있었지만 이제 곧 방학도 끝나 가고 있는 시점이었다. 최근엔 마을 사람들 중에서도 특별히 친해진 나나 세리나를 불러 함께 행동하는 일이 많았다.

의외로 외로움을 타는 성격인지도 모르겠다.

사이웨스트 마을에 머물던 마지막 날에 벌였던 조촐한 연회에서 크리스티나 양은 아무래도 학원에 친구가 적은 것 같다는 사실이 발각된 바 있다. 그런 연유로 그녀의 행동이 어딘지 모르게 쓸쓸해 보였던 것이다.

크리스티나 양은 나풀거리는 주름 장식이 달린 하얀 셔츠와 피부에 착 달라붙어 풍부한 기복을 그리는 몸매의 선을 드러내는 검은 가죽 바지를 입은 모습이었다. 그녀는 잠시 집고 있던 검은 장미의 꽃잎에서 손가락을 떼고 나에게 고개를 돌렸다.

"음. 나도 그다지 소상히 알고 있는 편은 아니지만 아마 학원의 약학부 교수님들이나 학원장이 면허를 가지고 있을 거야. 학생들 가운데 상급 조합의 면허를 보유하고 있는 이들은 다섯 명 정도였나? 일단 나도 간단한 마법약의 조합 정도는 가능하지만 기껏해야 일상생활에서 사용하는 범위 정도의 약밖에 만들지 못해."

"나도 아직 마글 할머니한테 거기까지는 배우지 못했어. 당분간 검은 장미의 향수 제작에 도전하기는 힘들 것 같아. 그래도 이만큼 아름다운 검은 장미를 피우는 데까지는 성공했으니, 마법약의 재료로 삼건 이대로 출하하건 상당히 괜찮은 성과를 기대할 수 있겠지."

"디아드라 양이나 마르한테는 죄송하지만, 엔테의 숲에서 쫓겨 났던 진기한 짐승들의 모피나 어금니도 상당한 양이 모였잖아요. 마을 분들도 평소보다 벌이가 괜찮은 편이라고 기뻐하셨어요."

"맞아, 짐승의 모피나 마법약은 마을의 귀중한 재원이지. 베른 마을 근방은 왕국의 직할령이니까 다른 지역보다는 세율이 낮은 편이지만 결코 여유가 넘치는 생활이 가능한 지역은 아니야. 돈은 최대한 벌 수 있을 때 벌어 놔야지."

어떤 귀족의 주도로 북부 변경의 개척 사업이 진행되던 동안엔 베른 마을은 조세를 면제받은 지역이었다. 그러나 개척이 중단된 지금은 정상적으로 조세의 의무를 수행해야 했다.

따라서 봄은 우리 변경의 주민들의 입장에서 보자면 중요한 수확 시기인 동시에 조세를 바쳐야 하는 우울한 계절이기도 했다.

차라리 조세가 없어졌으면 하는 생각이 든 적도 있다. 그러나 마물의 습격이나 자연재해가 발생했을 시에는 구원에 필요한 인원이나 물자를 준비하기도 하고 도로를 정비하거나 다리를 설치하는 등의 토건 사업을 실행하기 위해서는, 결국 국가가 반드시 필요할 수밖에 없다. 조세는 말하자면 국가의 비호를 받기 위해 치르는 대가라고 할 수 있을 것이다.

일개 촌락 같은 작은 집단의 힘으로 달성할 수 없는 큰 과업을 수행하기 위해서는 적어도 아직은 인간 사회에 국가라는 체제가 필요하리라.

전생의 기억을 샅샅이 뒤져 봐도 국가나 종족의 한계를 뛰어넘은 사회 제도를 구축할 수 있었던 이들은 그리 많지 않았다. 그리고 지금의 지상 세계가 도달한 기술 수준이나 정신적 성숙도를 고려해 봐도 당분간 국가라는 개념에서 벗어나기는 힘들 것이다. 천 년이나 만 년 단위로 예상해 봐도 마찬가지였다. 적어도 내가 인간으로서 수명을 다할 때까지는 이 왕국의 신세를 지게 되리라는 것은 확실했다.

지금은 국가에 대해 왈가왈부하기보다 눈앞의 수확이 더 중요했다. 나는 머릿속에서 생각하던 화제를 전환하고 잠자코 검은 장미를 한 송이씩 정성 들여 관찰하기 시작했다. 그런데 크리스티나 양이 갑자기 곰곰이 생각에 잠기더니 나에게 말을 걸었다.

"으~음. 드란? 아무래도 조금 착각하고 있는 것 같아서 말해 두겠는데, 베른 마을은 결코 가난한 마을이 아니야."

"흠?"

그다지 실감으로 다가오지 않는 말이었다. 나는 그녀가 대체 무슨 근거로 이런 말을 하는지 궁금해서 고개를 갸웃거리면서도 되물었다.

"나는 어렸을 때부터 왕국의 여러 지방을 돌아다녔던 경험이 있어. 그리고 국내의 다양한 촌락이나 도시를 많이 구경했는데, 베른 마을은 다른 어떤 지역과 비교해도 손색이 없어. 물론 주변에 많은 위험이 도사리고 있기는 하지만 생활 수준 자체는 매우 양호한 편이야. 식생활은 오히려 유복한 편이라고 할 수 있을 정도지."

"그런가?"

그러고 보니 과거를 돌이켜 보면 적어도 지금까지 베른 마을이 기근에 시달린 적은 없었다. 그 이유도 짚이는 구석이 있었다.

나는 부모님의 팔에 안긴 갓난아기였을 때부터 근방의 지맥(地脈)이나 정령력의 조화에 간섭하고 있다. 베른 마을 부근의 기상을 장악해서 가뭄이나 홍수, 지진이나 폭풍 등의 자연재해가 발생하지 않도록 제어하고, 대지 그 자체가 지니고 있는 생명의 흐름인 지맥을 활성화시켜 황무지나 다름없었던 부근의 토지를 기름진 토지로 개량했다. 생명이 자라나기 쉬운 환경을 계속해서 유지하고 있는 것이다.

그러나 정령석이 발생하기 쉬운 환경을 조성하기 위해 정령력에 간섭하다가 실수로 지반을 휩쓸어버릴 대폭풍이나 왕국 자체를 분할할 듯한 대지진, 대륙을 수몰시키고도 남을 정도의 호우를 발생시킬 뻔 한 적이 있다.

실제로는 그러한 현상을 초래하기 전에 제어를 복구해서 무사히 넘어가기는 했지만 그때만큼은 웬만한 악마나 사신보다 오히려 내가 세계를 파멸의 위기로 몰아넣는 파괴신이 될 뻔했다. 어린 나는 통렬히 반성했다. 지금 돌이켜 보면 정말 씁쓸한 기억이다.

크리스티나 양은 내가 불현듯 뇌리를 스쳐 지나간 과거의 실패 때문에 잠깐 미간을 찌푸리고 있던 것을 깨닫지 못하고 말을 이었다.

"드란은 베른 마을 근처 마을을 돌아다녀본 적이 없어?"

"베른 마을 외부로 나가는 일은 거의 없어. 이웃 마을을 방문한 적은 있지만, 가끔 축제 운영을 도우러 가거나 친척들의 관혼상제에 참석하는 정도야."

내 경우엔 처음으로 생긴 부모님이나 형제들을 너무나 신경 쓴 나머지 마을을 벗어나지 않기도 했다. 다른 마을 사람들과 비교해도 외부에 관한 지식이 별로 없는 편이었다.

"그렇군. 그러고 보니 내가 다른 마을에 다녀올 때는 특별한 날이 많았던 것 같아."

나는 예기치 못하게 스스로의 무지와 무관심을 깨닫고 부끄러워졌다.

"내가 베른 마을을 처음으로 찾아왔을 때는 전에 들었던 얘기에 비해 마을 사람들이 상당히 여유 있는 생활을 보내고 있어서 약간 놀라울 지경이었어. 왕국에서 조세를 낮게 책정하고 있다는 사실을 고려해도 마찬가지야. 예전엔 메마른 황야였음에도 불구하고 밭에 난 농작물들은 모두 크게 결실을 맺고 있을 뿐만 아니라 양도 굉장히 많아. 맹수나 마물들이 출몰하는 빈도는 매우 높은 편이지만 마을 사람들은 완전히 숙련된 병사나 다름없는 수준으로 무난하게 대처하고 있어. 그리고 마을 아이들이건 어른들이건, 식량이 모자라서 말라비틀어진 이의 모습을 찾아볼 수가 없지. 어느 지방에 위치한 마을이나 그런 이들이 존재하는 건 당연한 상식이야. 그래서 나는 이 마을이 가난하다고 표현하는 그대의 말에 위화감을 느낄 수밖에 없는 거지."

보통 귀족의 자녀가 이런 소리를 입에 담는다면 농민들 입장에서는 우리가 키운 보리를 아무 고생도 없이 입으로 집어넣는 주제에 잘난 척을 한다고 화가 날 법도 한 일이다. 그러나 크리스티나 양의 말에는 굉장한 설득력이 느껴졌다.

예전부터 느끼던 바이기는 했지만 크리스티나 양은 태어났을 때부터 귀족 생활을 보내지는 않은 것 같다. 제대로 된 귀족 가문에서 태어난 아가씨가, 어렸을 때부터 왕국의 여러 지방을 떠돌아다니는 생활을 보낼 리가 없기 때문이다.

"타인의 말을 듣고 처음으로 깨닫는 일도 있다는 건가? 흠. 왕국에서도 가장 변경이라고 할 수 있는 땅이기도 하고, 목숨이 위험한 경우도 많다 보니 베른 마을의 생활이야말로 가장 가혹할 것이라고 생각했는데."

"아니, 확실히 다른 지방에 비해 마물을 목격하는 경우가 많은데다 생명의 위험이 많다는 사실은 부정하지 않아. 다만 토지가 예상보다 풍족하고 생활수준이 비교적 높다는 사실을 말하고 싶을 뿐이야."

크리스티나 양은 약간 당황한 기색을 보이면서 변명을 입에 담았다. 그러나 나는 딱히 크리스티나 양을 탓하려는 의도는 없었다.

오히려 지금까지 자신이 사는 마을 이외의 지역에 흥미를 보이지 않았던 스스로의 협소한 시야가 창피할 따름이었다.

"후후, 딱히 기분이 나쁘다거나 그런 건 아니야. 생활이 풍족하다면 그보다 더 좋은 일도 없지."

이튿날, 아침부터 마을의 분위기가 몹시 소란스러웠다. 나는 검은 장미에 물을 주면서 피부로 그 소란을 감지하고 있었다.

평소라면 마을 사람들도 다들 각자 보유하고 있는 밭이나 아담한 과수원에서 농사일을 하거나 아니면 강에서 낚시라도 하고 있을 시간이다. 그러나 지금은 그런 기척이 느껴지지 않았다.

뿐만 아니라 더욱 기묘한 일은 마을을 지배하고 있는 황급한 분위기 속에 불안과 곤혹이 섞여 있다는 사실이다. 명확하게 일이 좋지 않은 방향으로 흘러가고 있다는 뜻이었다.

나의 불길한 예감을 증명이라도 하듯이 길 저편에서 바란 아저씨의 부하 중 한 사람인 크레스가 경직된 표정으로 우리 집을 향해 다가오는 모습이 보였다. 나한테 무슨 용무라도 있는 건가?

평소엔 쾌활하다 못해 경박한 성격이긴 해도 마을 사람들에게서 두터운 신뢰를 받고 있는 청년이다. 그러나 나는 그의 표정에서 지금까지 본 적 없는 어두운 그림자를 엿보았다.

크레스는 나를 앞에 두고, 잠시 입을 열기 주저하는 기색을 보였다. 그러나 이윽고 고개를 가로젓더니 내 얼굴을 똑바로 바라보면서 전달했다.

"베른 마을 출신, 고라온의 아들 드란. 곧바로 촌장의 자택에 출두하도록. 북부 변경 구역 벨윌 지방 관리관이신 고다 님의 호출이다."

그는 평소의 스스럼없는 태도를 억누르고 병사로서 당연한 사무적인 말투로 선언했다.

벨월 지방이란, 베른 마을을 포함하는 북부 변경 구역 최북단 일대를 가리키는 명칭이다.

관리관이라 하면 왕가의 직할령을 관리하기 위해 왕실에서 각 지방의 영주 대신 직접 파견하는 관리의 직책명이다. 마음에 품은 뜻이 있고 그에 걸맞은 능력을 보유한 인물이 관리관 직책에 취임하면 담당 지역의 주민들로서는 대단한 행운일 것이다. 그러나 그 반대의 경우엔 비참한 결과를 초래하는 일이 많다.

북부 변경의 개척 사업은 책임자의 건강 악화로 도중에 엎어진 것으로 알려져 있다. 그 결과 베른 마을 이북의 개척은 중단된 상태였다. 그래서 지금까지 관리관의 흥미를 자극하지도 않았지만, 그 관리관의 명령이 떨어졌다는 사실은 최근 일어난 마을의 변화가 적잖은 영향을 끼쳤을 가능성을 추측하게끔 했다.

아직 확실하진 않지만 아무래도 자업자득이라는 결과가 기다리고 있으리라는 예감이 내 가슴속에서 급속도로 부풀기 시작했다.

나는 고뇌에 찬 표정을 짓고 있는 크레스의 말에 따라, 함께 촌장의 집을 향해 걸어갔다.

크레스는 짧은 동행 길에서도 시종일관 입을 열지 않았다. 나는 가슴속에서 아무래도 일이 이상하게 돌아간다는 생각에 한숨을 내쉴 수밖에 없었다.

나의 불길한 예감이 아무래도 적중한 것 같다는 사실은, 촌장의 집이 위치한 중앙 광장에 도착한 시점에서 거의 확실해졌다.

광장으로 시선을 돌리자 촌장과 촌장의 딸인 셴나 누나, 바란 아저씨와 그 부하들, 마글 할머니까지 마을의 주요 인물들이 전원 집합한 상태였다. 그리고 세리나의 모습도 확인할 수 있었다. 그들의 표정은 하나같이 어둡게 그늘져 있었다.

광장의 한가운데에 정차된 검은색 마차와 그 근방에 설치된 의자에 걸터앉은 낯선 인물, 그리고 그의 주위를 완전 무장한 상태로 지키고 있는 병사들의 모습이 보였다.

병사들은 도합 10명이었다. 전원이 전신 갑옷과 장창으로 무장했고 허리에 검을 차고 있었다. 나는 그들이 세리나를 가운데에 두고 포위하고 있다는 사실이 마음에 들지 않았다. 설령 그것이 그들의 임무라 해도 말이다.

나는 의자에 깊숙이 걸터앉은 장년의 남성이 관리관인 고다일 것이라고 짐작했다. 그가 입고 있는 회색의 관복은 여기저기 천이 남아돌아서 헐렁거리는 바람에 참으로 볼품이 없었다.

그는 백발에 기름을 잔뜩 발라서 쓸어 넘기고 있었는데 묘한 위화감을 불러일으킬 정도로 밝게 빛나고 있었다.

뺨이나 목 언저리의 군살을 도려낸 것처럼 야위어 있었고 얼굴빛은 빈말로도 혈색이 좋다고는 할 수 없었다. 거의 구색만 갖춘 살점이 붙어 있는 입술이 살짝 열려 있어 그 사이로 부자연스럽게 깔끔하고도 새하얀 치열이 엿보였다.

나는 고다에게서 시선을 돌려 그와 가까운 지위나 입장인 것으로 추정되는 두 사람을 주시했다.

한 사람은 짙은 갈색의 털로 뒤덮인 탄력 있는 근육이 돋보이는 말의 하반신과, 허리부터 위에 묘령의 미녀로 보이는 상반신이 연결된 반인반마(半人半馬) 켄타우로스 여성이다.

타오르는 듯이 붉은 머리카락을 머리 뒤에서 묶고 있었다. 등을 뒤덮은 머릿결이 산들바람에 흔들거렸다.

그녀는 말의 하반신부터 인간의 상반신에 이르기까지 둔탁하게 빛나는 강철 갑옷을 입고 있었다. 그리고 말 몸통의 오른쪽에 장대한 원뿔 모양의 기병창(騎兵槍)을, 허리 양쪽에 오랫동안 애용한 흔적이 보이는 단검을 한 자루씩 차고 있었다.

켄타우로스는 전체적으로 스스로에게 엄격하고 전사로서 강한 긍지를 가진다. 따라서 그들은 기사 자격으로 인간들이 주체를 이루고 있는 국가나 사회에 몸을 의탁하는 경우가 많았다.

나라에 따라서 켄타우로스만으로 구성된 기사단조차 존재한다는 사실이 증명하듯이 켄타우로스종과 인간의 관계는 깊고도 길었다.

다른 병사들과 비교해서 명확하게 장비의 품질이 우수한 것으로 봐서 이 켄타우로스 여성이야말로 병사들의 지휘관에 해당하는 인물일 것이다.

예리한 눈초리의 호박색 눈동자가 때때로 책망의 빛을 띄고 고다를 바라보고 있었다. 아무래도 두 사람은 그다지 마음이 맞는 사이는 아닌 것 같다.

아까부터 허리에 찬 철퇴의 긴 손잡이를 초조하게 손가락으로 두들기고 있는 바란 아저씨가 여자 켄타우로스에게 시선을 보내고 있었다. 아마도 그녀는 가로아 총독부에 소속된, 바란 아저씨의 직속상관에 해당되는 인물이리라.

여자 켄타우로스는 바란 아저씨의 시선을 느낄 때마다 면목이 없다는 표정을 짓고 있었다.

험상궂게 생긴 데다 언짢은 표정까지 짓고 있는 바란 아저씨와 묘령의 미녀가 대비되다보니, 아무리 바란 아저씨 쪽에 그럴 만한 이유가 있다고 해도 보기 좀 불편한 광경이었다.

나머지 한 사람은 레티샤 양과 마찬가지로 마이라르 교의 검소한 신관복을 걸치고 레티샤 양보다 비교적 복잡한 장식이 달린 교단의 목걸이를 늘어뜨리고 있었다. 나이는 50대에 가까워 보이는 여성이다.

나이에 걸맞은 잔주름이 눈에 띄지만 온화한 분위기를 연출하는 장치 가운데 하나로 기능을 발휘하고 있었다. 아마도 그녀가 흐느끼는 갓난아이의 머리를 쓰다듬기만 해도 울음을 뚝 그치고 활짝 웃을 것만 같은, 그런 인상을 주는 여성이다.

하얀색이 드문드문 섞여 있는 흑발을 목 뒤에서 묶은 그녀는 여자 켄타우로스와 달리 명확하게 비난이 담긴 시선으로 고다를 바라보고 있었다.

그녀의 옆에서 레티샤 양이 불안한 표정으로 서성이고 있었다. 아마도 이 초로의 여성 신관이야말로 레티샤 양이 가로아에 체류했을 당시 신세를 졌던 선생님이리라.

켄타우로스 여성은 입장 때문에 어쩔 수 없이 따라왔다는 분위기였고 여성 신관은 마을 쪽의 입장을 대변하고 있었다.

흠, 나는 이런 결과를 야기한 과정에 관해 생각에 잠겨 있었다. 방금 전부터 나를 노려보고 있던 고다가 귀찮다는 듯이 나를 불렀다.

"네가 드란이냐? 이쪽으로 오너라."

거역하는 것은 무의미했다. 나는 촌장들이 걱정스러운 눈빛으로 바라보는 가운데 과연 얼마나 불합리한 사태가 기다리고 있을지 예상하면서 답답한 기분으로 부름에 응했다.

고다는 내가 걸음을 멈출 때까지 기다렸다가 곁에 두고 있던 종자로 보이는 흰 얼굴의 소년으로부터 구리 잔을 받아 들었다. 그리고 잔에 들어 있던 액체를 단숨에 목구멍으로 넘겼다.

"국왕 폐하께서 하사하신 신성한 토지에 이 라미아를 끌어들인 장본인이 네가 틀림없나?"

"예. 세리나를 마을에 들인 것은 다름 아닌 접니다."

소위 말하는 이단 심문을 벌이기라도 하겠다는 건가?

하지만 이단 심문은 마이라르 교를 비롯해 인간들이 숭배하는 선량한 신들을 신앙의 대상으로 삼는 고위 성직자만이 독점적으로 거행할 수 있는, 대단히 엄격한 관리하에 이루어지는 행위였다. 자격이 없는 이가 이단 심문을 감행할 경우 그야말로 왕족에 대한 살상이나 모반에 필적할 만큼 가장 무거운 죄로 꼽힐 정도였다.

단어 선택을 실수할 경우엔 교수형이나 단두대의 이슬로 사라지는 쪽은 내가 아니라 고다였다. 나는 그로 하여금 실언을 내뱉도록 유도해야 할까 싶어 잠시 망설였다. 바로 그 순간, 초로의 여성 신관이 고다를 비난했다.

"고다 관리관! 이미 말씀을 올리지 않았습니까! 신탁을 받은 레티샤뿐만 아니라 마이라르 교의 사제인 저까지도, 대지모신(大地母神) 마이라르의 심판을 통해 그녀가 사악한 마물이 아니라는 사실을 증명했습니다!"

신탁은 세리나가 바란 아저씨 일행과 마주쳤을 때 레티샤 양이 마이라르에게서 직접 받은 계시였다. 심판은 신탁과 달리, 자신이 신앙을 바치는 신에게 의문점에 대한 대답을 직접 요구하는 고위의 기적이다.

초로의 여성 신관이 심판을 행할 수 있다는 사실은 그녀가 쌓은 덕이 사제라는 지위 이상으로 높은 경지에 이르렀음을 의미했다.

"파라미스 사제, 저 역시 위대하신 마이라르의 판단을 의심하는 것은 아닙니다. 다만 국왕 폐하로부터 이 땅을 관리하라는 성스러운 권리를 위임받은 신하로서, 가능한 한 모든 위험한 가능성을 제거해야만 하는 의무가 있습니다. 또한 이번 심사는 총독부에서 직접 내려온 명령이기도 합니다."

"하오나, 당신의 그 언사는……!"

"약간 말이 지나쳤다는 사실은 인정하겠습니다. 그럴 수밖에 없었던 것이 살아 있는 라미아와 대면하는 경험은 처음인 관계로 긴장돼서 말이지요. 그러나 당신께서 직접 라미아의 선악을 판단하고 싶다는 요청은 이미 받아들였을 터. 지금부터 시작하는 절차는 어디까지나 총독부의 관할입니다."

파라미스 사제는 분한 표정으로 입을 다물었다. 레티샤 양은 불안과 우려가 담긴 시선으로 나와 세리나를 번갈아 바라보고 있었다. 나는 그녀들의 반응을 확인하고 대략적인 사태를 파악했다.

아마도 파라미스 사제는 레티샤 양을 통해 마을에 나타난 마물과 신탁에 관해 전해 들었으리라. 그녀는 사랑스러운 제자의 성장을 확인하기 위해 베른 마을을 방문할 생각이었을 것이다.

그러던 와중 고다의 베른 마을 시찰에 관한 이야기를 전해 듣고 돌아가는 상황이 이상하다고 여겨 동행을 자처한 것일 가능성이 높다.

고다를 견제하기 위해 레티샤 양이 받은 신탁뿐만 아니라 본인이 직접 심판의 기적을 거행하여 고다의 눈앞에서 마이라르에게 세리나의 성정에 관해 질문했을 것이다. 그리고 그녀가 사악한 마물이 아니라는 대답을 얻은 것이리라.

심판의 결과, 세리나가 사악한 마물이라는 판정이 내려졌다면 이러한 광경을 목격하지는 못했을 것이다. 그러나 세리나가 결단코 사악한 마물이 아니라는 사실은 다른 누구보다도 내가 가장 잘 알고 있고, 하물며 마이라르가 그런 심판을 내릴 리도 없었다.

고다는 입으로 꺼낸 말과 반대로 그다지 흥미가 없어 보이는 눈동자로 세리나를 바라보고 있었다. 흠? 고다 본인이 세리나에게 무슨 짓을 하려는 의도는 없다 이건가? 방금 전에 말했듯이 그저 총독부의 명령에 따르고 있을 뿐인가? 하지만 왜 총독부가?

"일단 그렇게까지 말씀하시니 더 이상 캐묻지는 않겠습니다. 그러나 그 라미아의 몫도 조세를 바쳐야 한다는 사실은 알고 있겠지, 촌장?"

"예. 조세에 관한 말씀이시라면 반드시 바치는 것이 도리입죠, 고다 님."

마을 주민이 늘어나면 그만큼 바쳐야 하는 조세가 증가하는 것은 지극히 당연한 결과였다.

"일단 위대하신 마이라르의 계시도 있었던 만큼 국법을 거역하지 않는 이상에야 라미아가 베른 마을에 정착하는 일에 대해서 문제로 삼지는 않을 것이다. 필요한 절차를 거쳐야 한다는 것은 또 다른 이야기지만 말이야. 자비로우신 국왕 폐하께서는 국민의 의무인 조세만 문제없이 바친다면 마물조차 왕국의 백성으로 받아들여 주실 것이 틀림없다. 그러나 무시하고 넘어갈 수 없는 이야기도 있다. 최근 엔테의 숲에 사는 아인이나 엘프들이 교역을 위해 이 마을을 찾고 있다는 소문을 들었다. 왕국은 백성들이 재산을 비축할 권리를 국법으로 보장하고 있다. 그러나 개척 시기에도 적극적으로 교류한 적이 없는 엔테의 백성들과 접촉한다는 결정을, 가로아 총독부의 인가가 내려오기도 전에 독단으로 처리한 것은 간과하기 힘든 월권행위다."

"송구하오나 관리관 각하, 그 안건에 관해선 가로아 마법 학원 학원장이신 올리비에 님께서 총독부에 보고를 드린 것으로 압니다."

고다는 내 반론을 듣고 눈썹을 움찔하더니, 내 얼굴을 뚫어져라 쳐다보기 시작했다. 딱히 불쾌하다는 감정을 느끼고 있는 것으로 보이지는 않았는데 아무래도 지금 대화는 어디까지나 형식적인 겉치레인 것 같다. 대체 이 남자의 목적은 뭐란 말인가?

"네 말이 맞다. 엔테의 숲 출신인 올리비에 님에게서 틀림없이 그러한 보고를 받기는 받았다. 그러나 베른 마을에서도 상세한 보고를 올려야 하는 의무가 있다. 최소한 이 내가 직접 발걸음을 옮기기 전에 말이다. 그런데 드란, 내가 듣기로는 네가 엔테의 숲과 교류를 시작한 계기를 제공했다 하던데?"

"예, 그렇습니다."

"대체 무슨 의도로 숲의 백성들과 접촉을 모색한 거지? 총독부의 눈을 속이고 왕국에 바쳐야 할 조세를 은폐하여 다른 백성들이 피땀 흘려 이룩한 터전을 비웃으면서 자신들의 사욕을 채우기 위해서인가?"

"결코 그런 의도는 없었습니다. 올리비에 님의 보고를 확인하시기만 해도 당연히 알 수 있는 일입니다만, 엔테의 숲에서 일어났던 화급한 사태에 미력하게나마 힘을 보탰습니다. 엔테의 숲 주민들이 그 일에 은혜를 느껴 서로를 위해 교류를 시작하자는 약속을 받았을 뿐입니다. 관리관 각하께서 지금 말씀하신 그런 흉계를 꾸민 적은 없습니다. 물론 그들과 교류하면서 획득한 재산에 관해서도, 엄격한 국법에 따라 조세를 바칠 계획이었습니다."

"그 마음가짐은 훌륭하기 그지없다. 조세에 관해선 그대들이 선언한 대로 약속을 지킬 것으로 판단하고 일단 보류하기로 하마. 그러나 그 안건과 별도로 라미아는 총독부로 데리고 가야만 한다. 신의 심판은 방금 확인했으나, 라미아를 마을의 주민으로 받아들이는 것은 전례가 없는 일이라 총독부에서도 그에 걸맞은 절차가 필요하기 때문이다. 앞으로도 베른 마을에서 살아가고 싶다면 왕국의 법에 입각한 절차가 필요하다는 사실은, 세리나라고 했나? 그대도 알고 있겠지?"

나는 지나치게 냉담한 고다의 말에서 감정을 읽어 낼 수 없었다. 그러나 그의 말은 틀림없이 이치에 맞아 떨어졌다. 세리나는 조그맣게 고개를 끄덕였다.

"예……."

"말귀를 잘 알아듣는군. 그렇다면 이제부터 총독부가 너의 신병
을 확보하고, 가로아의 새로운 주민으로 인정하기 위한 절차를 시
작하겠다. 며칠 정도는 걸릴 테니, 곧바로 짐을 준비해 오도록."

단어의 선택이 약간 불쾌하기는 했지만 고다의 태도에서 경멸이
나 혐오의 감정은 느껴지지 않았다.

지금 나눈 대화의 내용을 고려해보면 고다라는 관리관은 사적인
감정을 완전히 배제하고 규칙이나 상부의 명령을 중시하면서 담담
하게 직무를 수행하는 인간으로 보였다. 쓸데없이 사적인 감정을
내세우는 관리를 상대하는 것보다는 양호한 상황이었지만 그의 말
투에서 인간미를 느끼기도 어려웠다. 우리 입장에서 그에게 호의
적인 감정을 품기는 굉장히 어려울 것 같다는 생각이 들었다.

이해하기 쉽게 뇌물을 요구하는 인물의 경우, 그런 족속을 상대
했던 경험이 풍부한 촌장 등의 마을 어른들에게 의지하면 될 것이
다. 그러나 고다의 경우엔 우리가 파고들 빈틈이 없었다.

세리나가 불안한 표정으로 나를 바라보고 있었다. 나는 걱정하
지 말라는 뜻을 담아 고개를 끄덕인 후 고다 관리관에게 질문했다.

"관리관 각하."

"또 무슨 할 말이라도 있나, 드란?"

"세리나를 마을에 들여놓은 장본인은 접니다. 세리나를 가로아
로 데려가실 생각이라면 저도 세리나와 동행하고 싶습니다. 허락
해주실 수 있겠습니까?"

"네가 하고자 하는 말은 잘 알았다. 보증인 역할을 수행할 이가

동행하는 편이 쓸데없는 절차를 생략할 수 있을 것이야. 너도 준비를 갖추고 오너라. 그리고 만약 라미아가 날뛰기라도 하면 우리는 대처할 방법이 없다. 그런고로 애당초 마을 사람들 가운데 동행할 인원을 선발할 생각이었는데 스스로 자처한다면 괜한 수고를 덜은 셈이다."

"감사합니다."

나와 세리나는 촌장이나 셴나 누나, 부모님에게서 걱정스러운 눈길을 받으며 병사들과 바란 아저씨나 마리다를 동반한 채 일단 집으로 돌아가서 황급히 여행 준비를 했다.

나와 세리나는 여행용 짐을 싸서 광장으로 돌아왔다. 그리고 고다가 미리 준비해 놓은 쇠창살이 설치된 창문이 뚫려 있는 마차에 탑승했다.

고다는 재빠른 몸동작으로 검은색 마차에 올라탔고 병사들은 여자 켄타우로스의 지시에 따라 대열을 짜고 출발 준비를 갖추기 시작했다.

종자 소년이 일련의 과정을 바라보고 있다가 은근슬쩍 다가오더니 나에게 살짝 머리를 숙여 보였다.

"고다 님의 말씀에 당장 서운한 부분도 있으시겠지만 지금은 부디 고다 님의 명에 잠자코 따라주십시오. 무례한 처사에 관해서는 제가 주인을 대신하여 사죄드리겠습니다."

동생인 마르코와 비슷한 나이로 보이는 소년은, 진심이 담긴 태도와 목소리로 사죄의 뜻을 입에 담았다. 서로의 신분과 입장을 고려하자면 도저히 있을 수 없는 일이었다. 나는 적잖이 당황한 상태로 소년의 사죄를 받아들였다.

"아닙니다, 관리관 각하의 말씀도 일리가 있습니다. 제 입장에서는 세리나가 다치지만 않는다면 따로 항의할 생각은 없습니다."

"아무리 그렇게 말씀하셔도 용납할 수 없는 일은 있기 마련입니다. 당신과 라미아 아가씨, 그리고 마을 분들께 정말 면목이 없습니다."

성실하다 못해 배려심이 지나치게 깊은 종자 소년의 모습을 보고, 나와 세리나는 어안이 벙벙했다. 바로 그 순간, 황급한 표정의 크리스티나 양이 마을 광장에 모습을 드러냈다. 어렴풋이 피 냄새가 나는 걸로 봐서 마을 바깥에서 사냥이라도 하고 오는 길인 것 같았다.

"드란, 세리나! 가로아로 끌려간다고 들었는데……!"

"세리나를 마을의 일원으로 받아들이기 위해 약간 절차가 필요한 모양이야. 나는 그녀의 신원 보증인 자격으로 동행하는 거고."

세리나는 불안한 기색을 감추지 못하고 내 옆에 착 달라붙은 채 고개를 숙이고 있었다. 크리스티나 양은 그런 세리나의 모습을 굉장히 걱정스러운 표정으로 바라보고 있었다.

"드란, 세리나. 나도 지금부터 곧바로 가로아로 돌아가겠다. 나는 가로아 마법 학원의 고등부 학생 기숙사에 머물고 있을 테니 만약 무슨 일이 생기면 즉시 연락해. 내 쪽에서도 학원장과 만나 그대들을 위해 할 수 있는 일이 있는지 여쭤보겠어."

"고마워. 하지만 그다지 무리할 필요는 없어. 관리관 각하께서는 아무래도 무슨 꿍꿍이가 있어 보이지만 당장 우리에게 해를 끼칠 생각은 없을 테니까."

"그대의 사람을 보는 눈이라면 믿을 만하겠지만……. 으으, 너무 갑작스러운 일이라 생각이 정리가 되지 않아. 미안하다. 그대들이야말로 갑자기 이런 사태가 벌어져서 놀랐을 텐데."

크리스티나 양은 우리를 위해서 할 수 있는 일이 없는지 필사적으로 생각을 정리하고 있었다. 세리나는 그런 크리스티나 양의 모습을 보고 비교적 불안감이 해소된 것 같다. 그녀는 고개를 들고 살짝 미소를 지을 정도의 여유를 되찾았다.

"아니요, 저는 괜찮아요. 드란 씨가 곁에 있어주시는 데다, 크리스티나 양도 이렇게 열심히 생각해주시는 걸요. 그리고 가로아에서 절차를 끝내면, 이번에야말로 진짜 베른 마을의 주민으로서 인정받을 수 있다는 뜻이잖아요."

"그런가? 듣고 보니 꼭 나쁘지만은 않군. 하지만 무슨 일이 벌어지면 꼭 나를 찾아줘. 만일의 경우엔 총독부에 쳐들어가서라도 그대들을 구출할 테니!"

흠, 크리스티나 양은 진심인 것 같다. 총독부에 쳐들어갈 수도 있다는 발언에서 전혀 주저하는 기색이 보이지 않았다.

이거야 우리들뿐만 아니라 크리스티나 양의 미래를 위해서도 그런 사태가 찾아오지 않기를 기원할 수밖에 없겠다.

소년 종자는 시치미를 뗀 표정으로 크리스티나 양의 요란한 발언을 흘려듣고 조심스러운 태도로 나와 세리나에게 마차에 올라타라고 재촉했다.

"말씀을 나누시는 도중에 죄송합니다만 슬슬 마차에 올라타시

지요."

"음, 그러고 보니 그렇군요. 세리나, 그럼 갈까?"

"예. 그럼 크리스티나 양, 가로아에서 용건을 끝내면 한 번은 인사차 들를 테니, 그때 뵐 수 있겠죠?"

"그래, 드란. 세리나를 잘 부탁해."

"알고 있어. 그럼 다들! 그리 오래 걸리지 않을 것 같지만, 다녀올게!"

내가 먼저 마차에 올라탄 후, 세리나의 손을 잡고 마차 안으로 끌어당겼다. 세리나는 거대한 뱀의 하반신 때문에 마차 안에서 자리를 확보하는 데 잠깐 고생했지만 그 외에 특별한 문제는 없었다.

마을 사람들이 불안한 표정으로 우리를 지켜보는 가운데 고다 관리관 일행은 베른 마을에서 출발해 똑바로 가로아를 향해 나아가기 시작했다.

가로아에 도착하기 위해서는 남쪽에 위치한 이웃 마을 크라우제 마을을 경유해야 한다. 다행히 여행길 도중에 우리가 먹는 식사만 질이 떨어지거나, 폭력을 당하는 식의 부당한 대우를 받지는 않았다. 이러한 대접은 파라미스 사제가 동행하고 있는 덕분인가? 아니면 딱히 죄인 취급을 하고 있지는 않기 때문인가……?

나는 흔들리는 마차 안에 앉아서 마을 사람들의 현재 입장이나 총독부의 의도 등에 관해 곰곰이 생각에 잠겨 있었다. 내 옆에 꼭 붙어서 떨어지지 않던 세리나가, 갑자기 내 왼팔에 자신의 팔을 감고 머리를 기댔다.

"응? 세리나, 왜 그러지?"

"저 때문에 드란 씨나 마을 사람들이 피해를 입었잖아요. 뿐만 아니라 드란 씨는 앞장서서……."

나는 세리나의 흐느껴 우는 소리와 떨어지고 싶지 않다는 듯이 나를 꼭 끌어안은 온기를 느끼면서, 복잡하게 꼬여 있던 마음이 풀리는 것을 느꼈다. 나는 갓난아기를 타이르듯이 세리나를 끌어안고 머리를 쓰다듬었다.

깔끔하게 정돈된 황금빛 머리카락은 아무런 저항도 없이 내 손가락을 받아들였다.

"걱정하지 마. 나는 물론이고 마을 사람들은 다들 세리나가 얼마나 착한지 알고 있어. 이번 일 같은 일이 벌어져도 세리나를 싫어할 리가 없지. 그러니까 더 이상 겁내지 마. 병사들에게 둘러싸여서 무서웠지?"

세리나는 내 목덜미에 얼굴을 묻은 채로 조그맣게 고개를 가로저었다.

"틀림없이 무섭기는 했지만요, 그 이상으로 드란 씨에게 폐를 끼쳤다는 게 죄송해서요. 정말로, 정말로 죄송해요."

"신경 쓸 필요 없어. 세리나가 상처받는 게 나에겐 더 괴로운 걸. 마음이 가라앉을 때까지 안아줄게. 그건 그렇고 마도병 군단을 상대할 때는 그렇게 용감했는데 지금은 뭐가 그렇게 불안한 거야?"

"그때하고 지금은 경우가 다르잖아요. 하지만, 죄송해요. 그리고 정말 고마워요. 제 곁에 있어 주셔서."

"내가 좋아서 하는 일이야. 그런 내 행동으로 세리나를 도울 수 있다면, 그저 기쁠 따름이지."

"예."

세리나는 작은 목소리로 대답하고 나에게 기댄 채 입을 다물었다. 나는 한동안 세리나를 끌어안고 머리를 쓰다듬었다.

가로아로 가는 여행길 도중에 상황이 변화한 것은, 그날 밤의 일이었다.

밤도 이슥해지고 취침을 위해 야영 준비를 하던 와중, 우리가 타고 있는 마차의 문짝을 최대한 소리가 나지 않도록 조심스럽게 두드리는 소리가 들려왔다. 나와 세리나가 무슨 일인가 싶어 걸어 나온 그 순간, 바깥에서 기다리고 있던 것은 고다와 불쾌한 표정을 짓고 있던 파라미스 사제, 그리고…….

†

고다 일행이 드란과 세리나를 연행하여 베른 마을을 출발한 직후, 크리스티나도 급하게 짐을 싸고 베른 마을을 뒤로했다.

크리스티나는 계속해서 내달리면서 물통에 담긴 물로 목을 적시고 육포나 치즈를 씹어 삼키며 식사를 해결했다. 그녀의 목표는 오로지 서둘러 가로아에 도착하는 것뿐이었다.

크리스티나는 기본적으로 갖추고 있는 초인적인 육체 능력에 최대 출력의 신체 강화 마법을 부여함으로써, 말 그대로 말보다도 빨리 달릴 수 있는 상태였다. 그녀는 금새 드란 일행을 추월했을 뿐만 아니라, 밤낮을 가리지 않고 엄청난 속도를 유지한 채로 베른과 가로아의 중계 지점인 크라우제 마을을 그대로 통과해 가로아에 도착했다.

평범한 인간의 영역을 아득히 초월한 육체와 방대한 마력, 그리고 드란과 세리나를 생각하는 크리스티나의 정신력이 일궈 낸 비상식적인 결과였다.

가로아는 거대한 성곽 도시였다. 가로아의 북문을 지키던 위병들은 마치 한 발의 탄환처럼 들이닥치는 크리스티나의 기세에 경악했다. 그들이 잠시 동안 자신들의 직무를 망각할 정도로 어처구니가 없는 광경이었다.

가로아 시내로 진입한 크리스티나는 일단 속도를 늦추기는 했지만 거의 발걸음을 멈추지 않았다. 그녀는 거리를 걷고 있는 인파나 짐마차를 피하기 위해 가옥의 벽을 박차고 지붕으로 뛰어 올라갔다. 그리고 그대로 바람 같은 몸놀림으로 지붕 위를 질주하면서 마법 학원으로 향했다.

가로아 마법 학원은 총독부가 설치되어 있는 도시 중심부 부근에 위치한 시설이었다. 크리스티나는 가로아 마법 학원의 정면과 직결된 대로변에 뛰어내렸다. 우연히 그 부근을 지나가던 일반인들은 갑자기 하늘에서 떨어진 사람을 목격하고 경악할 수밖에 없었고, 이어서 그녀의 미모에 정신을 빼앗겼다.

크리스티나는 주위의 반응 따위는 전혀 개의치 않고 정문을 지키는 위병들에게 황급히 학생증을 보였다. 그들이 학생증을 확인하고 나서야 겨우 마법 학원의 부지에 발을 들여놓을 수 있었다.

그녀는 올리비에가 기다리고 있을 학원장실을 향해 발걸음을 옮겼다. 올리비에는 엔테의 숲에서 일어난 일의 뒤처리가 일단락된

후 총독부에 이번 사태를 보고하기 위해 복귀했다고 들었다. 크리스티나는 베른 마을을 방문했던 디아드라 일행을 통해 그 사실을 이미 들어서 알고 있었다.

마법 학원은 아직 봄 방학 기간이었기 때문에 평소와 달리 학생이나 교직원들의 모습은 거의 보이지 않았다. 크리스티나는 전혀 주저하는 기색도 없이 가장 빠른 발걸음으로 학원장실을 향해 걸어갔다.

크리스티나의 머릿속을 지배하는 것은 드란과 세리나의 안부뿐이었다.

이번에 자신이 벌인 행동이나 엔테의 숲에서 일어난 일련의 사건들이 그래도 일단 후작 가문의 영애라는 입장에 놓인 자신의 평가에 어떤 영향을 끼칠지는 잘 알고 있었다. 본가에서 이번에 일어난 일들을 어떻게 판단할 것이며 자신의 행동이 가문에 어떤 폐를 끼칠지도 알고 있었다. 그러나 크리스티나에게는 그 모든 일들이 드란이나 세리나의 안전과 비교하면 너무나도 보잘것없게 느껴졌다.

특별한 사정으로 후작 가문에서 생활하게 된 이후, 크리스티나의 인생은 기쁨이라고는 거의 찾아볼 수가 없는 우울함으로 가득 차 있었다. 불행 중 다행은 친할아버지인 선대 후작의 사랑이 거짓이 아니었던 것 정도였다. 할아버지와 지냈던 추억은 지금도 크리스티나의 얼마 되지 않는 즐거운 기억으로 남아 있다.

애당초 베른 마을을 방문했던 이유도 그런 할아버지와 관련이 깊은 장소였기 때문이다. 크리스티나는 예전부터 베른 마을을 한

번 정도 방문하고 싶다는 생각을 품고 있었다.

그냥 잠시라도 일상의 번잡한 일들을 잊고 싶었다. 크리스티나는 그 정도의 기대만 가지고 베른 마을을 방문했던 것이다. 실제로 방문한 베른 마을은 위험한 맹수나 마수들이 출몰하는 살벌한 지역이기는 했다. 그러나 수수하면서도 온화한 시간이 흐르는 베른 마을에서 보냈던 나날들은, 우울한 응어리가 쌓여만 가던 크리스티나의 마음속에 평화를 선사했다.

그리고 베른 마을 사람들 중에서도 엔테의 숲에서 함께 목숨을 건 사투에 참가했던 일을 계기로, 드란이나 세리나와 빈번히 행동을 함께하기 시작했다.

두 사람의 온화한 인격도 크리스티나가 그들을 편한 상대라고 여기게끔 하는 이유 가운데 하나였다. 그녀가 느끼고 있는 정이 그들에게 얼마나 전해졌을지는 모르지만 적어도 크리스티나는 두 사람을 친구로 여기고 있었다.

드란과 세리나가 고다에게 연행된다는 사실을 알게 된 순간 크리스티나는 총독부와 정면충돌까지도 불사하겠다고 선언할 정도였으니 더 말할 것도 없었다. 그야말로 앞뒤를 가리지 않는 경솔한 발언이었다. 드란은 그녀의 상태를 정확히 파악하고 있었다. 크리스티나는 만일의 사태가 벌어지기라도 하면 정말로 혼자서 총독부로 쳐들어갈 심산이었던 것이다.

크리스티나가 드란이나 세리나와 알게 된 지 채 한 달도 지나지 않았다. 크리스티나가 이렇게까지 그들을 소중하게 여기는 이유와, 이 정도로 극단적인 행동을 벌일 필요성이 대체 어디에 있단 말인가? 누구나 의문스럽게 생각할 만한 상황이다. 그런 의문들은 그야말로 정확한 지적이라고 인정할 수밖에 없을 것이다. 그러나 실제로 크리스티나는 주위의 비웃음을 사도 어쩔 수가 없을 정도로 드란과 세리나를 소중하게 여기고 있었다. 크리스티나가 그 명확한 이유를 말로 표현하는 작업은 굉장히 어려웠지만 즉시 대답할 수 있는 이유가 한 가지 분명하게 존재했다.

크리스티나에게 있어 드란과 세리나는 누구도 대신할 수 없는 소중한 친구들이기 때문이다. 그렇기에 베른 마을에서 가로아까지 쉬지 않고 달려올 수 있었다. 그래서 이렇게 올리비에를 찾아 드란과 세리나를 구해 달라고 바닥에 이마를 비비는 한이 있더라도 애원할 생각이었다.

드란의 지적은 정확했다. 지금까지 친구라고 부를 수 있는 상대가 거의 없었기 때문에 크리스티나는 스스로 조절하지 못할 정도로 드란과 세리나를 각별하게 여기고 있었다.

크리스티나는 화려한 가구들과 마법 도구들이 늘어선 복도를 지나 마침내 학원장실에 도착했다. 그녀는 일단 크게 숨을 들이쉬고, 잠시 동안 머리에 모였던 뜨거운 피를 식혔다.

학원장실 안에서 강하게 의식하지 않으면 감지할 수 없는 하나의 조용한 기척이 느껴졌다. 마치 길가에 핀 한 송이 꽃처럼 고요하고, 아담한 기척이었다. 이것이야말로, 크리스티나도 최근 들어서야 겨우 익힐 수 있었던 올리비에의 기척임이 분명했다.

아무래도 디아드라 일행의 말대로, 올리비에는 가로아로 귀환한 상태인 것 같다. 만약 부재중이었다면, 크리스티나는 어쩔 도리도 없이 올리비에를 찾아 헤맬 수밖에 없었다.

올리비에 정도로 높은 경지에 이른 마법사의 경우, 멀리 떨어진 장소까지 순식간에 이동할 수 있는 전이(轉移) 계통 마법을 습득했어도 이상할 것은 없었다. 마도병 군단과 전투를 벌였을 때는 마계문에서 누출되는 독기 등의 영향으로 전이 마법뿐만 아니라 정령의 길까지 봉인된 상태였다. 그러나 지금은 아무 문제 없이 사용이 가능할 것이다.

어쩌면 올리비에가 엔테의 숲이나 가로아가 아니라 왕도나 크리스티나도 알 수 없는 엘프의 촌락, 아니면 외국의 땅에 머물고 있을 가능성도 충분했다. 올리비에가 학원에 돌아와 있던 것은 행운이었다.

"실례하겠습니다, 학원장. 크리스티나입니다."

올리비에는 이미 크리스티나가 학원장실로 다가오고 있던 것을 파악하고 있었던 것 같다. 문 저편에서 돌아온 올리비에의 대답에 놀라는 기색은 전혀 없었다.

"꽤 급하셨나 보군요. 자, 어서 들어오세요."

"실례하겠습니다."

크리스티나는 마음속에서 소용돌이치는 조바심을 내색하지 않고 늠름한 태도로 실내에 발을 들여놓았다. 그리고 중후한 책상 앞에 서 있던 올리비에와 마주했다.

올리비에는 마법 학원에서 눈에 익은 로브 차림이었다. 그녀는 희로애락 등의 감정과 전혀 인연이 없어 보이는 고요한 눈동자로 크리스티나의 모습을 자세히 관찰했다. 베른 마을에서 뛰쳐나온

후로 쉴 새 없이 달려온 크리스티나의 신발은 온갖 흙먼지로 범벅
이 되어 새하얘진 상태였고, 은빛 머리카락은 여전히 눈부시기는
했지만 질주의 여파로 어지러이 흐트러져 있었다.

평소의 크리스티나였다면 일단 여자 기숙사의 방에 들러 몸가짐
을 가지런히 한 다음 오고자 했을 것이다. 그러나 유감스럽게도
지금은 평소의 침착한 태도를 정신의 지평선 저 너머로 온 힘을
다해 내다 버리고 온 상태였다.

올리비에는 크리스티나의 꾀죄죄한 꼬락서니를 보고도 조금도
불쾌하지 않았다. 크리스티나의 미모가 성별이나 연령, 미적 감각
이나 종족의 차이조차 초월하는 영역에 도달한 수준이기 때문이
다. 올리비에는 시선을 살며시 돌렸다. 크리스티나와 제정신으로
대화하기 위해 필요한 행위였다.

"당신이 이 정도로 조바심을 내는 모습은 처음 본 것 같군요. 엔
테의 숲에서 게오르그 일당과 대적했을 때조차 이 정도로 초조해
하지는 않았겠죠."

"제가 대단히 예의에 어긋난 행동을 저질렀다는 사실은 알고 있
습니다. 어떠한 처벌을 내리신다고 해도 기꺼이 받아들이겠습니
다. 하지만 부디 그 전에 제 이야기를 들어주십시오. 제발, 제발
부탁드립니다."

크리스티나는 절박한 목소리로 말하면서 주저 없이 머리를 숙이
기 시작했다. 올리비에는 크리스티나가 머리를 미처 다 숙이기 전
에 그녀를 제지했다.

"그만하세요. 아직 당신의 이야기를 듣지도 않았는데 머리를 숙

이실 필요는 없습니다. 아름다운 머리카락이 흐트러집니다. 마력도 나름대로 소모한 상태인 모양인데, 그만큼 서둘러서 베른 마을에서 여기까지 오신 거군요. 드란과 세리나가 그렇게 걱정되시나요?"

"학원장, 드란과 세리나의 상황을 알고 계십니까?!"

바로 그 사실을 알리기 위해 필사적으로 뛰어온 크리스티나의 입장에서 보자면, 무심코 경악으로 가득찬 고함이 튀어나와도 어쩔 수 없는 대답이었다.

"달리 당신이 이 정도로 초조해할 만한 일이 어디 있나요. 아마도 그렇지 않을까 싶었습니다만 정답이었나 보군요. 고다 관리관이 드란과 세리나를 가로아로 연행하고 있다는 사실은 알고 있습니다."

"이미 알고 계시다면 더 드릴 말씀도 없겠습니다. 이미 마이라르 신의 신탁을 하사받은 이상, 어지간한 사태는 벌어지지 않을 것으로 알고 있습니다. 하지만 만에 하나라도 드란이나 세리나가 피해를 입게 될 경우, 아무쪼록 학원장께서 한마디 거들어주시길 바랍니다. 그렇게만 해주신다면 저는 어떤 대가라도 치르겠습니다. 본가에 계시는 부모님이나 오라버니에게 얼마든지 머리를 숙일 수도 있습니다. 지금 당장 바닥에 이마를 대고 빌라고 하시면 그리하겠습니다. 그러니 제발 이 어리석은 계집의 부탁을 들어주십시오."

크리스티나는 필사적으로 호소했다. 올리비에도 그녀의 모습을 보고 느끼는 구석이 있는지 작게 한숨을 내쉬고 어깨를 으쓱해 보였다.

올리비에는 일단 크리스티나를 자리에 앉혀서 그녀의 마음을 진정시킬 생각이었다. 하지만 크리스티나는 의자에 앉는 시간조차 아깝다고 느낄 정도로 초조한 상태였다. 마법 학원에서 인간관계에 그다지 신경을 쓰지 않았던 반동이 이러한 형태로 나타났단 말인가?

"굳이 말씀드려도 소용없을 것 같지만 일단 진정하세요, 크리스티나. 당신이 예상하는 사태는 일어나지 않을 겁니다. 세리나의 선량한 성격에 관해서는 위대하신 마이라르께서 베른 마을의 레티샤 님이나 파라미스 사제를 통해 증명하셨습니다. 그리고 세리나가 지금 까지 했던 행동을 돌이켜 봐도 총독부에서 베른 마을 거주를 허가하지 않을 이유가 없습니다."

"정말입니까?"

"지금 제가 거짓말할 이유가 없습니다. 아무리 저라도 당장 눈앞의 장애물을 베어버릴 듯이 기백을 발산하는 당신에게, 설령 농담이라도 그런 소리를 입에 담을 담력은 없어요."

"아, 예? 죄송합니다. 제가 그런 표정을 짓고 있었나요……?"

"예, 당신이 이렇게 무서운 표정을 지을 수도 있었다니 솔직히 놀랐습니다. 하지만 그만큼 당신이 드란과 세리나에게 특별한 우정을 느끼고 있다는 뜻이겠지요. 교육자로서 제자가 소중한 인생의 친구를 얻을 수 있었다는 사실은 축복할 일입니다. 그들과의 우정을 소중히 여기세요. 그건 그렇고, 그들과의 우정을 소중하게 이어 가기 위해서도 일단 설명을 드릴 필요가 있을 것 같군요. 드란 일행이 그곳에 도착할 때까지 아직 시간이 남아 있으니."

"그곳?"

올리비에의 말투로 미루어 볼 때 드란 일행이 도착할 장소는 가로아가 아닌 것 같다. 크리스티나는 그 말을 듣고 큰 의혹을 품었다. 아무래도 이 하이 엘프는 크리스티나가 모르는 방면에서 여러 가지 일을 하고 있는 모양이다.

"예, 두 사람은 총독부는커녕 가로아 시내로 들어오지도 않을 겁니다. 그들은 우선……."

그리고 올리비에는 담담하게, 그야말로 감정이 없는 인형 같은 말투로 현재 사태를 설명했다. 크리스티나는 그 내용을 듣고 분노할 수 밖에 없었다.

제8장 비틀린 욕망의 마술사

고다 관리관과 병사들은 휴식 시간 이외에 우리의 외출을 허락하지 않았지만 마차 안에서도 높은 위치에 설치되어 있는 자그마한 사각형 창을 통해 주위의 풍경 변화를 확인할 수 있었다.

마차 여행 도중에 파라미스 사제뿐만 아니라 관리관의 소년 종자도 여러 가지로 우리의 편의를 봐줬다. 그들의 우호적인 태도는 미처 예측하지 못한 행운이었다.

세리나는 기본적으로 마차 안에서 하루 종일 나와 밀착한 상태였지만 서서히 불안을 가라앉히고 밝은 표정을 보이기 시작했다. 지금도 세리나는 약간 허리를 뻗은 자세로 창문을 통해 바깥 풍경을 구경하고 있었다.

그러다 보면 나를 향해 엉덩이를 내미는, 조신하지 못한 자세를 취할 수밖에 없다. 그러나 세리나는 스스로 어떤 상태인지 깨닫지 못한 모양이다. 혹시 나를 유혹하고 있는 건가? 잠깐 그런 생각이 스쳐 지나갔지만, 세리나의 성격으로 판단하자면 일부러 그러는 건 아닐 것이다.

자연스럽게 이종족의 수컷을 유혹하는 본능을 갖추고 있는 라미아의 습성인지도 모른다. 세리나가 의도적으로 수컷을 유혹하는 솜씨는 그야말로 처참했지만, 무의식중에 이런 모습을 보일 때는 역시 라미아의 진면목을 아낌없이 드러냈다. 나는 딸의 성장을 실감한 아버지 같은 불가사의한 기분을 맛보고 있었다.

"으~음? 제대로 포장된 도로로 들어와서 아까보다는 덜 흔들리지만 왠지 교외 쪽으로 향하고 있는 것 같은데요? 역시 번화가에 라미아를 들여놓을 수는 없기 때문일까요?"

"교외에 적절한 시설이 있는지도 모르겠지만 아마 세리나와 면회를 희망하는 마법사님의 편의 때문일 거야."

고다와 파라미스 사제, 그리고 또 한 사람이 우리를 찾아온 그날 밤 들었던 얘기다. 우리가 세리나가 가로아로 초빙된 이유는 베른 마을 정착을 위한 것 만이 아니었다.

올리비에는 가로아 총독부와 왕국 정부에 엔테의 숲에서 일어났던 사건에 관해 보고했다고 한다. 가로아 총독부는 이번 사건에 상당한 충격을 받은 모양이다. 마도병 군단을 격퇴하는 데 큰 공을 세운 크리스티나 양은 물론이고 나와 세리나 역시 많은 주목을 끌었다고 한다.

마물로 분류되는 라미아 종족인 세리나를 위험시하는 의견도 당연히 존재했다. 그러나 마도병들을 상대로 용맹하게 싸웠던 실적이 있는 데다, 본인이 인간들을 대하면서 지극히 우호적인 태도를 보인다는 점을 무시할 수는 없었다. 뿐만 아니라 대지모신 마이라르의 신탁까지 있었으니 가로아 총독부의 간부들은 일단 세리나를 베른 마을에 받아들인다는 방침으로 절차를 추진할 생각이라고 한다.

그러나 그 전에, 총독부 소속의 한 마법사가 세리나에게 흥미를 보이고 면회를 희망했다고 한다. 우리는 바로 그 마법사와 만나기 위해 관리관을 따라가고 있는 길이다.

"응? 길 저편에서 마중 나오신 것 같은데요?"

나도 두 눈에 마력을 부여해서 마안(魔眼)을 각성시키고 세리나와 같은 방향으로 시선을 돌렸다. 그녀의 말마따나, 말을 타고 무장한 열 명 정도의 남자들이 모습을 드러냈다.

남자들은 우리에게 접근하면서 서서히 말의 속도를 늦췄다. 그들은 고다가 타고 있는 마차로 다가가 품에서 꺼낸 한 통의 편지를 마차에서 나온 종자 소년에게 건넸다.

"이제부터 저들이 우리를 안내할 모양이군."

"그 마법사님께서 저에게 무슨 흥미가 있는 걸까요?"

"세리나를 불안하게 하고 싶은 마음은 없지만 관리관의 말투로 판단하자면 그다지 달가운 흥미는 아닐 거야."

"으윽, 역시 그럴까요?"

"아무리 크리스티나 양과 협공했다고 하지만 대악마급의 적을 물리칠 수 있는 라미아는 흔치 않을 테니 흥미 정도는 가질 수도 있겠지. 괜찮아. 만약 그 마법사가 허튼 생각을 품는다고 해도 내가 있는 이상 세리나에게 손가락 하나 댈 수 없을 거야."

"에헤헤. 드란 씨가 그렇게 장담하신다면 아무 걱정 없겠네요!"

나는 밝은 미소를 짓는 세리나에게 미소로 대답했다.

우리는 총독부 병사들의 인수인계가 끝날 때까지 잠시 기다렸다. 마차의 마부와 주위의 경호 인원들이 마중을 나온 이들로 교체됐다. 그들은 우리를 교외의 으슥한 곳으로 안내했다.

마차를 둘러싼 새로운 경호원들은 가벼운 인사 한마디조차 건네지 않았지만, 적대심 같은 감정은 느껴지지 않았다.

흠.

그들은 우리를 숲의 동물들이나 정령들 정도밖에 없어 보이는, 숲의 한가운데에 조용히 자리 잡고 있는 저택으로 데리고 갔다. 아무리 교외라고 해도 가로아에서 지나치게 먼 느낌이 들었다.

이윽고 마차가 멈추자 몹시 창백한 얼굴의 젊은 마부가 우리를 저택 안으로 안내했다.

남녀노소 가리지 않고 눈에 들어오는 고용인들은 모두 얼굴빛이 창백하고 생기가 없어 보였다. 저택 안을 장식하고 있는 그림이나 조각들 가운데 대부분이 강력한 마력을 함유하고 있는 마법 도구였다.

우리를 초대한 마법사는 총독부 소속의 마법사 중에서도 상당히 지위가 높은 인물이라고 들었지만 그것을 감안해도 지나치게 호화로운 살림살이라는 인상을 받았다.

총독부 소속의 마법사들은 고급 인력인 만큼 당연히 높은 급료를 받는 것으로 알려져 있다. 그러나 설령 마법 길드의 간부를 겸임하고 있다고 해도 이 정도로 호화로운 살림을 갖출 수 있는 수입을 벌기는 힘들다. 부업으로 마술에 관련된 장사를 하거나 사설 학원이라도 개업했거나, 부정한 수단을 저질렀거나……. 안타깝지만 전생의 경험으로 판단하자면, 부유한 마법사들은 부정한 수단을 통해 재산을 축적하는 경우가 거의 대부분이었다.

마부였던 청년, 그리고 세리나와 비슷한 나이로 보이는 메이드가 우리를 안내했다. 그리고 마침내 세리나에게 흥미가 있다는 총독부 소속의 마법사, 키렌과 대면했다.

고용인들이 우리를 안내한 장소는 응접실이었다. 키렌은 그윽한 향기를 풍기는 홍차나 산뜻한 빛깔의 다과로 뒤덮인 테이블의 저 편에 앉아 있었다. 그녀는 얼핏 보기에 30세 전후로 보이는 여성 마법사였다.

짙은 보랏빛 머리카락을 새빨간 리본으로 세 갈래로 나눠 묶고 살짝 처진 녹색 눈동자가 호기심을 드러냈다. 피로 물들인 듯이 붉은 드레스 여기저기에 찬란히 빛나는 보석들을 걸고 있는 여자 마법사는, 얌전히 의자에 걸터앉은 우리를 바라보며 온화한 미소 를 지었다.

"고다 관리관에게 약간 억지를 써서 데려와 달라고 요청했는데 혹시 불안하게 만들었을까? 미안해요. 옛날부터 흥미로운 대상을 발견하면 주변에 신경을 안 쓰는 성격이라."

키렌은 말을 마치고 자신의 찻잔을 집어 들고 새까만 립스틱을 칠한 입술로 가져가 한 모금 마셨다. 저 한 잔을 마시기 위해 대체 얼마나 큰 돈을 지불해야 할지 계산을 시작하게 된 걸 보면, 나도 상당히 인간적인 감각에 적응한 것 같다.

너무나 거북한 나머지 몸을 움츠리고 있던 세리나가, 키렌의 독 백이나 다름없는 말에 대답했다. 키렌의 초대를 받은 쪽은 어디까 지나 세리나였고 나는 덤이나 마찬가지였다.

"아닙니다. 어차피 저는 언젠가 가로아로 와야만 하는 입장이었 던 모양이니까요."

"그렇게 말해주니 고마울 따름이야. 올리비에 학원장의 보고서 를 읽고 깜짝 놀랐거든. 일개 마도병을 물리친 게 아니라 엔테의 숲에 출현한 대악마를 토벌했다면서?"

"저 혼자 힘으로 이룬 일이 아니에요. 크리스티나 양이나 엔테의 숲에 사는 모든 분들의 도움이 있었기 때문에 가능한 일이었지요."

"그래? 겸손한 성격인가 보군. 하지만 그래도 대단하다는 사실엔 변함이 없어. 라미아는 강력한 종족이지만 결코 대악마를 쓰러뜨릴 수 있을 정도는 아니야. 나는 올리비에 학원장이나 위그드라실의 무녀 공주, 아니면 위그드라실이 몸소 나서기 전까지는 마계의 군세를 막을 수 없을 것으로 예상했어. 그런데 뚜껑을 열고 보니 사이웨스트 마을과 그 근방에 약간의 피해가 발생했을 뿐, 마계의 군단을 순식간에 격퇴했다? 정말 깜짝 놀랄 수밖에 없었지."

"예……."

세리나는 키렌이 하고자 하는 말의 의도를 짐작조차 할 수 없었다. 그녀는 거의 한숨 같은 목소리로 대답했다.

일부러 관리관의 업무에 간섭하면서까지 저택에 불러 놓고 이런 잡담이나 나누는 것이 목적이라고는 생각하기 어려웠다.

나는 굳이 끼어들지 않고 키렌이 대접한 홍차로 목을 축이면서 눈앞의 커다란 하얀 자기 접시에 담긴 과자를 집어 들었다. 음, 맛있군. 맛은 괜찮지만 이 과자는 손님에게 대접하기에는 너무 특이해.

오호라, 이게 그녀 나름대로 준비한 환대라는 건가?

"그쪽 소년은 과자가 마음에 든 모양이지? 당신도 한입 정도 맛보는 게 어때? 전부 가로아에서 유행하는 인기 상표야."

키렌은 싱긋 미소를 지으면서 세리나에게 과자를 권했다. 세리나는 그 말에 따라 나와 마찬가지로 눈앞의 과자를 한입 깨물어보고 두 눈이 휘둥그레졌다. 틀림없이 도시가 아니고서는 맛볼 수 없는 최고급 과자였다.

"예. 정말 맛있네요."

"그래? 라미아의 미각이 인간과 똑같다는 이야기는 지식으로 알고 있었지만 그래도 기뻐해주니 고맙군. 그건 그렇고 나도 지금까지 라미아와 몇 번 정도 만난 적이 있는데 당신은 그중에서도 가장 아름다워. 젊고 생명력이 넘치기만 하는 게 아니야. 삶에 대한 희망이 활력과 발랄한 매력으로 나타나서 당신을 빛나게 하지. 당신의 황금빛 머리카락은 물론이고 파랗고 투명한 눈동자도, 짙은 녹색 비늘까지도 모든 게 전부 다 너무나 근사해. 그야말로 먹어버리고 싶을 정도로."

키렌은 농담으로 넘기기에는 지나치게 수상한 눈빛으로 세리나를 아낌없이 칭찬하는 단어들을 입에 담았다. 세리나는 칭찬 자체는 순순히 받아들였지만 키렌의 말 하나하나에서 느껴지는 불온한 기색을 느끼고 움츠러들었다.

"아, 감사합니다."

"어머나, 농담이야. 혹시 겁을 주고 말았나? 딱히 다른 뜻은 없어. 당신을 아름답다고 생각하는 건 거짓없는 진실이니까."

키렌은 황홀한 표정으로 중얼거렸다. 그녀의 눈동자는 나의 존재 따위는 잊어버린 것처럼 세리나를 주시하고 있었다. 마치 세리나의 온몸을 끈적하게 더듬고 있는 듯한 착각까지 느껴질 정도였다.

"키렌 님. 세리나는 약간 낯을 가리는 편이라 너무 뜨거운 시선으로 바라보시면……. 희롱은 부디 이쯤해서 그만해주시죠."

내가 개입하자 세리나는 안도의 한숨을 내쉬었다. 세리나는 내가 끼어든 순간에 키렌이 나를 향해 순간적으로 보인 증오를 감지하지는 못한 모양이다.

"그래? 미안해요. 내 나쁜 버릇이야."

내가 못을 박은 보람이 있었는지 그 이후로 키렌은 세리나를 향해 노골적인 시선이나 말투를 보이는 일을 자제했다.

나는 키렌이 겉치레를 걷어 내고 본색을 드러낼 때까지 조용히 기다리기로 했다.

당분간 우리는 가로아나 총독부에 관해 시시한 잡담을 나눴다. 이윽고 혀가 안 돌아가고 눈꺼풀이 무거워졌다. 키렌이 나와 세리나에게 대접한 차와 과자에 섞여 있던 독이 이제야 효과를 발휘하기 시작한 것이다. 나는 맨 처음 한입 물자마자 눈치 챘지만 세리나는 그렇지 않았던 모양이다. 머지않아 손가락이나 발가락의 감각이 희미해지고 정신이 순식간에 몽롱해지기 시작했다.

키렌은 나와 세리나가 완전히 두 눈을 감은 채로 의자의 등받이에 몸을 기대면서 쓰러지는 모습을 보고 만면에 미소가 그려졌다. 그 미소에는 악의만이 가득했다.

키렌이 방울을 울리자 고용인들이 바퀴가 달린 침대 두 대를 밀고 왔다. 그들은 잠들어 있는 우리의 몸을 그 침대에 눕히고 가죽 벨트로 양 손목과 양 발목, 그리고 목과 허리를 구속했다.

마력을 봉인하는 술식이 적힌 벨트의 효과로, 나와 세리나는 마법 행사는 물론이거니와 술식을 조합하지 않은 순수한 마력의 방출도 할 수 없게 됐다. 일반적인 상식으로 판단하자면 이제 우리는 완전히 무력화된 상태라고 볼 수 있을 것이다.

세리나는 어찌 됐건 내 경우엔 좀 더 대충 다루지 않을까 싶었는데 의외로 신중하게 침대로 옮겼다.

내 몸을 들어 올린 집사의 손은 얼음으로 착각할 정도로 차갑고 미끄러웠다.

우리는 침대에 구속된 채 3층 건물인 저택의 1층 중앙에 위치한 키렌의 방으로 옮겨졌다.

집사는 오래된 책과 약품 냄새가 어렴풋이 느껴지는 방 안에서 사용하지 않는 난로로 향했다. 촛대 하나를 건들자 장치가 작동해, 난로 그 자체가 왼쪽으로 어긋나면서 지하실로 가는 비밀 통로가 모습을 드러냈다.

자극적인 냄새가 나는 습기 찬 공기가 지하실 통로에서 불어와, 피부에 달라붙는 것 같은 느낌이 나서 불쾌했다.

우리는 집사를 비롯한 고용인들의 손으로 운반되어 이리저리 구부러진 복도를 통과했다. 그리고 상당한 거리를 나아간 후에 타원형의 넓은 방에 도착했다.

벽 부근에 연금술의 필수 요소인 가마솥과 화로가 보였다. 성인 남성의 키를 능가하는 크기의 수정, 천장에서 내려온 갈고리에 매달린 정체불명의 고깃덩어리, 그리고 거대한 유리통 안의 녹색 액체에 담겨 있는 다양한 생물들의 표본도 시야에 들어왔다.

바닥에는 동물의 혈액이나 광물을 녹인 액체로 그려진 크고 작은 마법진이 있었다. 방 그 자체에서 거의 찌들어 있는 거나 다름없는 마력이나 피 냄새가 느껴지는 걸로 보아, 수십 년에 걸쳐 꾸준히 사용한 장소라는 사실을 알 수 있었다.

방의 한쪽 구석엔 놀라울 정도로 거대한 칼이나 톱, 가위 등이 진열되어 있었다.

깔끔하게 손질된 상태로 번쩍이는 날붙이들은, 몇 번이고 피로 물들고 다시 갈기를 반복했을 것이다.

그들은 세리나를 방의 중앙으로 옮겼다. 집사와 메이드들은 나를 입구 부근에 고정시키고 벽 부근까지 물러났다. 키렌이 침대 위에 누워 있는 세리나에게 뜨거운 시선을 보내기 시작했다.

"우후후. 살아 있는 라미아를 손에 넣은 것도 오랜만이지만 이렇게 젊고 아름다운 라미아는 정말 오랜만이야! 하물며 마계의 마도병 군단이나 대악마들을 물리칠 정도로 강대한 개체라니, 나도 이런 경우는 처음이지. 세리나, 세리나! 우후후, 고다에게 억지를 부린 보람이 있었어!"

키렌은 마치 사랑에 빠진 소녀처럼 세리나의 이름을 중얼거리며 잠자는 세리나의 몸에 손가락을 뻗으려고 했다. 내 참을성이 기어코 한계에 도달한 시점도 바로 그때였다.

어디 얼마나 미친 녀석인지 직접 확인해 보려고 약에 취한 척하면서 잠자코 있었지만 이 정도면 더 들을 것 없었다.

나는 두 눈을 번쩍 뜨고 눈동자만을 움직여서, 세리나에게 다가가려던 키렌에게 위압 속성의 마력을 부여한 시선을 날렸다.

키렌이 움찔했다.

"벌써 정신을 차리다니 약의 분량을 잘못 조절했나? 새삼스럽지만 나는 너에게 감사하고 있어. 네가 그녀를 데리고 와준 덕분에 내 욕망을 채울 수가 있으니까 말이야. 안심하려무나. 최소한 너는 고통스럽지 않도록 저세상으로 보내줄 테니까."

나는 이 방에 설치된 온갖 고문 기구들이나 찌들어 있는 피, 희생자들의 원념, 바닥에 그려진 마법진을 보고 키렌이 무슨 짓을 해 왔는지는 감이 왔다. 어리석은 녀석.

"어지간히 추잡한 짓거리를 저질러 온 모양이구나."

"그 약을 먹었는데 혀가 돌아간다니? 독 내성을 부여하는 마법 도구라도 지니고 있었어? 후후, 우선 네 숨통을 끊는 작업부터 시작해야겠네."

키렌이 눈짓을 보내자 내 침대 부근에 대기하고 있던 집사 가운데 한 사람이 벽에 걸려 있던 대형 도끼를 집어 들었다.

집사는 어엿한 성인 남성도 양손으로 들어 올리기 힘들어 보이는 도끼를 나뭇가지라도 휘두르듯이 가볍게 다루고 있었다.

"모든 게 상당히 익숙해 보이는데 지금까지 대체 몇 명이나 죽였나?"

키렌은 내 질문을 듣고 쑥스럽다는 듯이 뺨을 긁적였다.

"글쎄? 사실 100명을 넘겼을 때부터 세는 걸 포기했거든. 200명…… 아니, 혹시 1000명 정도였나? 더 많을지도 몰라. 확실한 건 너도 그중 한 사람이 될 거라는 거지. 자, 눈을 감으렴. 무서워하지 마. 고통은 순식간에 끝난다고 하니까."

집사는 내 곁에서 발걸음을 멈추고 내 목을 일격에 쳐 내기 위해 도끼를 높이 들어 올렸다. 겉모습만 봐선 상상도 할 수 없는 저 괴력으로 날카롭고 묵직한 도끼날을 내려찍는다면 인간의 목 따위는 간단히 날려버릴 수 있으리라.

"호문쿨루스의 실패작들인가? 아무리 의지가 없다지만 이렇게 못난 주인을 모시다니 불쌍하군……."

몸을 구속하고 있는 벨트에 새겨진 마력 봉인 술식은 나에게 아무런 의미도 없었다. 벨트가 봉인할 수 있는 마력의 한계를 한참 초월하고 있기 때문이다.

나는 마력으로 육체를 강화시켜 벨트를 간단히 찢어발겼다. 그리고 도끼를 가볍게 손으로 받아내며 집사의 몸을 통째로 휘둘러서 머리부터 바닥에 내리꽂았다.

집사의 머리는 지나치게 익은 과일처럼 찌부러져서 보라색 뇌수와 검붉은 피가 흘러나왔다. 피의 색깔은 인간과 똑같단 말인가? 악취미로군.

"놀라운 완력인데? 골룸 리자드의 가죽으로 만든 벨트를 맨손으로 찢어버리다니. 100명이 달려들어도 파괴할 수 없을 텐데. 역시 마도병들을 상대할 수 있을 정도였으니 평범한 인간은 아니란 건가?"

나는 구속을 풀고 침대에서 내려와 새삼 이 음침한 방을 둘러봤다.

"어처구니없는 짓을 하고 있었다는 것 정도는 알겠다만, 무슨 목적으로 이런 방을 만든 거지?"

"그리 대단한 걸 하고 있던 건 아니야. 그저 개인적으로 별것 아닌 연구를 하고 있었을 뿐이지. 무슨 수를 써도 나이를 먹다 보면 육체가 쇠약해지잖아? 나는 그걸 견딜 수가 없었어. 마법으로 억제하려고 해도 한계가 있을 수밖에 없으니까 차라리 젊은 육체와 맞바꾸면 된다는 생각이 들었지. 젊고 생명력이 강한 아이라면 인간 이외의 종족이더라도 상관하지 않고 여러 부위를 빌려 왔어. 그러기 위해서 마계의 지식까지도 이용했지."

"흠. 악마들과 계약했단 말인가? 하지만 계약을 위한 산 제물을 모으는 작업은 물론, 마법을 실행하기 위한 실험체를 모으는 작업도 여러 가지로 힘들지 않았나?"

키렌은 내 질문에 대해 마치 당연하다는 말투로 대답했다.

"그 정도야 백성들에게서 짜내면 얼마든지 손에 넣을 수 있어. 그리고 어떤 시대나 국가를 막론하고 고위층 가운데 생명을 연장시키는 술법이나 금지된 마법 도구를 탐내는 작자들은 있기 마련이거든. 그들은 백성들한테서 착취한 자금을 제공해줄 뿐만 아니라 내 연구를 위한 인적 희생도 무시해주지. 나는 그 보답으로 내 연구의 성과를 그들에게 제공할 뿐이야."

의기양양하게 자신의 악행을 털어놓다니 구제 불능인 계집이로군.

"가끔 가다 마주치는 성가신 상대는 정신을 조종해서 꼭두각시 인형으로 삼아버리면 그만이지. 총독부 소속의 마법사라는 입장은 정말 편리했어. 멍청한 권력자와 무식한 민중들, 무능한 관리들 덕분에 지금의 내가 있을 수 있는 거야."

"그래? 그야말로 전형적인 악당이로군. 그렇다면 엔테의 숲에 소환의 술식을 설치한 것은 악마들의 요구를 받고 저지른 짓인가? 이 지하실의 마법진과 그 숲에서 목격한 소환진은 공통점이 많아."

내가 지적하자, 키렌은 정답이라는 듯이 어깨를 으쓱해 보였다. 그녀의 눈동자에서 우수한 학생을 바라보는 교사 같은 눈빛이 엿보였다.

"눈썰미가 좋은데? 말해 두지만 나 혼자서 설치한 건 아니야. 그 숲의 경계를 뚫고 그 정도로 고도의 소환진을 설치하는 건 유감스럽게도 혼자 힘으로 가능한 작업이 아니거든. 나 이외에도 여러 살벌한 마법사들이 관여했지만 공교롭게도 서로 친밀한 사이는 아니라서 말이야. 저승길 선물로 가르쳐줄 수 있는 얘기는 그리 많지 않아."

그녀의 발언을 어디까지 믿을 수 있을지는 모르겠지만 더 이상 불쾌한 헛소리에 귀를 기울일 필요는 없을 것 같다.

"그래? 세리나, 이제 잠자는 척은 할 필요 없어."

나는 일단 키렌의 증언에 거짓은 없을 것으로 판단하고 세리나의 몸을 옭아매고 있던 벨트를 손으로 찢으면서 말을 걸었다.

"아, 예. 윽, 약간 꽉 쪼였어요."

"동작을 봉쇄하기 위한 목적으로 만든 도구니까 어쩔 수 없지. 아프지는 않아?"

"예, 괜찮아요."

세리나는 벨트로 묶여 있던 부분을 문지르면서 몸을 일으켰다. 키렌이 그 모습을 바라보며 한숨을 내쉬었다.

"약이 통하지 않는 상대는 지금까지 없었는데 이거 좀 더 개량할 여지가 있겠는걸?"

미리 입에 머금고 있던 해독제가 효력을 발휘했다. 마글 할머니에게 직접 전수받은 마법약 지식으로 조합한 약이었다. 그리고 내 경우엔 용종의 특성을 발현시켜 독에 대한 내성을 획득했고 세리나는 라미아 종족이 타고난 독 내성이 마법약의 효과를 더욱 극대화시켰을 것이다.

"자신의 우위를 의심하지 않고 쓸데없는 수다를 떠니까 이렇게 되는 거다."

"그러셔? 어차피 너희들이 이 지하실을 탈출할 수는 없을 테니 결국 마찬가지야. 초대했던 라미아가 갑자기 발광해서 동행한 소년을 인질로 잡고 날뛰기 시작했다고 갖다 붙이고 나면 너희들을 처리할 방법은 얼마든지 있거든?"

"네가 쓸데없는 수다를 떠는 동안 우리는 구속에서 풀려나기만 한 게 아니다. 그렇지, 세리나?"

"예! 고다 관리관도 파라미스 사제도, 당신의 계략을 전부 듣고 있었어요!"

세리나는 왼쪽 귀에 달린 풍정석(風精石) 귀걸이를 자신만만하게 흔들었다. 고다가 우리의 마차를 찾아왔던 날 밤에 건네준 마법 도구로, 몸에 지니고 있는 이가 듣고 있는 음성을 그에 대응하는 마법 도구에 전달하는 기능을 갖추고 있는 물건이다.

아까부터 우리와 키렌이 나누고 있던 대화는 이 귀걸이를 통해 고다 일행도 전부 파악하고 있었다. 지금쯤 고다와 파라미스 사제가 동원한 가로아의 병사들과 마이라르 교의 신관 전사들이 이 저택을 포위하고 있을 것이다.

실제로 내 청각은 총독부 병사들이 저택의 대문을 부수고 진입하여 호문쿨루스들과 격돌하기 시작한 소리를 포착했다.

"그런가? 유감이군. 기껏 지금까지 문제없이 잘해왔는데……."

"꼭 그렇지도 않아. 예전부터 너를 표적으로 수사를 진행해 왔다 하더군. 오늘이 아니더라도 머지않아 너는 죗값을 치러야 했을 거야. 말하자면 넌 여기서 끝장이라는 뜻이지."

"후후, 그런 소리를 들으니 오히려 마음이 편해지는데? 대담하게 나가기 쉬워졌다는 뜻이잖아. 그렇다면 너희들은 물론이고 위에서 저택을 포위하고 있는 녀석들까지 전부 몰살시키고 또 다른 나라에서 새로 시작하기로 하지."

말이 떨어지기가 무섭게 키렌의 온몸에서 숨기기를 포기한 흉악한 살기가 용솟음치기 시작했다. 그리고 실내에 있던 집사와 메이드들이 제각각 살벌한 흉기를 들고 우리를 덮치려는 기척을 보였다. 나는 세리나의 앞으로 나서서 그녀를 감싼 뒤 방금 해치웠던 집사가 들고 있던 도끼를 한 손으로 주워들고 떼를 지어 몰려드는 호문쿨루스들과 대치했다.

선두를 달려오는 호문쿨루스 메이드를 처리하기 위해 오른손에 든 도끼를 가볍게 들어 올린 순간, 지하실 입구에서 깔끔하게 두 동강 난 집사들의 시체가 한꺼번에 굴러떨어졌다.

"세리나, 드란! 무사한가?!"

지하실에 메아리가 칠 정도로 큰 목소리를 내며 뛰어 들어온 인물은 다름 아닌 크리스티나 양이었다. 크리스티나 양은 길을 가로막는 호문쿨루스들을 무자비하게 베어 넘기면서 달려왔다. 그녀의 온몸에서 엄청난 투기와 마력, 그리고 분노가 느껴졌다.

크리스티나 양은 베른 마을을 출발했을 때 선언한 대로 베른, 가로아 사이를 밤새도록 전력 질주해서 우리보다 먼저 가로아에 도착했다. 그녀는 즉시 올리비에에게 사태의 경과를 보고하고 키렌을 제압하기 위한 체포 작전에 반강제로 난입했다.

올리비에는 그날 밤, 고다와 파라미스 사제와 함께 직접 우리를 찾아와서 여러 가지 사정을 설명해준 장본인이었다.

가로아 총독부는 애초에 세리나의 베른 마을 정착을 그다지 문제시하지 않았다고 한다. 그런데 진작부터 위험인물로 총독부의 감시를 받던 키렌이 갑작스럽게 이 안건에 끼어들었다. 가로아 총독부는 키렌의 꼬리를 잡을 수 있는 좋은 기회로 판단하고 세리나를 가로아로 데려오면서 동시에 키렌을 체포하기 위한 계획을 수립했던 것이다.

고다는 키렌을 의심하던 총독부의 일부 간부들에게 지령을 받고 작전을 수립했으며 올리비에는 총독부의 정식 의뢰를 받고 참가했다. 두 사람은 우리에게 안전과 사례를 보장하는 대신 키렌의 자백을 유도하는 작전에 참가해 달라고 도중에 의뢰할 계획이었다고 한다. 그러나 파라미스 사제와 가로아로 돌아온 크리스티나 양이 개입하면서 지금 같은 형태로 작전이 변경된 것이다.

올리비에는 그날 밤 이후로도 여러 차례에 걸쳐 우리와 연락을 교환했다. 우리는 그 과정에서 크리스티나 양도 작전에 참전할 것이라는 이야기를 전해 들었다.

"크리스티나 양! 너무 무모한 행동은 하지 마세요! 위험하잖아요!"

크리스티나 양은 성큼성큼 큰 걸음걸이로 키렌을 향해 걸어갔다. 세리나가 경악과 걱정이 뒤섞인 목소리로 경고했으나, 정작 크리스티나 양 본인은 자신의 안위는 뒷전이었다. 그녀는 먼저 나와 세리나에게 상처가 없다는 것을 확인했다. 그 순간을 노리고 돌격해 오는 집사의 기척을 포착하고는 엘스파다를 휘둘러 그 몸통을 두 동강 냈다.

"그대들의 목소리가 들리기는 했지만 이만저만 불안했던 게 아니야. 억지로 참가를 요청한 보람이 있었어. 무사해서 정말 다행이야."

크리스티나 양이 우리를 진심으로 걱정해준 것은 틀림없다. 이정도까지 우리를 각별하게 생각해주다니, 그저 고마울 따름이다.

마안으로 머리 위를 올려다보니 크리스티나 양을 따라 들어온 병사들과 신관 전사들이 저택에 돌입해서 호문쿨루스, 골렘들과 전투를 시작했다.

"당연히 크리스티나 양이 혼자 온 건 아니겠지만 아무리 그래도 너무 무모한 것 아닌가?"

"정말로 무모한 건 그대들 쪽이야! 무슨 일이 일어날지도 모르면서 미끼 역할을 자처하다니!"

크리스티나 양의 주장은 전적으로 옳았다. 나와 세리나는 반론할 말이 떠오르지 않아 그저 입을 다물 수밖에 없었다. 지하실 입구 쪽에서 들려온 목소리가 우리를 옹호했다.

"너무 탓하지 마세요, 크리스티나. 타락한 신이나 대악마를 물리친 그들이라면, 이 정도의 사태는 위기라고 부를 수도 없습니다. 실제로 이렇게 무사하기도 하고요."

새로운 등장인물은 마법 학원의 학원장을 역임하고 있는 우드 엘프 올리비에였다. 엔테의 숲에서 장비하고 있던 로브를 걸치고 마도병들과 전투를 벌이면서 들고 있던 지팡이를 쥐고 있었다.

올리비에는 감정이 전혀 느껴지지 않는 냉정한 눈동자로 키렌을 노려보고 있었다. 키렌은 크리스티나 양의 상식을 초월한 미모에 넋을 잃고 말문이 막힌 상태였다. 거기에 올리비에의 등장은 그녀에게도 예상 밖이었던 모양이다.

"설마 당신까지 나타날 줄이야. 아니, 도리어 잘된 일이야. 이세상의 존재라는 생각이 들지 않을 정도로 아름다운 인간 여자뿐만 아니라, 오랜 혈통을 계승하는 하이 엘프까지 차지할 기회가 굴러 들어온 셈이니까."

키렌은 끈적거리는 집착을 드러내며 사악한 미소를 지었다. 올리비에와 크리스티나 양은 냉엄한 눈동자로 키렌의 미소를 바라봤다.

"키렌. 당신은 우수한 마법사였지만 이렇게 악랄한 소행을 저지르고 있었다는 사실이 들통난 이상 이제 죄를 면할 수는 없을 겁니다. 얌전히 잡히라고 하지는 않겠습니다. 마음껏 저항하세요. 그렇게 나와 준다면 저희도 당신을 유감없이 제압할 수 있습니다. 일단 목숨만은 부지하게 해 드릴 생각이지만 제발 부탁이니 죽여 달라고 애원할 정도의 고통을 경험하게 해 드리죠. 고문에 드는 수고를 덜 수 있을 테니 결과적으로 이득입니다."

올리비에가 상쾌한 표정을 유지한 채 터무니없는 발언을 내뱉었다. 세리나는 그 발언을 듣고 멍청하니 입을 벌린 채 넋이 나간 표정을 지었다. 나나 크리스티나 양은 올리비에의 발언에 전적으로 동의하면서 고개를 끄덕이고 있었다.

이러한 격차는 환경이나 교육의 차이로 인해 발생하는 걸까?

"호호호, 오만한 하이 엘프 계집. 내가 얼마나 오랜 세월을 살아

왔는지도 모르고 멍청한 소리를 지껄이는구나. 잘 봐라! 이게 바로 나의 300년에 걸친 오랜 연구의 성과다!"

키렌은 올리비에의 말을 듣고도 흥분하지 않고 맨손으로 드레스를 단숨에 찢어버리고 그 안쪽에 숨겨둔 흉악한 이형(異形)의 모습을 만천하에 드러냈다.

더 이상 숨길 필요가 없어진 키렌의 육체가, 지하실 천장에 닿을 정도로 우리 눈앞에서 거대해졌다.

털이 난 거미의 다리나 거대한 빨판이 달린 문어발, 흉악한 발톱이 달린 맹수의 사지, 뱀이나 개구리, 매와 도마뱀, 사마귀와 나방, 벌까지 온갖 생물의 각종 부위가 꿈틀거리고 있었다. 그 모든 육체들이 무절제하게 서로 접합된 상태로 키렌의 거대한 몸을 구성하고 있었다. 중앙에 위치한 살점의 주름 중심에서 간신히 인간의 형상을 유지하고 있는 키렌의 무릎 윗부분이, 이 괴물의 정체가 본인이라는 사실을 증명하고 있었다.

마계의 기술을 도입함으로써 무수한 생물의 육체와 융합한 결과물이 바로 이 추악하기 짝이 없는 모습일 것이다.

"똑똑히 보아라! 수많은 생명들과 융합함으로써 보다 거대하면서도 강대하게, 보다 아름다워진 내 모습을! 나는 이 세상에 존재하는 모든 생명들과 하나가 되면서 영원한 삶을 살 거야. 이 내가 영원히 산다는 것은 나를 위해 희생한 모든 이들의 생명 또한 영원히 산다는 것을 의미하지. 모든 희생양들은 나의 불로불사를 위한 제물이 될 수 있었다는 사실에 대해 기뻐해야 해. 지금까지 잡아먹은 놈들은 물론이요, 앞으로 잡아먹힐 놈들도, 그리고 너희도

마찬가지야! 나와 함께 영원한 아름다움과 삶을 얻는 거란다. 그것이야말로 아무런 의미도 없이 세계를 살아가는 우매한 백성들에게 내가 내릴 수 있는 유일한 자비야!"

"추하구나. 더 이상 보기조차 불쾌하다."

나의 무자비한 언사를 듣고 다른 세 사람도 고개를 끄덕이면서 동의했다.

전생에서 지겨울 정도로 목격했던 비대해진 욕망을 제어할 수 없게 된 아둔하기 짝이 없는 존재들과 마찬가지였다.

어설프게 우수했기에 스스로의 재능을 착각하고, 욕망을 다스리지 못해서 이렇게 어리석은 짓을 저지를 수 있었던 것이다.

"어떤 세상에서든 평범한 인간들은 천재를 이해할 수 없지. 자, 다들 평등하게 나의 피와 살이 되어 하나가 되는 거야. 그것만이 영원을 약속받을 수 있는 최고의 행복이란다."

키렌이 수많은 다리로 바닥을 박차자 짓밟힌 집사나 메이드들이 새빨간 피로 꽃을 피우면서 찌부러졌다. 키렌은 고용인들이 어떻게 되건 아랑곳하지 않고 우리를 덮쳤다. 키렌의 희생양들 중 일부는 이 호문쿨루스 고용인들을 제작하는 재료로 이용당했을 것이다. 가엾을 따름이다.

키렌의 몸 일부가 쩍 하고 세로로 갈라지더니 펄럭거리는 새하얀 실이 대량으로 뻗어 나왔다.

거미줄? 아니다. 그 실 중 하나와 닿은 호문쿨루스 메이드가 순식간에 녹아서 없어지는 모습으로 판단하건대 평범한 거미줄은 아닌 것 같다. 강력한 산성 액체를 실 모양으로 발사한 건가?

올리비에가 가장 먼저 움직였다. 그녀는 가볍게 지팡이를 휘두르면서 짧은 주문으로 바람의 정령에게서 힘을 빌렸다.

"바람이여. 나의 적을 산산이 갈라, 불결함을 씻어 내거라!"

올리비에가 치켜든 지팡이에 박혀 있던 풍정석이 빛을 내뿜자 공중에서 사방으로 뻗어 있던 실들이 백만 조각으로 산산이 조각났다. 올리비에가 소환한 바람이 그 파편들이 우리에게 쏟아지지 않도록 다른 방향으로 날려버렸다.

"제가 움직임을 막을게요!"

산성 실을 처리하는 데 성공하기는 했지만 이쪽으로 돌진해 들어오는 키렌은 아직 멈추지 않았다. 이번엔 세리나가 앞에 나서서 당당하게 키렌을 가로막았다. 그녀는 눈동자에 마력을 집중시켜 마비의 능력을 지닌 뱀의 마안을 발동시켰다.

"멈춰라!"

"큭, 라미아의 마안? 하지만 이건 너무 강력해!"

세리나는 용종의 정기를 매일같이 흡수하면서 날이 갈수록 능력이 강해지고 있었다. 그녀의 마안은 키렌의 마법 내성을 가볍게 능가했기 때문에 거대한 질량의 돌격에도 아랑곳하지 않고 완벽하게 그 동작을 봉쇄할 수 있었던 것이다.

세리나가 온 힘을 집중시킨 마안으로 키렌을 막아 내고 있는 동안, 크리스티나 양은 애검 엘스파다로 몰려오는 집사나 메이드들을 닥치는 대로 베어 넘기면서 키렌을 향해 내달렸다.

"감히 내 벗을 노리다니 용서할 수 없다!"

키렌은 크리스티나 양이 내뿜는 분노를 뒤집어쓰고 주눅 들었다. 그러나 곧바로 본인의 추태를 만회하려는 듯 반격을 시도했다. 키렌은 등 쪽에 숨겨 놓았던 낫 모양의 칼날이 달린 촉수와 곤충의 다리를 뻗어 크리스티나 양을 요격했다.

"키야아아아아!!"

"가소롭다! 베어라, 엘스파다!"

크리스티나 양은 마치 자신을 뒤덮을 듯한 기세로 들이닥치는 칼날을, 섬광으로밖에 보이지 않는 신속(神速)의 참격으로 모조리 베어버렸다. 촉수와 곤충의 다리가 독살스러운 빛깔의 체액을 사방으로 흩뿌리면서 크리스티나 양 주위에 우수수 떨어졌다.

"그으으윽! 아파, 아파! 아프다고오오호오오오!! 내 몸, 내 다리, 를! 잘도! 이 꼬마 계집들이이이히이이이이이!"

나는 입가에 거품을 물고 절규하는 키렌의 모습을 보며 조용히 탄식했다.

"생각대로군. 저급한 기술을 사용해 억지로 이종족 간의 육체 융합을 거듭해 온 결과, 정신과 영혼 사이에 불협화음이 발생하고 있다. 오히려 오늘까지 그 몸으로 버티고 있었다는 게 놀라울 지경이야. 제정신을 유지하는 것도 한계겠지."

키렌의 몸 여기저기에서 본체에 달린 입과 크기 이외엔 완전히 똑같은 입들이 출현하더니, 그것들이 하얀 이와 빨간 잇몸을 드러낸 채 일제히 비명을 질렀다.

우리는 너무나 귀에 거슬리는 그 비명소리를 듣고 제각각 얼굴을 찌푸릴 수밖에 없었다. 그 순간, 키렌이 목을 빙그르르 돌리면서 나를 노려보기 시작했다. 광기에 빠져든 상태에서도 표적을 나에게 집중시키다니 놀랍군.

"비탄의 목소리가 들끓느으으은! 마계의 지배자아, 에르지타여!"

흠, 들어본 적 없는 이름인데? 이름에서 느껴지는 분위기로 판단하자면 대악마보다 고위에 해당하는 작위급 악마인가? 설마 이렇게 폭주를 일으키면서도 악마의 힘을 빌려 암흑 마법을 행사할 판단력이 남아 있었을 줄이야.

그런데 작은 성 정도는 붕괴시킬 수 있을 만큼 강력한 암흑 마법을 협소한 지하실에서 행사하다니, 자멸까지 각오했단 말인가?

"한탄스런 비명을 마계의 문을 여는 열쇠로 삼아, 세계에 파괴의 소용돌이를 불러일으켜라. 이그 지 아스타!"

암흑 마법은 이치 마법이나 정령 마법, 라미아종의 고유 마법과는 달리 사악한 기적이라고 부를 수 있는 특수한 마법이다. 작위급 악마의 힘을 빌려 끌어모은 방대하고도 사악한 마력이 세찬 급류로 변해 나를 집어삼키려는 듯이 돌격해 왔다.

하지만 작위급 악마는 지금까지 수도 없이 멸했던 상대들이다. 하물며 그 힘의 일부를 빌리는 암흑 마법 정도야 말할 것도 없다.

나는 들이닥치는 암흑의 힘을 향해 순수한 마력의 급류를 발생시키는 이치 마법으로 대항했다.

"힘의 이치여 나의 명을 따라 적을 치는 급류가 되라, 에너지 블라스트!"

내가 치켜든 왼팔에서 발사된 녹색 빛의 급류가, 암흑의 급류와 충돌하면서 일진일퇴의 공방을 연출하는 듯이 보였다. 그러나 대등한 것처럼 보인 것은 그야말로 한순간에 지나지 않았다.

기본적으로 보유하고 있는 마력의 양과 마력 조작 능력의 절대적인 격차로 인해, 【에너지 블라스트】는 간단하게 암흑의 급류를 꿰뚫고 지나갔다. 그리고 그대로 키렌에게 명중해서 추악한 육체의 대부분을 집어삼켜 소멸시켰다.

"그아아아아, 아아아아아?! 아파아파아파아파아파아아아파아파아파아파아파아파아파~~~!"

키렌은 무릎 밑에 구축하고 있던 이형의 육체 가운데 대부분을 잃어버렸다. 온몸에서 흰 연기가 피어오르고 몸 여기저기가 시꺼멓게 타버렸다. 키렌은 끔찍한 고통을 호소하면서 바닥 위를 굴러다녔다.

나는 키렌에게 다가가 연이어서 발동시킨 【에너지 볼트】를 거의 전투 불능 상태나 다름없는 키렌에게 연속으로 발사했다.

"히이, 히이이이이이이이!"

"네가 지금까지 죽인 이들이 고통을 호소했을 때 너는 뭐라고 대답했지? 자비를 구걸하면서 죽이지만 말아 달라고 애원했던 이들에게 너는 뭐라고 대답했나? 지금 느끼는 고통과 공포는 그들이 느꼈던 것의 아주 일부분에 불과하겠지만 네가 했던 일들의 응보가 돌아온 것으로 알아라."

나는 키렌이 죽지 않도록 위력을 조절한 순수한 마력의 화살로 끊임없이 고통을 가했다. 잠시 후, 그 모습을 잠자코 지켜보고 있던 올리비에가 나를 말렸다.

"이제 그만하세요, 드란. 당신의 분노는 당연합니다만 그 이상은 키렌의 정신이 버티지 못할 겁니다. 그리 대단한 정보는 끌어

낼 수 없겠지만 일단 귀중한 정보원입니다. 일단 생포하고 싶은 참이에요."

"죄송합니다. 그만 흥분한 것 같군요."

올리비에의 제지로 내가 마법의 발동을 중단시켰을 때 키렌은 이미 아무 말도 없이 조금씩 움찔거리면서 겨우 살아 있다는 것만 확인할 수 있었다.

언젠가 키렌이 죽게 되면, 그 혼은 명계로 끌려가 생전의 행위에 걸맞은 벌을 받게 될 것이다. 하지만 지금은 분노에 맡겨 이 죄인의 생명을 끊어버릴 때가 아니었다.

명계의 신들은 죽은 이들이 생전에 저지른 죄에 대해 엄격하고 공정하게 처벌을 내린다. 키렌이여, 명계에서 스스로가 저지른 어리석은 온갖 죄를 후회하며 대가를 치러라. 지옥의 간수들은 일말의 자비도 없다.

"일단 저희들이 가로아에서 처리해야 할 성가신 일들 중 대부분은 해결이 난 걸로 판단해도 되겠습니까?"

올리비에는 내 질문에 조용히 고개를 끄덕였다.

"예. 당신과 세리나에게 참으로 엉뚱한 폐를 끼쳤습니다만 이만하면 고다 관리관이나 가로아 총독부도 납득할 겁니다. 그리고 키렌에게 관여했던 어리석은 이들도 일제히 처분할 수 있게 됐죠. 당신들에 대한 사례는 세리나의 베른 마을 정착을 위한 절차까지 포함해서 충분히 이루어질 것이라고 생각합니다. 만약 충분한 보상이 주어지지 않을 경우, 저나 파라미스 사제도 총독부에 엄중하게 항의할 생각입니다. 그리고 저도 개인적으로 보상을 준비하겠습니다."

"그렇게 말씀해주시니 정말 감사할 따름입니다. 그나마 이런 형태로라도 가로아까지 찾아온 보람이 있었다고 생각하고 싶군요."

키렌의 저택은 얼마 지나지 않아 총독부의 병사들과 마이라르교의 신관 전사들의 손에 의해 제압됐다. 우리는 누더기나 다름없는 상태의 키렌이 몇 겹에 걸친 봉인으로 포박되는 모습을 확인하고, 꺼림칙한 소행을 끊임없이 저질러졌던 저택을 뒤로했다.

†

키렌 체포 소동이 끝난 후 우리는 올리비에의 저택 가운데 한 곳을 빌려 세리나의 주민 등록 절차가 끝날 때까지 가로아에 체류하기로 했다.

하지만 총독부가 파견한 호위라는 명목으로 감시 인원이 배치되었으며 저택 바깥으로 마음대로 나다닐 수는 없었다.

키렌 소동의 사후 처리 문제로 외부와의 접촉을 제한한 것으로 보였다. 우리가 당장 할 수 있는 일이라고 해 봐야 개인적으로 방문한 크리스티나 양과 잡담을 나누거나 총독부에서 파견한 관리를 상대로 세리나의 등록 절차를 진행하는 게 고작이었다.

그 이외의 시간은 저택 내부의 서재에 꽂힌 다양한 서책들을 훑어보거나 사본을 제작하면서 보냈다. 모처럼 가로아까지 발걸음을 옮겨 놓고 관광은 조금도 즐기지 못한 게 유감이다.

대략적인 절차가 모두 끝나고 우리가 가로아를 떠날 날이 다가

왔다. 베른 마을로 돌아가는 날 아침, 고다 관리관과 올리비에가 찾아와 일련의 사건이 어떤 식으로 수습되고 있는지 가르쳐줬다.

고다 관리관은 응접실에 들어와 입을 열자마자 나와 세리나에게 머리를 숙이며 사과했다. 베른 마을에서는 필요에 따라 일부러 엄격한 태도를 보였다고 한다. 나와 세리나는 그가 완전히 딴사람 같은 태도를 보이는 모습을 보고 무심결에 서로를 마주 보았다.

"이번 사태로 자네들에게 심각한 폐를 끼쳐버려서 정말로 미안하네. 부디 용서해주게나."

"아닙니다. 관리관 각하께서도 그러실 수밖에 없는 입장이었던 데다, 결과적으로 저와 세리나도 다친 곳은 전혀 없습니다. 이만 고개를 들어주세요."

"아닐세, 그럴 수도 없는 노릇이야. 본래 우리가 지켜야만 하는 백성들을 이런 사태에 끌어들였다는 것은 그 자체만으로 관리관으로서 반성할 일일세. 하물며 이번 사건의 범인은 총독부 소속의 마법사인 데다 그 사악한 소행을 오랫동안 제대로 파악조차 하지 못했어. 게다가 아무래도 놈의 악행에 가담하고 있던 악당들도 한둘이 아니라고 하니 국왕 폐하와 백성들에게 면목이 서질 않아. 키렌이 관여한 악행의 뿌리는 보통 깊은 게 아니라네. 그 모든 혐의를 밝혀내려면 아직 많은 시간이 필요할 거야. 청렴한 이들도 오랫동안 권력이라는 이름의 괴물과 상대하다 보면 어느새 원래 품고 있던 큰 뜻을 망각하고 말지. 통탄스러운 일이야."

고다는 오히려 이쪽이 면목이 없어질 정도로 머리를 숙였다.

"음, 미안하네. 어쩌다 보니 이야기가 자꾸 어두운 쪽으로 가버리는군. 그 대신이라고 하기도 좀 그렇지만, 물론 약속했던 사례는 확실히 지급될 걸세. 라미아 아가씨의 등록 절차도 아무 탈 없이 끝났다네. 앞으론 거리낌 없이 베른 마을에서 지낼 수 있을 거야. 그리고 이건 내 개인적인 감사의 표시야. 시내에서 유행하는 과자인데 돌아가는 길에 드시게나."

고다는 그렇게 말하면서 가지고 온 네모난 상자를 호들갑스럽게 내밀었다. 그야 준다면 받겠지만 말이야.

"저기, 드란 씨의 말대로 그다지 신경 쓰실 필요는 없어요. 나쁜 건 그 키렌이라는 마법사였고, 관리관님께서는 본인의 의무를 다 하셨을 뿐이잖아요."

"오호, 자네한테서 이토록 자상한 말을 들을 줄은 몰랐네. 세리나 군, 자네는 정말로 마음씨 착한 라미아로군. 이 정도라면 베른 마을에서 생활하는 데 아무런 문제도 없을 거야."

정말로 이 남성이 베른 마을에서 만났던 고다와 동일 인물이란 말인가? 업무를 볼 때와 그렇지 않을 때 보이는 태도가 너무 다르지 않나?

"아무래도 이 화제로 얘기하다 보면 결론이 나지 않을 것 같군요. 그런데 관리관 각하께 한 가지 여쭙고 싶은 사항이 있습니다만."

"뭔가? 내가 대답할 수 있는 일이라면 물론 답하고말고."

사실 고다의 베른 마을 방문으로부터 시작된 일련의 사태는 나로 하여금 지금까지 막연히 베른 마을에서 일생을 끝내려고 했던 결심에 전환을 가져왔다.

이번 사태는 피지배층의 입장에 서 있는 우리들이, 지배층 쪽의 키렌과 그 일당의 악의로 인해 피해를 입은 사례로 볼 수 있을 것이다.

나와 세리나의 경우엔 그들의 악의에 대항할 수 있는 힘을 지니고 있었을 뿐만 아니라 그들을 막기 위해 움직이던 사람들의 협력을 받을 수 있었기 때문에 아무 문제도 없었다. 하지만 대부분의 사람들은 우리 같은 힘은 물론이거니와, 고다나 올리비에 같은 이들과 협력 관계를 구축하기도 힘들 것이다.

내가 자리를 비웠을 때, 세리나나 베른 마을 주민들 중 누군가가 이번 같은 사태에 휘말릴 수도 있다. 그리고 내가 미처 대응하지 못해 때를 놓칠 경우를 상상하자 나는 등골이 오싹해졌다.

꼭 이번 같은 경우가 아니더라도 관리들의 부정부패가 백성들을 괴롭히는 사례는 너무 많아서 일일이 열거할 수도 없다. 슬픈 일이지만 동서고금을 막론하고 그런 일들은 얼마든지 찾을 수 있다. 베른 마을은 아직까지 불합리한 착취를 당한 적은 없었지만 앞으로도 그러리라는 보장은 전혀 없었다. 이번 사건도 상황의 전개에 따라 불합리한 결과를 맞이할 가능성은 충분했다.

지배층이 어떻게 마음을 먹느냐에 따라서 우리 피지배층의 생활은 좌우될 수밖에 없다. 때때로 납득하기 어려운 불합리한 요구가 우리를 덮칠 수도 있다는 사실을 이번 일로 인해 뼈저리게 깨달았다.

그렇다면 앞으로 그런 불합리한 경우를 피하기 위해서 할 수 있는 일은 무엇인가?

이 질문의 해답 가운데 하나는 스스로 지배층 쪽의 인간이 되는 것이다. 많은 이웃들을 지키기 위해서는 지금까지 내가 지니지 못했던 종류의 힘이 필요하다. 인간 사회에서 발휘할 수 있는 힘의 필요성에 주목해야만 한다.

나는 인간으로 환생하고 나서 처음으로, 밭을 갈고 가족들과 함께 지내는 마을 생활에서 일시적으로 벗어날 생각을 품기 시작했다.

"이번 같은 사태가 다시 벌어지리라는 보장은 없겠습니다만 이 가로아에 키렌 같은 위험한 자가 아직 남아 있을까요? 그리고 왕국 전체로 보면 얼마나 있겠습니까?"

"으음, 그러한 정보는 기밀에 속하기 때문에 약간 대답하기 힘들군. 나 자신도 그다지 권한이 많은 입장이 아니라서 말이야. 이번 문제가 발각됨으로써 총독부 내부에서도 인원의 전체적인 재정비를 실시할 예정일세. 일단 지금으로선 내가 아는 범위에 키렌처럼 눈에 띄는 용의자는 없지만, 악당들의 꼬리를 잡는 것은 항상 간단한 일이 아니라네. 국가를 가리지 않고 암약하는 범죄자들도 있을 정도니까 말이야. 어쩌면 우리의 상상을 아득히 초월하는 계략을 꾸미는 악당이 있을지도 몰라. 앞으로도 경계해서 나쁠 일은 없을 걸세."

"그렇군요. 그럼 올리비에 님, 엔테의 숲 쪽은 어떻습니까? 숲에 설치된 소환진은 마계문 부근에 있던 하나가 아니었던 걸로 알고 있습니다만."

"숲 전역을 확인한 결과, 다른 소환진들도 찾아냈습니다. 하지만 모두 파괴하거나 봉인했기 때문에 걱정할 필요는 없어요. 그리고 각 부족과의 협력과 숲 자체와의 의사소통도 활성화시키고 공간 자체를 고정시키는 대규모 결계도 전개했습니다. 외부인이 또

다시 숲에 침입해서 소환진을 설치하는 일은, 지금은 불가능하다고 단언할 수 있습니다. 이제 두 번 다시 이번 같은 일로 인해 당신의 고향까지 위험에 노출되는 일이 없도록 막겠어요."

"그렇습니까? 정말 고마운 말씀이십니다. 사실 저는 얼마 전까지만 해도, 고향에서 일평생을 보내는 것이 최선이라고 여기고 있었습니다. 지금도 그 마음은 변함이 없습니다만, 이번 일로 인해 삶의 방식에 관해서 약간 다시 생각해보고 싶어졌습니다."

"호오, 그럼 어쩔 생각인가?"

나는 고다와 올리비에를 똑바로 응시하면서 가슴속에 담고 있던 생각을 털어놓았다.

"지금까지 저는 일개 농민으로서 평화롭게 살 수만 있다면 더 바랄 게 없다고 생각했습니다. 하지만 지금은 그것만이 길이 아니라는 생각이 듭니다. 피지배층 출신으로서 지배층의 일원이 되기 위해 노력하는 것도 하나의 길이라는 거지요. 두 분의 입장에서 보자면 무슨 터무니없는 소리를 지껄이는 거냐고 화가 나실 지도 모릅니다. 하지만 이번 같은 일이 벌어졌을 때는 단순한 무력뿐만 아니라 정치적인 영향력 또한 필요하다는 생각이 떠나질 않는군요."

"으음. 정치에 뜻을 품는 이들은 일반적으로 입신출세나 일신의 부귀영화를 쟁취하기 위한 목적으로 출사하는 경우가 대부분이지만 자네는 어디까지나 마을을 지키기 위한 수단에 지나지 않는다는 말인가? 확실히 터무니없이 대담한 발상이긴 하지만……. 으음. 엔테의 숲에서 일어난 사건이나 이번 키렌 소동으로 인해, 드란 군이 비범한 마법의 재능을 지니고 있다는 사실은 총독부에 널리 알려져 있다네. 어느 정도 지위까지 오를지는 모르겠다만 자네라면 총독부 소속의 마법사 자리를 차지하는 데 그리 오래 걸리진 않을 거야. 하지만 살짝 돌아서 가도 상관없다면 좀 더 빨리 출세하는 길이 있다네."

고다는 거기까지 말한 후 조용히 옆자리의 올리비에에게 시선을 돌렸다. 가로아 마법 학원의 학원장인 하이 엘프—.

"가로아 마법 학원에 입학하라는 말씀이십니까?"

"정답이야. 내 말이 너무 직설적일지도 모르지만 지금의 자네는 아무런 후원자도 없는 입장일세. 하지만 올리비에 님께서 학원장을 역임하고 있는 마법 학원의 졸업생이라는 경력을 획득할 수만 있다면 총독부뿐만 아니라 왕국 북부의 유력 귀족이나 거상들의 눈에 띌 수도 있을 거야. 일단 졸업만 할 수 있다면 자네가 바라는 힘을 얻기는 쉬울 걸세. 권력이나 재력, 인맥 같은 정치적 영향력을 폭넓게 얻을 수 있는 기회가 되리라는 것은 틀림없겠지. 안 그렇습니까, 올리비에 님?"

"두 분의 말씀은 잘 들었습니다. 솔직하게 말씀드리자면 저는 오늘 드란에게 마법 학원 입학을 제안하고자 이곳을 찾아온 터라 듣던 중 반가운 얘기군요. 관리관 각하께서는 모르시겠지만, 저희 학원에 근무하고 있는 덴젤 선생은 드란과 동문입니다. 그도 예전부터 드란의 입학을 추천해 왔지요. 지금까지는 드란 본인이 마을을 떠나고 싶어 하지 않았지만, 본인이 입학을 희망한다면 저희는 기꺼이 우수한 소질을 지닌 학생을 받아들일 준비가 되어 있습니다."

"오오, 그러셨군요. 엔테의 숲도 만반의 방비를 갖추고 있다면,

얼마 전과 같은 이변이 또다시 일어난다 해도 베른 마을이 피해를 입을 가능성은 그리 높지 않을 겁니다. 이만하면 드란 군도 안심하고 고향을 떠나 마법 학원에 입학할 수 있겠군요. 아니, 사실은 가로아와 베른 마을은 편도로 일주일밖에 걸리지 않는 가까운 거리이기도 하죠."

"물론 입학시험은 정상적으로 응시하셔야 합니다. 그리고 지금 곧바로 입학 절차를 시작한다고 해도 약간 늦은 편입으로 취급될 겁니다."

"예, 그건 알고 있습니다. 일단 마을로 돌아가서 가족이나 제 스승에게 보고를 올린 다음, 덴젤 선생님을 경유해서 입학 절차를 진행하고 싶습니다."

"알겠습니다. 그럼 저는 덴젤 선생에게 연락이 오길 기다리기로 하지요."

올리비에는 말을 맺고 홍차를 한 모금 입에 갖다 댔다. 지금까지 잠자코 있던 세리나가 불안한 표정으로 내 얼굴을 살피기 시작했다.

세리나를 베른 마을로 불러들인 내가, 베른 마을을 떠나 가로아 마법 학원에 입학하기를 희망하고 있는 상황이다. 얼핏 보기엔 그야말로 도리에서 어긋난 행동이다. 하지만 나는 예전부터 덴젤 아저씨를 통해 가로아 마법 학원에 관한 이모저모를 전해 들었다. 그렇기 때문에 나는 세리나 본인만 동의해준다면 그녀를 데리고 가로아 마법 학원에 입학하는 방법이 존재한다는 사실을 알고 있었다.

모처럼 세리나가 베른 마을 주민으로서 정식 등록 절차를 밟았는데 곧바로 마을을 떠난다는 것은 언뜻 지금까지의 모든 행동이 무의미해지는 것처럼 보일 수도 있다. 그러나 나는 마법 학원을 졸업한 후엔 머지않아 베른 마을로 돌아갈 예정이다. 따라서 세리나가 나와 함께 마법 학원 생활을 시작해도 미리 주민 등록 절차를 끝내 놓는 것은 헛수고가 아니다.

이제 내가 할 일은 베른 마을에서 기다리고 있는 가족들과 마법 스승인 마글 할머니, 그리고 사랑스러운 세리나에게 허락을 받는 것뿐이었다.

고다와 올리비에는 아직 직장에서 처리할 업무가 남아 있었기 때문에 잠시 가벼운 잡담을 나누다가 얼마 후 돌아갔다. 그들이 돌아갈 때까지 기다리던 세리나가 당장이라도 울음을 터뜨릴 것 같은 표정으로 나에게 물었다.

"드란 씨는 베른 마을을 떠나실 생각인가요? 드란 씨가 베른 마을을 떠나신다니, 저는 지금까지 생각해본 적도 없어서……."

어렴풋한 눈물이 이미 세리나의 눈동자까지 올라온 상태였다. 그녀의 눈에서 커다란 눈물이 떨어지는 것은 이제 시간문제다.

"미안해. 세리나를 우리 마을에 불러들여 놓고 내가 마을을 나간다니 정말 제멋대로지."

최소한 세리나와 한마디 상담이라도 거친 후에 이야기를 꺼내야 했나? 나 스스로도 참으로 생각이 부족했던 것 같다.

나는 허리를 깊숙이 굽히고 머리를 숙였다. 세리나는 떨리는 목소리를 필사적으로 억누르고 나에게 얼굴을 들라고 말했다.

"얼굴을, 얼굴을 드세요. 드란 씨에겐 드란 씨가 하고 싶은 일이 있잖아요. 저를 위해서 스스로 하고자 하는 일을 참을 필요는 없어요. 솔직히 말해서 드란 씨와 헤어지는 건, 너무, 어, 엄청 쓸쓸하지만요. 제가 참을게요."

"세리나……."

나는 세리나의 갸륵한 말을 듣고 미안한 마음이 솟아나 견딜 수가 없었다. 순간적으로 세리나에게 할 말을 망각하고 넋을 잃고 있을 정도였다. 불현듯 세리나의 표정이 변하더니 흠칫거리면서도 나에게 질문을 던졌다. 세리나가 마음속에서 특별하고도 강한 결심을 굳히고 있다는 것이 느껴졌다.

"저기, 드란 씨. 혹시, 혹시 제가 드란 씨와 함께 가로아로 오고 싶다고 하면 같이 올 수 있을까요?"

"음, 실은 유일한 방법이 있기는 있어. 세리나가 바란다면 함께 가로아로 올 수 있는 방법이지. 전에 덴젤 아저씨한테 들은 얘긴데, 그다지 제대로 된 방법은 아니지만……."

내가 말끝을 흐리고 주저하는 모습을 보이자, 세리나는 오히려 굳게 결심한 표정을 지었다. 그리고 양 주먹을 꼭 쥔 채 몸을 내밀며 힘찬 목소리로 선언했다.

"저, 저는 드란 씨와 함께 있는 게 좋아요! 그러니까 드란 씨가 가로아로 오실 생각이라면, 무슨 수를 써서라도 따라올 거예요!!"

세리나는 얼굴을 새빨갛게 물들이고 선언했다. 나는 그 모습을 보고 무의식중에 내 뺨도 느슨해지는 것을 느꼈다. 그리고 나는 세리나에게 스스로의 솔직한 속마음을 털어놓았다.

"고마워. 세리나와 헤어지는 건 나도 쓸쓸해. 그렇게 말해줘서 정말 기뻐."

　세리나는 내 말뜻을 이해하고 귓불까지 새빨갛게 물들이면서 고개를 숙였다. 이거 참, 세리나는 정말 사랑스럽군.

잘 가거라 용생, 어서 와라 인생 2

1판 1쇄 발행 2017년 10월 10일
1판 3쇄 발행 2019년 12월 12일

지은이_ Hiroaki Nagashima
일러스트_ Kisuke Ichimaru
옮긴이_ 정금택

발행인_ 신현호
편집장_ 김은주
편집진행_ 최은진 · 김기준 · 김승신 · 원현선 · 권세라
편집디자인_ 양우연
국제업무_ 정아라 · 전은지
관리 · 영업_ 김민원 · 조인희

펴낸곳_ (주)디앤씨미디어
등록_ 2002년 4월 25일 제20-260호
주소_ 서울시 구로구 디지털로 26길 111 JnK디지털타워 503호
전화_ 02-333-2513(대표)
팩시밀리_ 02-333-2514
이메일_ lnovelpiya@naver.com
L노벨 공식 카페_ http://cafe.naver.com/lnovel11

SAYOUNARA RYUUSEI, KONNICHIWA JINSEI 2
Copyright ⓒ Hiroaki Nagashima 2015
Cover & Inside illustration Kisuke Ichimaru 2015
Cover & Inside design ansyyqdesign 2015
Korean translation rights arranged with AlphaPolis Co., Ltd.
through Japan UNI Agency, Inc., Tokyo and Korea Copyright Center,Inc.,Seoul

ISBN 979-11-278-4268-0 04830
ISBN 979-11-278-4192-8 (세트)

값 8,800원

© Yon Kiriyama, Eight Shimotsuki 2016
KADOKAWA CORPORATION

공주기사는 오크에게 잡혔습니다. 1권

키리야마 욘 지음 | 시모츠키 에이토 일러스트 | 이승원 옮김

"나는 사회의 톱니바퀴가 되고 싶어…… 정사원이 되고 싶단 말이야!"
한창 불경기인 모리타니아 왕국에서 취직활동에 실패해
파견 오크로서 일하는 사토나카 오크 야타로.
창고 습격 업무 중이던 그는 여유 교육의 화신인 마법사 사사키,
엘프인 하루카와 함께 특별 보너스를 받기 위해 공주기사인 안쥬를 잡지만…….
「큭…… 죽여라!」, 「관심 없으니까, 입 좀 다물어 줄래요?」
초식계 남자인 야타로가 공주기사다운 대접을 해주지 않자,
안쥬의 불만은 쌓이기만 했다.
게다가 야타로는 혼기를 놓치는 걸 두려워하는 안쥬가
멋진 연애를 할 수 있도록, 그녀가 여자력을 갈고닦는 걸 돕게 되는데?!

평범해지고 싶은 오크와 공주기사의
마일드 사회파 코미디!

라이트노벨의 새로운 빛! L노벨의 신간은 매월 10일에 발매됩니다. http://cafe.naver.com/lnovel11

데이트 어 불릿 1권

히가시데 유이치로 지음 | 타치바나 코우시 원안 · 감수 | NOCO 일러스트 | 이승원 옮김

엠프티
"······저는 이름이 없어요. 빈껍데기예요. 당신은 이름이 뭐죠?"
"제 이름은 토키사키 쿠루미랍니다."
기억을 잃은 채 인계라 불리는 장소에서 눈을 뜬 소녀,
엠프티는 토키사키 쿠루미와 만난다.
그녀의 안내를 받아 도착한 학교에는 준정령이라 불리는 소녀들이 있었다.
서로를 죽이기 위해 모인 열 명의 소녀들.
그리고 비정상적인 존재이자 빈껍데기인 소녀.
"저는 쿠루미 씨의 일행이자 미끼······ 미끼인가요?!"
"아, 미끼가 싫다면 디코이라고······."
"똑같은 의미잖아요!"

이것은 토키사키 쿠루미의 알려지지 않은 이야기.

데이트
자— 저희의 새로운 전쟁을 시작하죠

라이트노벨의 새로운 빛! L노벨의 신간은 매월 10일에 발매됩니다. http://cafe.naver.com/lnovel11

© Hikaru Takanashi 2016
Illustration Tara Akai

마력을 쓰지 못하는 마술사 1~3권

타카나시 히카루 지음 | 아카이 테라 일러스트 | 송재희 옮김

사고로 목숨을 잃은 청년은 신의 의뢰로 동경했던 판타지 세계로 환생하게 되었다.
신이 보여준 세계는 용도 있고 마법도 있으며 마법사의 지위가 높은 이세계였다.
그는 마법사 집안의 장남인 유리스로 환생하게 되지만
기다리고 있던 것은 생각지도 못했던 『낙오』 인생이었다.
"마력은 쓰지 않았으면 한다."
신에게 받은 임무를 가슴에 품은 그는 마력 제일주의 세계에서
마력을 쓰지 않고 어떻게 살아가겠다는 것일까.
유리스는 마력을 쓰지 못하는 핸디캡을 가졌지만 서서히 성장해간다.
거기서 만난 용의 알 하나. 새끼 흑룡과 계약한 유리스는
용을 타고 세계를 날아다니는 기룡사로서 인생을 걸어가기 시작한다.

마법사가 우대받는 이세계
마력을 쓰지 못하는 낙오자가 살아가는 법!

도쿄침역:클로즈드 에덴 2 Enemy of Mankind (하)

이와이 쿄헤이 지음 | 시라비 일러스트 | 김장준 옮김

《도쿄》가 변모한 지 2년— 고등학생인 아키즈키 렌지와
인기 아이돌 유미에 카나타에게는 둘만의 비밀이 있었다.
두 사람은 《임계 구역·도쿄》에 침입하는 《침입자》였던 것이다.
에어리어 내에서만 발동하는 특수 능력 《주입》을 사용해
탐색을 이어 나가는 렌지와 카나타.
적대하는 정부 기관 《구무청》과, 에어리어 최악의 괴물 《EOM》과의 삼파전 상황에서
렌지와 카나타는 맹세한 《약속》을 이룰 수 있을 것인가?!

인류 vs. 인류의 적— 희망과 절망의 보이 미츠 걸 시동!!

여동생만 있으면 돼. 1~5권

히라사카 요미 지음 | 칸토쿠 일러스트 | 이신 옮김

여동생 바보인 소설가 하시마 이츠키의 주변에는
언제나 개성 넘치는 녀석들이 모여든다.
사랑도 재능도 헤비급이지만 아쉬운 미소녀의 최정상인 카니 나유타.
사랑에 고민하고 우정에 고민하고 미래도 고민하는 청춘 3관왕 시라카와 미야코.
귀축 세금 세이버 오노 애슐리. 천재 일러스트레이터 푸리케츠―.
각자 방황과 고민을 안고 있으면서도 게임을 하거나 여행을 가거나
일을 하며 떠들썩한 하루하루를 보내는 이츠키와 주변 사람들.
그런 그들을 따뜻하게 지켜보는
완벽 초인 남동생 치히로에겐 커다란 비밀이 있는데―.

『나는 친구가 적다』의 히라사카 요미가 펼치는
청춘 러브 코미디의 도달점, 드디어 개막!!
2017년 10월 TV 애니메이션 방영!!

라이트노벨의 새로운 빛! L노벨의 신간은 매월 10일에 발매됩니다. http://cafe.naver.com/lnovel11